伯爵の結婚までの十二の難業

ヴィクトリア・アレクサンダー
須麻　カオル 訳

ランダムハウス講談社

THE WEDDING BARGAIN

by

Victoria Alexander

伯爵の結婚までの十二の難業

この本を愛をこめてローリー・クヌーセン・カンノに捧《ささ》げる。十三歳のときに空軍基地で築いた友情の絆《きずな》は、永遠に続くものだと教えてくれた。

ヘラクレスの十二の難業

ハロルド・エフィントン卿《きょう》夫妻の著述を元にパンドラ・エフィントンが解釈したもの。

一、ネメアの獅子《しし》を退治すること
二、九つの頭のあるヒュドラを退治すること
三、女神ディアナの黄金の角を持つ鹿《しか》を捕えること
四、エリュマントス山の猪《いのしし》を退治すること
五、アウゲイアスの家畜小屋の掃除をすること
六、ステュムパリデスの肉食の鳥たちを追いはらうこと
七、クレタの牡牛《おうし》を捕えること
八、ディオメデスの人食い雌馬を手なずけること
九、アマゾンの女王の腰帯を手に入れること
十、ゲリュオンの牛を捕えること
十一、ヘスペリデスの黄金の林檎《りんご》を取りもどすこと
十二、冥府の門を守る三つの頭のある犬を退治し、「忘却の椅子《いす》」に囚《とら》われたテーセウスを救いだすこと。

登場人物

パンドラ・エフィントン……………子爵令嬢。愛称ドーラ
シンシア・ウェザリー………………パンドラの親友
ハロルド・エフィントン卿…………パンドラの父。愛称ハリー
グレース……………………………パンドラの母
ピーターズ…………………………エフィントン家の執事
マクシミリアン・ウェルズ…………トレント伯爵。愛称マックス
ボルトン子爵ローレンス……………マックスの友人。愛称ローリー

第一章　ゲームの始まり

一八一八年　春

「あなたはろくでなしの遊び人よ。それに悪党だわ」パンドラ・エフィントンはいやでたまらないという顔で、トレント伯マクシミリアン・ウェルズにじっと目を向けた。

「つまりけだものも同然よ」

トレントは奥まったところにある大広間へ足を踏み入れた。人でいっぱいのロッキンガム侯爵夫妻の舞踏室からさほど離れてはいないものの、男女が人目につかずに会うにはうってつけの場所だった。

「ぼくが？」

「そうよ。あなたなんか撃ち殺されてしまえばいいんだわ」

「なんと言えばいいのかな」トレントはそう言ってうしろ手にドアを閉めた。

パンドラはかすかな不安に襲われた。こんなろくでなしの遊び人で悪党で、おまけにけだもののような男と二人きりでいるのはまずいかもしれない。

「もちろん」伯爵の瞳《ひとみ》がいたずらっぽく輝いた。「礼を言うべきなのはわかっているが」

「礼を言うですって？」ああ、この人は噂《うわさ》に聞く以上に傲慢《ごうまん》だわ。

伯爵の口の端が、笑いをこらえているかのように引きつった。「こんなお世辞を言われるのは珍しいからね」

「お世辞なんかじゃないわ」

トレントはさりげない、それでいて挑発するような態度で、彫刻をほどこした暖炉のマントルピースにもたれかかった。「でもたしかにほめ言葉だったよ。きみにここへ誘いこまれたときには、お世辞を言われるとは期待していなかったが」

「まあ」なんとなく、これ以上話をすると、とんでもないことになるような気がした。それでも、胸の鼓動と同じように、好奇心はパンドラが生きていくのになくてはならないものだった。「なにを期待していたの？」

トレントの顔にゆっくりと笑みが広がった。「きみはぼくにどう思わせようとしたのかな？　二人きりで会うよう誘ったりして……」

「誘ってなんかいないわ」

「世間知らずの少女じゃあるまいし、自分がなにをしているかちゃんとわかっているはずだろう。今年はきみにとって八回目の社交シーズンじゃないのかな?」

結婚できない、いやするつもりがない者は、世間から見れば負け犬かもしれない。でも自分のルールに従い、刺激に溢《あふ》れた生活をしていれば、そんなことは気にもならないはずなのに。けれどもそれは違う。いつだって。顔から笑みが消え、パンドラは歯を食いしばった。「七回目よ」

「すまなかった。ある年齢を過ぎると、女性はふつう興味の対象からはずれるものだからね。だが、〝若さ〟とは相対的なものでもあるとは思わないか?」

「わたしは二十四歳になったばかりよ。老嬢ってわけじゃないわ」

「それは違う」トレント伯はつぶやいた。「そのくらいの年齢の女性は、たいてい盛りを過ぎた売れ残りだと思われるだろうね」

「たとえわたしが売れ残りだとしても、それは自分で望んだからよ」パンドラはすばらしい大広間にふさわしい豪華なソファの端に落ちついて腰をおろし、見くだしたような相手の態度にいらついているのを押しかくした。「わたしは自立をなによりも大切にしているの」

「ほう?」トレントは疑わしげに言った。「良家の若い未婚の女性たちの望みは結婚だと思っていたよ。なるべくなら爵位が高く、より収入の多い男性とのね」

パンドラはつんと顎《あご》を上げた。「結婚したいなんて思ったこともないわ」

「やれやれ」トレントの顔に憐《あわ》れみにも似た表情が浮かんだのを見ると、パンドラはひっぱたいてやりたくて手がうずいた。「これまで八回の社交シーズンでは、みんなきみが必死になって花婿を探しているのに気づかないふりをしなくちゃいけなかったわけか」

「六回よ」トレントは意地悪を言っているのだろうか、それとも本当にそう思いこんでいるのだろうか？

「正確な数なんてどうでもいい。多いことに変わりはないんだ。結婚じゃないとすると、きみはいったいなんに興味を持っているのかな？」トレントは質問の答えを自分で思いついたらしい。「すまない、わかっていたはずなのに」

「わかっていた……なにを？」パンドラは相手のわけ知りげな目つきが気に入らなかった。

トレントは大股《おおまた》でパンドラの隣へ歩みよると、覆いかぶさるように立った。パンドラはひどくうろたえ、すぐに立ちあがった。二人の身長差は一フィート近くあり、トレントは深みのあるグレーの瞳で彼女を値踏みするように見おろしていた。パンドラは胃のあたりが落ちつかない感じがした。トレントは無作法なほど近づきすぎている。

「自分は知的な男だとうぬぼれていたが、今夜はそうじゃなくなったらしい」トレントはパンドラの手のひらを上に向け、手袋のボタンが外れたところからのぞくきめ細かな肌にそっと唇をつけた。パンドラは息をのんだ。「さっきの質問の答えがわかったよ」

「本当に?」パンドラは彼のグレーの瞳がとても魅力的なことにはじめて気づいた。

「もちろん、わかったさ」トレントはまじめな顔をした。「子爵の令嬢というのは、たいてい将来の生活を安定させるために結婚に頼らざるをえない。だがきみの父上がかなりの遺産ばかりか、いまでもひとりでやっていくのに十分な資金をきみに与えることにしたのは、ロンドンの社交界ではよく知られた話だからね」

　トレントはまだパンドラの手を放さず、親指で円を描くように彼女の手のひらを何度もゆっくりとなぞった。

「なぜきみが結婚しようとしないのか、ずっと噂になっていた。いまようやく、きみは歳を重ねるごとにふさわしい結婚相手が減っていくことに気づき、自分の人生について別の計画を立てたのさ」

「わたしが?」トレントはなぜわたしの手をもてあそんでいるのかしら、とパンドラは思った。まるで舌の肥えた美食家が食欲をそそる料理を吟味しているみたいじゃない。ほかの男性にも触れられたことはあるけれど、これほど親密な感じははじめてだわ。ひどく落ちつかない気分だ。

「ああ、わかりきったことさ」トレントはさらに体を寄せた。鋼のように冷たい瞳の奥がかすかに光った。パンドラは形のいい鉤鼻《かぎばな》やがっしりした顎から、一文字に結ばれたふっくらした唇に視線を向けた。

「なにがわかりきったことなの？」あの唇がわたしの唇に触れたら、どんな感じがするかしら？

「きみは別の道を選ぶことにしたに決まってるじゃないか。そのためには、ろくでなしの遊び人で悪党でもある男が必要なんだ」

「どういうこと？」体が熱くなるようなスパイスの香りと男の匂《にお》いが漂った。

「ろくでなしの遊び人で悪党――ほかにはなんと呼んだかな？」

「けだものよ」誘いこむようなグレーの瞳をしたけだもの。

「ああ、そうだった。堂々と社交界のルールを破り、公爵の孫娘を愛人にしてくれるのは、そんな男しかいないからね」

パンドラは奇妙な魔力から解きはなたれた。「愛人ですって？」

「もちろん。それこそ、この逢《あ》いびきの目的だと思うが。きみはぼくの愛人になりたいんだろう」

「わたしが？」パンドラは用心しながら言った。

「驚くことには違いないが、きみの将来を考えると、悪くないやりかただと思うよ。この先の社交シーズンは、これまでと同じように過ごすわけにはいかないだろう」トレントは肩をすくめた。「それに、この頃では売れ残りの、いや失礼、自立した女性にとって、選択肢はほとんどないからね。きみが家庭教師になるとは考えられない。そのほかの選択肢についても……」トレントはそれ以上の説明はいらないというように言葉を切った。

パンドラはとっさに、自信ありげなにやつきを浮かべた相手の顔をひっぱたいてやりたくなった。これまで、わたしにそんなことを言うほど図々《ずうずう》しい男はいなかった。危うくスキャンダルになりそうなこともしてきたけど、度を越すほどみっともないまねをしたことはない。

「あなたの愛人ねえ」パンドラはわざとゆっくり手を振りほどくと、思いにふけるふりをしながら広間の向こうへ歩いていった。「それで、条件はどうなるのかしら?」肩ごしにトレントに目を向けると、彼の取りすました笑い顔がかすかに曇るのが見えた。思ったとおりだわ、とパンドラはほくそ笑んだ。トレントはグローヴナー・スクエアのじゃじゃ馬がどこまでついてこられるか、ゲームをしているだけなのだ。そしてパンドラはおもしろいゲームがなにより好きだった。

「ああ、もちろん細かいことはこれから決めるとしよう」

トレントの声にかすかなためらいが聞きとれた。名家の令嬢がこんなとんでもない申し出をまともに受けとるとは、思いも寄らなかったに違いない。

「取りきめることが山ほどあるわね」パンドラは振りむき、勝ちほこった笑みを押しかくした。トレントはパンドラを見つめ、相手もゲームをしているとわかったかのように、ふたたび微笑《ほほえ》んだ。

「そうだ」トレントの目がいたずらっぽく輝いた。「話し合わないといけないな」

「ええ。でもここはそれにふさわしい場所じゃないわ。まだ夜も更けていないし。一時間――いいえ、二時間考えさせて。二時間後にお会いしましょう。公園で。グローヴナー・ゲートのそばの」

トレントが眉《まゆ》を寄せた。微笑が消えている。「ミス・エフィントン。そうやって会うのは、どうかと思うが……」

「そうよね。この時刻でも、あの公園は逢いびきにぴったりの場所とは言えないわ」パンドラはしばらく考えていた。「わかった。グローヴナー・チャペルの裏はどうかしら、墓地の横の。あそこならもっと人目につかないでしょう」

「そんな夜の夜中に墓地を訪れる羽目になるとは、思ってもいなかったよ」

「話し合いを続けたくはないの？」

「もちろん、続けたいさ」トレントはドアのほうへ向かった。ドアをあけ、お辞儀をする。「それじゃ、二時間後に」

パンドラはうなずき、ドレスの裾《すそ》を引きながら部屋を出た。うしろから低い含み笑いが聞こえ、思わずよろめいた。

いったいわたしはなにをしでかしてしまったの？　今まで男の人と二人きりで会う約束をしたことなどなかったのに。まして初対面も同然の男性と、真夜中に人目につかない場所で会うなんて。二人きりで話がしたいと持ちかけたときには、そんなことをするつもりなんてなかった。あのけだものに不意を突かれたのよ。思っていた以上に魅力的で頭のいい人だわ。わたしが彼の愛人になりたがっているなんてばかげたことを言うんだもの。それにしても、今回はわたしも調子に乗りすぎたかもしれない。

パンドラは小さくうめいた。この衝動的な性格と結果を考えない無鉄砲さのおかげで、わたしはいつも危険な状況に追いこまれる。でも冒険には危険がつきものじゃない？　とにかくわたしは冒険がしたくてたまらないの。

パンドラはそっと舞踏室へ戻り、抜けだしたのを誰《だれ》にも知られていないよう願った。こんなに大勢いては、パンドラがいなかったのに気づいた人などいるはずがない。不公平で理屈に合わないようだが、未婚の男性は思いどおりにふるまってもかまわないのに、未婚の女性は作法だのばかげた規則だのに縛られなければならないのだ。トレントと二人きりでいたことは、まちがいなく無作法なことと言われるだろう。

パンドラは、なんとなく見おぼえのある紳士からダンスを申しこまれた。上の空で承知し、その男性のリードでフロアへ出た。いつも、社交界にいられなくなるほどのスキヤンダルや非難は避けながら、できるだけ他人の決めたルールには従わないことにしてきた。大変だけれどやりがいもある。パンドラの生活は退屈とは縁のないものだった。

トレントは舞踏室へやってきてパンドラの視線を捕えると、いたずらっぽくグラスを持ちあげて会釈した。ありがたいことに、すぐにダンスが始まって彼の目から逃れることができた。パートナーをできるだけ熱っぽく見つめ、誰かは知らないけれど、その人だけに注意を向けてトレントのほうを見ないようにした。パートナーはお返しにうっとりと微笑んでくれたが、少しも興味を引かれなかった。パンドラはため息をついた。トレントをあいだにはさんでダンスをしているみたいだわ。

パンドラは決意を固めた。トレントに勝負に勝ったと思わせるわけにはいかない。絶対に。

約束は守るつもりだけど、ちゃんと準備をしなければ。トレントと二人きりで礼拝堂にいても、危ないことなんかないはずよ。それより誰かに見つかるほうがこわい。そんなことになれば、トレントはわたしの名誉を守るために結婚を申しこむはず。そんな罠《わな》にはまるもんですか。

結婚するときは、いえ、もし結婚するなら、愛がなければだめよ。お母さまは愛のために結婚したけれど、たいていの友だちはそうじゃない。大切なのは愛だわ。

トレントのちょっとしたゲームについては、とりあえずおもしろそうだった。パンドラが小さな笑い声を上げると、パートナーがうれしそうな目を向けた。今夜トレントを誘ったのは、愛人だの妻だのになりたいからではなかった。

この七回目の社交シーズンまで、トレントは一度もダンスに誘ってくれたことがない。あの花婿候補にうってつけの伯爵は、これまで自分に目を向けさえしなかったと気づき、パンドラは腹立たしかった。気にしているわけじゃない。わたしだってあんな人、目にもとめなかったもの。

トレント伯マクシミリアン・ウェルズは、ろくでなしの遊び人で悪党で、おまけにけだものかもしれないけれど、これまでグローヴナー・スクエアのじゃじゃ馬と知恵比べをしたことはない。かわいそうに、あの人はいま自分がどういう状況にあるかわかっていないのよ。

ゲームの始まりだわ。

「またうんざりするような舞踏会に、実りのない夜ってわけか、マックス」ボルトン子爵ローレンスは、いつものように無関心を装いながら言った。

友人からマックスと呼ばれているトレントは、いつものようにさらりとかわした。

「実りがないとは言えないさ、ローリー」

「こんな煉獄《れんごく》みたいな場所にいるのは、もうたくさんじゃないか？　結婚という足かせをはめて、ぼくたちの寿命を縮めようとしている世話好きな親戚《しんせき》の女性たちを怒らせずに、ここから抜けだせないかな?」

「まだだめだ」マックスはつぶやいた。彼の目はじっとパンドラに注がれている。パンドラは、名家の令嬢が生まれながらに持つ気品をまとい、ダンスフロアを舞っていた。だがそのステップの見事さは、先祖の血というだけではなかった。彼女は内から輝いていた。こんなたぐいまれな魅力を持つミス・エフィントンと暮らすのは、退屈なわけがない。

ローリーは給仕人のトレーからうまくグラスを取りあげると、シャンパンをひと息に飲みほした。「なぜだめなんだ、マックス? まだ宵の口だよ。ギャンブルで運試しをしてもいいし――」

「あとでな」マックスは言った。パンドラとの逢いびきが終わってからだ。どんなばかげた夢のなかでさえ、パンドラがあんなことを言いだすとは予想もしなかった。けれども彼女とはじめて顔を合わせたとき、思いも寄らないことが起きた。愛人になりたがっているなどと言って、パンドラを非難するつもりなどなかったのに。あのじゃじゃ馬のせいで、自分のなかのけだものの血が目ざめたのかもしれない。

「誰を見てるんだ?」ローリーは踊っている人たちから友人の顔に視線を戻した。「マックス?」

「ああ？」パンドラが社交界にデビューした最初の年には、マックスは彼女にほとんど興味を引かれなかった。おかしな話だが、戦争から戻ったばかりで、どれほど美しくてもうぶな娘には魅力を感じなかったのだ。二年目の社交シーズンも、パンドラのことはまったく頭になかった。彼女の行動に注目し、あれこれ考えるようになったのはここ数年だ。次はなにをしでかすのだろう？　どんな規則を破るつもりなのか？　誰の心を踏みにじるのか？　誰が彼女を乗りこなすのだろう？　そういう男は誰もいなかった。いままでは。

「考えるだけでもだめだぞ」

「なにがだめなんだ？」マックスは上の空で答えた。今年の社交シーズンが始まるまで気づかなかった。最初は単なる好奇心でしかなかったものが相手への関心になり、ついには欲望になったことに。その思いは激しく、打ち消しがたいものだった。

「彼女のことを考えるのがさ」ローリーは心配そうな声で言った。「きみは、いま見つめている人のことを考えているだろう？　パンドラ・エフィントン、あのじゃじゃ馬のことを？」

「彼女はきれいだよ」マックスはさりげなく言った。花嫁選びはもう終わりだ。よくも悪くも、ぼくが妻に望むのはパンドラ・エフィントン、欲しいのは彼女ひとり。手に入れてみせる。

「とてもきれいだ。あの黒髪といい、見事なブルーの瞳といい」ローリーはいらだたしげに、踊っている人たちを見つめた。「どういうわけか、彼女は歳を重ねるたびに魅力的になるようにみえる。それにたっぷり金もあるし。でも彼女はトラブルメーカーなんだよ、マックス」

「そうなのか？」

ローリーはマックスに目をやった。「ホワイト社交クラブで、どれだけ賭《か》けの対象になったかわかっているのか？」

「正確には二十三回だ」マックスはにやりと笑い、グラスを唇に当てた。「彼女はいろいろとやってくれるよ」

「少なくとも毎年一度は決闘の原因になっている」

「そんなことはない。ならなかった年が二回あるはずだ」

「あの娘はスキャンダルぎりぎりの危ない橋を渡っている」

「ぼくたちだって同じだ。でも、彼女はもう橋から落ちるさ」

「あのじゃじゃ馬には近づくなよ、マックス。いつか跡継ぎを作る必要に迫られて自由を犠牲にすることになったら、ミス・エフィントンとはまったく違う女性と結婚するべきだ。品行方正で悪い噂なんかひとつもなく、道徳観念の高いレディとね」

「きみ自身は道徳なんて気にもしていないじゃないか」マックスは笑い、パンドラとエスコート役が踊っているあたりに目を走らせた。

ローリーはうめいた。「きみは、ぼくの話をひとことでも聞いてたのか？」

「なにもかも聞いてたさ」

「それなのに、まだあのじゃじゃ馬にちょっかいを出すつもりかい？」

「いや、違うよ」

マックスはカフスを直すと、ローリーにいたずらっぽく微笑みかけた。

「彼女の親友にダンスを申しこむのさ」


満月の光のなかでも、墓地はひどく不気味だった。パンドラは礼拝堂の冷たい石の壁にもたれて震えていた。マントの下に隠しもったピストルの重みがわずかばかりの慰めだった。まったく、これじゃグローヴナー・スクエアのじゃじゃ馬の名がすたる。

パンドラはため息をついた。そのあだ名にふさわしく生きるのは大変だった。そんな名前をもらうようなことなどしていないのだから。怒りを抑え、ずけずけものを言わないでおくことができないだけ。じつを言うと、すべては二度目の社交シーズンに起きた出来事を誤解されたせいだった。いまでは顔も名前も覚えていない若い貴族と一緒に、親の同意なしでの結婚が認められているスコットランドのグレトナ・グリーンへ逃げたのだ。ほかにも二組のカップルが一緒だったが、真剣に結婚するつもりだったのはそのうちの一組だけ。あとは真夜中に危険を冒し、禁じられた悪ふざけをすることへの好奇心のほうがずっと強かった。

運悪く馬車が故障して満員の宿屋で少し休んでいたとき、懸命に追ってきた親族や袖《そで》にされた求婚者たちに捕まって、ことは収まった。他愛のない出来事だったのに、そのあとの騒ぎは大げさすぎた。ほかのカップルは世間の非難を浴びつづけるのを避けるため、大人しく結婚することにした。一組は喜んで、もう一組はしぶしぶながら。

けれどもパンドラは、冒険をともにした紳士との結婚をきっぱりと拒否した。なぜ、よく知らない男と一生をともにしなければならないのかわからなかった。たいして悪いことなどしていないのに。それにその男はおばかさんだった。

事件にかかわったカップルたちは、パンドラが一緒だったのを秘密にすると誓ったけれど、やはり噂は漏れだした。それでもパンドラのことは、ほかの人たちほど世間に知られなかった。公爵の血を引いていて、一族がかなりの財産とそれに見合う力を持っていることもあり、彼女の評判はそれほど損なわれはしなかった。けれどもあのおばかさんは――名前を思いだせればいいのだが――パンドラにのぼせあがり、結婚をきっぱり断わられるとショックを受けた。〝グローヴナー・スクエアのじゃじゃ馬〟というあだ名をつけたのはその男だ。内緒だけれど、パンドラはその称号をかなり気に入っていた。

遠くで小枝が折れる音がした。

パンドラははっとし、横目で墓地の黒い影のほうを見た。トレントかしら？　違う、彼なら黙ってこそこそとやってくるはずがない。きっと征服者のように堂々と歩いてくるわ。

その音は執事のピーターズか、パンドラが機転をきかせて連れてきて、墓石のあいだにうまく隠しておいた二人の召し使いのうちのどちらかが立てたものに違いなかった。

トレントは本当にそのつもりなら、もうここへ来ているはずだった。草のなかでなにかがすばやく跳ねた。パンドラは驚いてピストルを握りしめた。夜行性のリスだわ、こわがることなんかない。それでももしトレントがすぐに来なければ、立ち去らなければならなかった。一晩じゅう待っていることはできない。トラブルになるだけだ。男の人たちのせいで、もう手に余るほどのトラブルを抱えているというのに。

毎年少なくともひとりから永遠の愛を誓われた。じゃじゃ馬というあだ名のことでなにか言われたりすれば、パンドラの名誉を守るために決闘が起きた。だが決闘で死んだ人はひとりもいなかった。けがをした人さえほとんどいない。イギリス男性の花形のような紳士たちが信じられないほど射撃が下手だとしたら、いったいなぜイギリスはナポレオンを打ちまかせたのだろう。

なにかがパンドラの手に触った。彼女は金切り声を押しころした。春の風が吹いただけ、こわいことなんかない。ほかになんだというの？　幽霊なんて信じてないわ。なにかに肩を捕まれ、パンドラはパニックに襲われた。金切り声を上げ、マントの下からピストルを引っぱりだすと、夜の闇《やみ》に向かって撃った。

第二章　賭けの提案

「撃ち殺されればいいと言われたとき、今夜きみにそうされるとは思わなかったよ」聞きおぼえのある声が皮肉っぽく言った。

「トレントなの？」パンドラの声は震えていた。

「ほかの人間が来るとでも思っていたのか？」

「いいえ」心臓が飛びだしそうなほど激しく打っている。パンドラは無理に落ちついた声を出そうとした。「遅かったわね」

「きっかり時間どおりだ。ぼくを殺すつもりだったのか？」

「いいえ、いまはまだね」パンドラはピストルを下ろした。

「それはよかった。話し合いを始めるのにふさわしいやりかたとは思えないからな」

「そうね」パンドラは息を深く吸いこんだ。「話し合いのことだけど。いろいろと考えてみたわ。ねえ、伯爵、女が純潔を捧げてもいいと思う理由は、たった二つじゃないかしら。お金のためか庇護《ひご》を受けるためかどちらかよ。わたしはどちらも必要ないわ」

「そのとおりだ。きみは金もあるし、ピストルも持っている。使いかたは知っているのかい?」

「もちろん」パンドラは嘘《うそ》をついた。

マックスはばかにしたように笑った。「そうかな。ぼくはきみの真うしろにいたのに、撃ちそこなったじゃないか」

「わたしは卑怯者《ひきょうもの》じゃないもの」パンドラはつぶやいた。

「がっかりしたよ」マックスはため息をついた。「ぼくの金も庇護も必要ないなら、話し合うことはなにもないだろう。銃の扱いについていくつかアドヴァイスはできるけれどね」

「話し合うことはたくさんあるのよ」パンドラはきっぱりと言った。「あなたがミス・ウェザリーのことをどうするつもりか知りたいわ」

「ミス・ウェザリーだって?」マックスの声には、とまどいが感じられた。「どういうことだ?」

「あなたはこの社交シーズンのあいだ、彼女にずいぶん関心を持ってるわね。自分に気があると彼女に思わせてしまったのよ」パンドラはマックスの胸を指で突いた。「伯爵、あなたは彼女の心をずたずたにしたんだわ」

マックスは相手の非難が、いや相手の図々しさが信じられないかのように、しばらく黙って立っていた。それから不意に笑いだした。その低い声は、パンドラの体の芯《しん》を揺さぶった。

「ぼくをどんな男だと思ってた？　きみが自分で言ってたじゃないか」マックスの声には、人を見くだすような気取ったところがあった。「ぼくはろくでなしの遊び人だって。それにけだものなんだろう」

「そんなに威張ることじゃないでしょう」

「いや、そんなことはないさ。きみが贈ってくれた称号を得ることに人生のほとんどを費やしたからね。その名に恥じないように十分、楽しませてもらってはいるが、きみの友人については称号にふさわしいことをしたとは言えない」

パンドラはばかにしたように言った。「そうかしら？」

「そうだ」マックスはきっぱりと答えた。「苦労して得た評判を台無しにしたくはないんだが、ミス・ウェザリーをその気にさせるようなことはなにもしてないよ」

「でも彼女は――」

マックスは片手を上げてパンドラの言葉をさえぎった。「もしぼくにちょっと声をかけられたのを愛情表現と思ったのなら、それは誤解というものさ。結婚するとしたら、ミス・ウェザリーのような女性は絶対にごめんだ」

「どうしてかしら？」

「彼女は美徳の鑑《かがみ》だからね」

友人を悪く言われ、パンドラは怒りがこみあげた。「ミス・ウェザリーはきれいだわ」

「そうかもしれない」マックスは肩をすくめた。「それに妻としては、おとなしく扱いやすいに決まっているが……乗りこなすおもしろみなんてどこにある？」

「おもしろみですって？」パンドラは頭を上げ、マックスをじっと見た。

「そうだ。もし一生ひとりの女性につなぎとめられるのなら、おもしろい人生が送れそうな人を選ぶよ。瞳に火花を、魂に生気を宿した女性がいい。見栄えのする、顔がかわいくてスタイルもいい人。それに子供も産んでくれないと――」

「いい雌馬に求められる条件とたいして変わりなさそうね」パンドラはつぶやいた。

マックスは聞こえなかったかのように話を続けた。

「――確実に財産を譲れるような跡継ぎを作らないと。それに妻にはかなりの知性を求めたいね。ばか笑いするまぬけな娘と暮らすつもりはないから」

パンドラは眉を寄せた。「立派な妻というよりは、理想的な愛人をほしがっているみたい」

「そうかもしれないな」マックスは含み笑いをした。「結婚したら、よそに楽しみを求めるつもりはないさ」

パンドラは首を振った。「あなたの条件は信じられないほどきびしいわ」

「そうかな」マックスは首を回し、月の光を目に受けた。「以前はそう思っていたが、いまは……」

パンドラは不意に喉《のど》が詰まった。「いまは？」

「自分の条件に合う妻を見つけたと思う」

今度は胃のあたりになにかが詰まった感じがした。「本当なの？」

「そうだ」マックスの声には、真剣さとまじめさが感じられた。「ぼくたちは、とてもうまくいくと思う。朝になったらまずきみの父上を訪ねよう」

「父を訪ねるですって？」この図々しい男はわたしの気持ちなんか無視して、わたしの将来を勝手に決めるつもりだわ。思ったとおりよ。この人にとっては妻を選ぶのも馬を選ぶのも同じなんだわ。

もはや単なる悪ふざけではすまなくなった。この人を痛い目にあわせてやらなくては、とパンドラは考えた。銃で撃ってしまえばよかったのかもしれない。

「父に会いにいくということは、この話し合いを結婚の申し込みと考えていいのかしら？」

「それがぼくの望みだ」

パンドラは首をかしげ、マックスにたっぷりした黒くつややかな睫毛《まつげ》が見えるようにした。それから頰《ほお》のえくぼがよく見えるように、口の端を少し上げてかすかに微笑んだ。完璧《かんぺき》よ。練習したとおりだわ。彼女は誘うように低い声で話しかけた。「わたしの望みは聞いてくれないの？」

「きみの望み？」

「そうよ」パンドラはささやくように言った。社交シーズンも七回目ともなれば、ろくでなしの遊び人で悪党で、おまけにけだもののような男の扱いかたについて、ひとつやふたつは学んでいるものよ。

「それで……その……きみの望みは？」マックスは用心深く尋ねた。

「ええ、伯爵、わたしの望みは……」

「なにかな？」

「わたしの心からの望みは……？」

「それは？」

パンドラは唇をかみ、笑い声を立てないようにした。この人ったら、ものすごく期待しているわね。「つまり、わたしが言いたいのは……」

「さあ、言ってごらん」

パンドラはこれ以上ないほど甘い声で答えた。「――あなたとの結婚を承知するくらいなら、アメリカの原野に裸で放りだされたほうがまし、ってことよ」

一瞬、場が凍りつき、会話が途切れた。パンドラは勝ったと思った。

不意にマックスの笑い声が夜の闇に響きわたった。「思ったとおりだ。きみはすばらしい妻になれる」

「もちろんよ」パンドラはぴしゃりと言ったが、勝ったという思いはすっかり消えた。「でもあなたのじゃないわ」

「ぼくたちはすばらしいカップルになれると思う」

「わたしの話をちゃんと聞いてたの？」

「まあ、まあ、ドーラ――」

「ドーラと呼ぶのはやめて！」パンドラはピストルを持った手を上げた。「ドーラと呼んでいいのは、父と母だけよ」

「それと」と、マックスは鋭く言った。「きみの婚約者も」

「あなたはわたしの婚約者じゃないわ！」

「ぼくをマックスと呼んでいいよ」マックスはパンドラの手からピストルを取りあげた。

「あなたをマックスなんて呼びたくないわ」

「ドーラとマックス。響きがとてもいい」マックスはつぶやいた。

「つがいの猟犬みたい」パンドラはつんと顎を上げ、マックスをにらみつけた。「さあ、ピストルを渡してくれれば、話し合いは終わりよ」彼女はピストルを取りあげようとしたが、相手はきつく握っていた。

「ひとつしか入ってなかった弾はさっき使ったから、それはもう役に立たないよ。まちがってぼくの足の上に落として、一生、不自由にさせるというなら話は別だが」

「落とすとしたら、まちがってじゃないわ！」

「それに、ぼくたちの話し合いは始まったばかりだ」この人でなしは楽しんでいるらしい。「きみには武器を持たせないほうがいいようだし」

「わかったわ。それじゃそのいまいましいものを持っていてちょうだい」パンドラは踵《きびす》を返し、ゆっくりと立ちさろうとした。

「どこへ行くんだ？」

「邸《やしき》へ戻るのよ」パンドラは墓地のほうへ堂々と歩いていった。

マックスは笑った。「そっちには死者がいるだけだ」

パンドラは歩をゆるめた。いまいましい男。「もう一瞬でもあなたといるくらいなら、永遠の休息を楽しんでいる人たちと一緒にいたほうがましだわ」

「パンドラ」マックスの足音がうしろから聞こえた。彼はパンドラの腕をつかんで振りむかせた。「ばかなことを言うんじゃない。夜中にひとりで墓地をぶらつかせるわけにはいかないよ」

「おびえてなんかないわ。死んだ人なんて、こわくもなんともないもの」

「ぼくが心配なのは、死者じゃない。夜更けのロンドンの町に出没し、一人歩きの女を狙《ねら》う生きた人間だ。じゃじゃ馬といわれていても、女は女だから」マックスはおもしろがっているらしい。「きみとの生活は退屈とは無縁だろうな」

「わたしとの生活なんて、あなたには関係のないことよ」パンドラはマックスの腕を振りほどこうとしたが、だめだった。

「ああ、でもそのうち関係あるようになるさ」マックスはパンドラの向きを変えさせ、礼拝堂のほうへ半ば引きずるように連れていった。「ぼくの馬車が礼拝堂の前に待たせてある。邸まで送ろう」マックスは声を張りあげた。「ほかの者も、もう帰るぞ」

パンドラはうめいた。「なぜわかったの――」

「恐れ入ります、伯爵さま」ピーターズが近くの木の陰から出てきた。「ミス・エフィントンの安全はわたくしどもの責任でございます」

「おまえも武器を持っているのか?」マックスはあきれたように言った。

「もちろんでございます」ピーターズは一瞬ためらったのちに答えた。包丁でさえ持ってきたかどうか疑わしかった。

「わかった」マックスはため息をついた。「おまえはぼくの御者の隣に乗ればいい。それからきみは」そう言うとマックスはパンドラを通りのほうへ連れていった。「ぼくと一緒に乗るんだ。ぼくたちのおしゃべりは、始まったばかりだからね」

「もうあなたと話すことなんてないわ」パンドラはできるかぎりきびしい声で言った。

「それはどうかな」マックスは、みながランドー馬車に乗りこむときにつぶやいた。

ありがたいことに馬車は数分でパンドラの邸の前に着いた。マックスは馬車から降り、パンドラに手を貸そうとした。パンドラは差しだされた手を取ろうともせず、さっさと降りると正面玄関へ歩いていってしまった。ピーターズを追いこしそうな勢いだ。

魔法のようにドアが開いた。ドアの向こうに召使がいて、パンドラたちが戻ってきたのを見ていたに違いない。「ドアを閉めてちょうだい、ピーターズ。あのけだものをなかへ入れるわけにはいかないわ」

「そうだとも、ピーターズ。ドアを閉めるんだ。けだものならもうなかにいる」

パンドラは振りむき、マックスをにらみつけた。「わたしが無事に邸へ戻ったのを見とどけたでしょう」パンドラは帰ってほしいと言わんばかりに手を振った。「もう引きとってけっこうよ」

広大な玄関ホールに灯《とも》されたろうそくのぼんやりした明かりのなかで、マックスの目が輝いた。「まだ話し合いは終わっていない」

「わたしはもう――」

「ピーターズ」マックスは執事にパンドラのピストルを差しだした。「これをミス・エフィントンには手の届かないところに置いてもらえれば、少しは安心なんだが。この人はそれを誰かに投げつけたがっているらしいからね。誰かっていうのはたぶんぼくだが」

ピーターズはしばらくマックスの顔を見つめ、なかなかの人物だと判断したらしい。

「お嬢さま？」

「大丈夫よ」パンドラはため息をついた。「二人だけにしてちょうだい」

ピーターズはピストルを受けとって邸の奥の暗がりへ消えたが、パンドラには遠くへ行ってはいないとわかっていた。

「さあ、マックス」パンドラは、吐きすてるように言った。「話し合うことがあったかしら？」

マックスはにやりとした。「マックスと呼んでくれてうれしいね」

「名前を呼ばれて喜ぶところは、猟犬と同じだわ。でも猟犬なら狩りがいつ終わったかわかるはずよ」パンドラはドアのほうへ顎をしゃくった。「わたしたちの話し合いも」

「終わってなんかいない」マックスは急いではいないようだった。立派な玄関ホールをゆっくりと歩きまわっていた。この邸の調度品や装飾はほかのどこにも引けをとらない。マックスはサクラ材のテーブルのところで足を止め、小さな大理石のかけらをつまみあげた。キューピッドと思われる少年の顔の彫刻で、像のほかの部分はずっと昔に失われていた。マックスは手のひらにのせてそれを裏がえした。「興味深いね。古代ギリシャのものかな？」

「たぶん」パンドラは用心深く答えた。

「とてもすばらしい」マックスはかけらをじっくりと調べた。「きみのご両親のコレクションの一部だね」

それじゃ、この人はわたしの両親のことを知っているんだわ、もちろん、知らない人などいるはずがないけど。それでもまだ、お上品な社交界には二人の研究を理解する人はほとんどいない。お父さまと、それから驚くことにお母さまも、古代ギリシャの遺物の研究にふさわしい評価をしてもらっているのは、学者の世界でだけ。この大理石のかけらの価値をわかるなんて、マックスもなかなかのものね。「それは二人がはじめて一緒に見つけたもののひとつなの。父はずっと――」

「パンドラ」マックスのまなざしも声も驚くほど真剣だった。「きみはなにを求めている？」

「なにをって」パンドラは口ごもった。「どういう意味かしら？」

「きみは夫になにを求めているのかな？」マックスは大理石のかけらをそっと戻した。彼の態度はまた冷淡なものになった。「さあ、ぼくは妻になにを求めるか説明したね。せめてきみも夫になにを期待するか話してくれ」

「言ったでしょう、夫なんていらないわ」

「でももし夫を持つとしたら?」マックスはさらにホールを調べてまわり、二階の回廊へ続く広々とした吹き抜けの階段やそびえ立つ大理石の柱を見て、満足げにうなずいた。パンドラは落ちつかなくなり、両手を握りしめてなんとかじっとしていようとした。

「もしそうなら、いえ、そんなつもりはないけど、万が一そうなったら」パンドラは考えを巡らせながら、ぼんやりと下唇をかんだ。「あなたがさっき言ったように、見ていて不快にならないような人がいいわ」

「そのとおりだな。小さな子供がおびえるような容貌《ようぼう》の男に、一生縛りつけられるのはまずいからね」マックスは先祖伝来の絵の前で立ちどまり、じっくり眺めた。

「でもそれはいちばん重要な条件じゃないの」このやっかいな男に、自分が外見だけで夫を選ぶような浮わついた女だと思われたくなかった。「夫にするなら知的な人がいいわ」

「それは言うまでもないね」

「道徳心があって、意志が強い人。勇気のある人がいいわ」

マックスはそのとおりだというようにうなずいた。「勇気というのは、結婚相手に求めるのにふさわしい条件だ」

「名誉を重んじることも」

「もちろんだ」別のテーブルへ移動し、そこで足を止めた。

「爵位」

「当然だね」マックスは詮索《せんさく》するような目を向けた。「財産は?」

パンドラは顔をしかめた。「財産は外見と同じよ。多いほうがいいけれど、絶対に必要な条件というわけじゃないわ。自分でもかなりの財産を持っているから。それでも夫になるかもしれない人は、お金持ちのほうがいいわ。財産があるにこしたことはないもの。これまでお金に困ったことはないし、貧乏でもいいなんて思わない」

「そうだ、きみは清貧なんて柄じゃないからね」マックスはまた歩きだした。「それだけかな?　きみの夫選びの条件は?」

「そうよ。じっと立ってる人っていうのを別にしたらね!」パンドラはまくしたてた。

「夫を探すつもりなら、ということよ、それにもういちど言っておくけど、わたしは結婚なんか――」

「それはわかっている」マックスは大理石の柱にもたれ、両腕を胸の前で組んだ。

「夫に望む条件を挙げるなら、それだけだわ」

「つまり、きみはヒーローを求めているわけだ」

「ヒーローですって?」なんておもしろいことを言う人なの。「アキレスやオデュッセウスのような人ってこと?」

「あるいはトレント伯か」マックスはかすかに笑みを浮かべた。

「言ってくれるじゃない」パンドラはレディらしからぬ仕草で鼻を鳴らした。「あなたなんか、ヒーローじゃないわよ」

マックスはそっけなく肩をすくめた。「ぼくはすべての条件に合うよ」

「そんなことないわ」

「ぴったりだ」マックスは首をかしげてホールの突き当たりの暗がりをのぞいた。「ピーターズ?」

「はい、伯爵さま」ピーターズの声が物陰から聞こえた。

「ぼくにはヒーローの資格があると思うかい?」

「わたくしはそれを確かめる立場にはございません」

「マックス」パンドラがさえぎった。「わたしが答えようとしたのに。ピーターズを巻きこまないで」

「そのつもりだが、客観的な意見が必要じゃないかな。さて、ピーターズ」マックスは姿の見えない執事のほうへ頭を向け、大声で言った。「ぼくの顔は小さな子供をおびえさせるかな?」

「あなたはとてもハンサムでいらっしゃいます、伯爵」

パンドラは笑いを噛《か》みころした。こんなことはばかげている。でもこの人がとてもハンサムで魅力的なのは否定できない。黒い髪、情熱を秘めた瞳、広い肩、それにすばらしく背が高い。ピーターズは見る目がある。「あなたが言ったように、それは重要じゃないわ」

「それはそうだが、ハンサムなほうがいいだろう。ピーターズ？」

「はい、伯爵さま」

「ぼくのほうが、パンドラの父上よりずっと財産があるんじゃないかな」

「そう聞いております」

「それも重要じゃないわ」パンドラは手を振ってマックスの言葉をさえぎり、笑いをこらえた。この人ったら、いったいどうなっているのかしら？　鞭《むち》でひっぱたきたい気にさせたかと思ったら、今度は笑いだしたい気分にさせるなんて。

「ああ、でもそれもまた、あるにこしたことはないだろう。おまえはどう思う、ピーターズ？」

「はい、伯爵さま、それはそうでございます。清貧など、お嬢さまの性には合いません」

「ピーターズったら！」

「ぼくの勇気が疑われたことなどあったかな、ピーターズ？　ウェリントン公の下でナポレオンと戦ったのを知っているか？」

「いいえ、存じませんでした」

パンドラはマックスが戦争に行っていたとは知らなかった。戦地にいたと聞き、相手をいくぶん見直したのはたしかだった。

「勲章を見せたほうがいいかな？」

「それはいい考えですね、伯爵さま」

「いいえ、けっこうよ」パンドラはあわてて言った。「そんな必要はないわ」

パンドラは戦争についてたいしたことは知らなかったが、それでも軍服にきちんとアイロンがかけてあるというだけで勲章がもらえるはずがないのはわかっていた。ほんの少しだけれど、心を動かされたと言わざるをえなかった。

「わかった。証拠も見ずにぼくの言葉を信じてくれるなら、ぼくの話は真実だと思っているわけだ。だからぼくに道徳心があるのも疑わないはずだね。そうじゃないかな、ピーターズ？」

「そのとおりです、伯爵さま」

パンドラは肩をすくめた。「わたしは――」

「名誉を重んじる心についても」

「まあ！　よく言うわね。女性とのお付き合いについてはどうなのかしら？　噂どおりならずいぶんお盛んなことね。ピーターズ？　そう聞いてない？」

「伯爵さまにはいろいろと噂がございますね、お嬢さま」

「遊び人だってことは、もう自分で認めているわ」パンドラは鋭く言った。

「ろくでなしで悪党で、それにけだものだってことも忘れないでくれ」マックスは自慢げに付けくわえた。

「忘れてなんかいないわよ」

「でもきみの記憶は完璧じゃないようだ。ぼくたちは、さまざまな噂や当てこすりが飛びかう狭い社会にいる。これまでぼくは、女性をひどい目にあわせたと噂されたことがあったかな?」

「ないわ」

「ピーターズ?」

「そんなことは聞いたことがございません、伯爵さま」

「女性をスキャンダルに巻きこんだとか?」マックスはパンドラに近づいた。

「そんな話は――」

「聞いておりませんよ」ピーターズが答えた。

「純潔を汚したとか?」マックスはさらに詰めよった。

「そんな噂はないと思うけど――」パンドラはあとずさりしたいのをこらえた。

「ございませんとも、伯爵さま」

「それじゃ、ぼくが名誉を重んじる人間だということに疑問はないね」マックスは勝ちほこったようにパンドラに笑いかけた。二人のあいだは、ほんの数インチしか離れていなかった。「少なくとも女性に関しては、ぼくにはやましいことはない。そのほかの件については、ぼくの言葉が証文だ。これまでそれを反故《ほご》にしたことはない」

「なにを言っても、あなたをヒーローだとは認められないわ」この人ったら、いつもこんなに近くに寄るのが癖なのかしら？

「そうかな？」マックスは片方の眉を上げた。「ピーターズ？」

「あなたさまはすべての条件に合っておられると思いますが」

「ありがとう、ピーターズ」マックスの視線はパンドラの唇へ移り、また瞳に戻った。

「さあ、もう二人きりにしてくれ」

「お望みのままに」執事の声はしだいに小さくなっていった。

「行ってしまったわけじゃないわよ」パンドラはマックスを見つめた。なぜこんなに息ぐるしいのだろう？

「わかっている」マックスは優しく言った。キスするつもりだろうか？「ぼくはきみのヒーローになれるよ」

「いいえ、絶対に無理だわ」そうだろうか？　でも、どうでもいいことよ。これまで一度もわたしのほうを見てくれなかった人をどうして気にすることがあるの？　ダンスを申しこんでくれたこともない。わたしの名誉を守るために命を懸けてくれたことだってないのに。

「証明してみせる」マックスはパンドラのほうへ頭を傾けた。「試練を与えてくれ、パンドラ。ヒーローの証を示させてほしい」

「どんな試練を与えればいいの？」パンドラはささやくような声で言った。

「きみの望みのものを」

「もし合格したら？」パンドラはすぐそばに相手の熱い体を感じた。

「そうしたら、きみはぼくの妻になり、ぼくは生涯きみのヒーローになってあげるよ」

マックスの唇は、パンドラの唇に触れんばかりだった。

「もし失敗したら？」パンドラは口をすべらせた。

マックスはためらい、それから肩をすくめた。「成功してみせるさ」

「でも、もしだめだったら？」いやだわ、これまでキスされたことがなかったわけでもないのに、こんなに落ちつかないなんて。

「わからない」マックスはいらだたしげに答えた。

「罰があってもいいとは思わない？」なぜマックスのキスのことを考えると、心臓がドキドキするのかしら？

「いや、別になくてもいいが」

「わたしはあったほうがいいと思うわ」キスするつもりなら、なにをぐずぐずしてるのかしら？　「もし勝ったらご褒美がほしいというなら、負けたときの罰も決めておくのが公平でしょう」

「きみの望みのままに」マックスは体を起こした。

パンドラはがっかりし、胸がちくりとした。たぶんそれでよかったのよ。わたしはキスしてほしくなんか全然なかったもの。

マックスの口調はそっけなかった。「きみの提案は？」

「考えさせてちょうだい」パンドラは呼吸を整え、指で下唇を軽くたたいた。マックスの視線を感じて頬が熱くなり、すばやく手を止めた。キスしてほしかったのかとマックスに思わせてしまったかもしれない。

パンドラはマックスに唇を重ねられるところを想像しないようにした。マックスのような男にふさわしい罰はなんだろう？　「試練を成しとげられなくても結婚はしなければ――」

「それはいい」マックスはにやりと笑った。

パンドラも笑いかえした。「でも相手はわたしが選んだ人よ」

「きみが選んだ人だと？」

「そうよ。ちゃんとふさわしい人を選んであげるけど、あなたの条件には合わないでしょうね」パンドラは相手の様子をうかがうように眉を上げた。「それでいいかしら？」

マックスはしばらく考えたあときっぱりとうなずいた。「わかった。それでぼくが勝ったらきみはぼくと結婚するというんだな」

今度はパンドラがためらう番だった。もし本当にこの人が勝ったらどうしよう？　結婚しなくちゃいけない羽目になったらどうしたらいいの？　でも、もっと動揺するはずなのにさほどでもないのはなぜかしら？　「そのとおりよ」

「それじゃ、決まりだな」

「そうね」パンドラはドアのところへ行ってあけると振りむいた。「おやすみなさい、マックス」

「ああ？」マックスはみじろぎもせず玄関ホールに立っていた。「試練のことだが。なにをすればいいのかな？」

「いまここで言えるはずがないのは、わかるでしょう。あれこれ考えて計画を立てないと。それに」パンドラは外の通りを手で示した。「こんな夜中に、しかもあなたにそばにいられては、できるわけないでしょう」

「ぼくは夜中にきみのそばにいられてうれしいけどね」マックスは不機嫌そうに目を細めた。「いいかい、パンドラ、ぼくは気が短いたちなんだ」

「そういう性格は直さないといけないわ」

「そうは思わないな」マックスは満足げな表情を浮かべた。まずいことを言いだしそうな気配がした。「二十四時間、きみに考える時間をあげよう」

「それだけじゃとても――」

「とにかくそれだけだ。二十四時間。それ以上はなし。そのときまでにどんな試練を与えてくれるか考えつかなければ……」

「どうなるの？」パンドラは、マックスの表情が気にいらなかった。

「きみは権利を放棄したとみなされる。ぼくの勝ちということになるね――」

「そうは思わないわ――」

「そうしたらすぐにきみのお父上に会いにいくつもりだ――」マックスはパンドラのほうへ近づいた。

「だめよ！」

「――それに、もうすぐ結婚式を挙げるとタイムズ紙に告示を出すことにしよう」マックスは開いたドアのところまで来ると立ちどまった。

「そんなことできるわけないわ！」

「できるとも、やってみせるよ。妻を選ぶのにずいぶん長い時間がかかったが、ようやくぼくの――」マックスは咳《せき》ばらいした。「条件に合う人を見つけたんだから。みすみす手放す気はないね」彼は自信ありげに微笑んだ。「ぼくはいつだって欲しいものは手に入れるさ、パンドラ。勝つのには慣れているし、とくにこのゲームは落とさないつもりだ」

「その点ではわたしたちは意見が合うようね」パンドラも自信たっぷりな笑みを抑えられなかった。「わたしだって負けるつもりはないわ」

第三章　役者は揃《そろ》った

「なんてことだ、マックス、頭がいかれたのか」ローリーは立ちあがった。「親友として、きみを正気に戻すのはぼくの義務、責任、いや使命だ」彼は顎を上げ、興奮して肩をいからせた。

「ローリー」マックスは警告するように言った。

ローリーはかまわず椅子によじ登り、すばやくかたわらのテーブルの上に立つと、男性専用の社交クラブの部屋を見わたした。「紳士のみなさん、聞いていただきたい」

ローリーはグラスを掲げると、芝居がかった仕草で見まわした。

「みなさんにお尋ねする。この男はまともにみえるか？」

マックスはうめいた。昔から、ローリーには興奮すると家具の上に乗り、演説を始める癖があった。

「こいつはどうかしている。女性に関してはぼくが手ほどきして、今夜ここにお集まりのみなさんがうらやむような男に仕立ててやったのに。この男がものにした女性は数知れない」

マックスはひそかに感謝の祈りを捧げながら天井をあおいだ。今夜ここにいる連中のほとんどは、ローリーがなにを言ったか覚えてはいないだろう。

「だが、それをなにもかも捨てることにしたらしい。この男は」ローリーは声を落とした。「結婚するつもりだ」

年配の紳士が鼻を鳴らした。「わたしは結婚してから一日たりとも心が安らいだことはない」

集会室には女性に対する不満の声がいっせいに沸きおこった。

ローリーはマックスに笑ってみせた。「ほら見ろ。幸福な結婚生活っていうやつの実態を」

「ここにいる連中は、その幸福を手にしていないから、こんな遅くまで居すわってるのさ。結婚についての正しい評価がほしいなら、家庭の安らぎを求めてとっくに帰った人たちに聞いてみるべきだよ」

「それに」ローリーは集まっている人たちを指さした。「賭けてもいいが、この人たちの奥方はみな、きみが妻にしたがっている女よりずっと従順だろうね」

「たぶんそこが問題なんだ」マックスは部屋をざっと見まわした。「この人たちの人生には血湧き肉躍ることなんてないんだから」

「もしそれが望みなら、結婚よりずっと楽な方法がいくつもあるだろう」ローリーはテーブルから降り、まだ手にしているグラスから酒を一滴もこぼすことなく、また椅子に体を沈めた。マックスはこの芸当を何度も目にしているが、いつも感心してしまう。ローリーはゆっくり息を吸うと、首を振った。「パンドラ・エフィントンか」

「結婚するのはまちがいだと思っているんだろう?」

「そんな言いかたじゃすまないね」ローリーはグラスの縁ごしにマックスをにらみつけた。「説得したら、きみは結婚を取りやめるのか?」

「いや、無理だ。ぼくは三十二だよ。もう結婚して子供を育ててもいい歳だ。それに」マックスは琥珀色《こはくいろ》の液体の入ったグラスを回しながら、穏やかな声で言った。「パンドラにぞっこんなんだよ。これまで、パンドラほど手に入れたいと思った女はいない」

「とんでもないことになるぞ」ローリーは友人にふりかかる運命を思い、ぞっとするような声で言った。「それに、どんな試練を受けるか彼女に決めさせるなんて……」ローリーは気乗りのしない様子でグラスを掲げた。「幸運を祈るよ。運を味方にしないとだめだ」

「運に恵まれなきゃいけないのはパンドラのほうだよ」マックスはにやりと笑い、自分のブランデーグラスを上げた。「ぼくはこのゲームを落とすつもりはないから」

「なんですって？」

「わたしの話を聞いてたでしょう」

「もちろん、でもパンドラ、そんな話は想像もできないわ」シンシア・ウェザリーは、エフィントン邸の雑然とした客間に置かれたソファにゆったりと腰をおろした。だがすぐに甲高い声を上げて飛びあがった。「いったい……」

「ごめんなさいね」パンドラはソファに掛けてあった布から、小さな陶器のかけらをつまみあげた。「ミケーネ時代のものよ。とてもすばらしいわ」

「そのようね」シンシアは力なく答えた。ドレスのお尻《しり》の部分の生地が破れてしまったらしい。

「シンシア、座ってちょうだい。もう大丈夫よ」

シンシアはソファを調べ、お尻に刺さるようなものがほかに落ちていないか確かめた。ソファの縁に用心深く腰かけると、いぶかしげに部屋を見まわした。「あのかたは、どうしてそんなことを……？」

パンドラは肩をすくめた。「わからないわ」

シンシアは非難するように親友をじっと見た。「よくそんなことを考えられたものね」

パンドラは近くのテーブルの上に散らばったさまざまな古代の遺物を脇《わき》へよけ、空いたところにその陶器のかけらを置いた。「じつはね、あなたを思ってのことなの」

「わたしを？」シンシアはいつにもまして驚いたような声を上げた。

パンドラはため息をついた。二年前、自分より年の若いシンシアが二度目の社交シーズンを過ごしているときから面倒をみてきた。年上の、自分のような友人を持てば、シンシアも花婿選びのための駆けひきがうまくなるのではないかと思ったからだ。パンドラとは違い、シンシアは結婚して幸せになることを漠然と望んでいるだけだった。

けれどもパンドラの影響力も、たいしてシンシアの役には立たなかった。どうしても自己主張ができないらしい。マックスが言うところの美徳の鑑というハンディを克服するには、自分の意見を言うことがどうしても必要なのに。パンドラは物静かなブロンドの友人のなかに炎の輝きを見つけることを、自分の使命だと考えていた。

「あなたの幸せな将来のためなのよ」

「まあ」シンシアの声は消えいりそうだった。

「あの人にあなたをどうするつもりか尋ねたの。あなたの心をずたずたにしたって言ってやったわ」

「トレント伯にそんなことを言ったの？」

シンシアの磁器のような顔がさらに白くなったような気がした。「シンシア、もし気絶したら、この古代の遺物だらけの部屋で永遠に寝かせとくから」

「やめてちょうだい。大丈夫よ」シンシアは膝《ひざ》に置いた手を握りしめた。すぐに気絶するのは、シンシアの困った癖のひとつだった。「どうしてそんなことが言えたの、パンドラ?」

「言いにくくなんかなかったわ」パンドラは昨夜、シンシアのことがほとんど話題にならなかったのを思い出し、椅子のなかでもぞもぞと体を動かした。「この社交シーズンのあいだ、マックスはあなたにとても関心を持っていたのよ」

シンシアは目を見ひらいた。「たしかなの?」

「ええ」

「それで、あのかたはなんとおっしゃったの?」シンシアの頬にほんの少しだけれど赤みが戻ってきた。

「じつは、それは違うと言われたのよ」

シンシアの顔色がまた白くなった。

「ごめんなさいね」パンドラはすぐに言った。「でも、マックスはぜったいあなたに関心があると思う」

「あのかたは礼儀正しかったけど、それだけよ」シンシアはまたソファに沈みこんだ。

「あなたもわたしも、不愉快な事実にちゃんと向き合うときだと思うの。今年は四度目のシーズンで――」

「わたしは二十四歳で、今年で七回目のシーズンだけど、それが不愉快だとはまったく思わないわ」

「あなたにとっては、そうでしょう。結婚にまったく興味を持っていないんですもの。お父さまがかなりの財産をくださったから。あなたは社交界にデビューしたときからずっと、思いどおりにふるまってきたじゃない。ものすごくきれいで才気に溢れているし、頭がいいのを隠そうともしないでしょう」

「わたしはいつも、女だって知的じゃなきゃいけないと思ってるの。それに自分の長所を隠す理由なんてないでしょう」

「わかっているわ」シンシアはしみじみとため息をついた。「あなたはたぐいまれな人よ。まるで伝説のヒロインみたい」

「わたしが?」パンドラは満足げに微笑んだ。「とてもうれしいわ」

「普通の女性はそんなふうに思わないでしょうね」

「わたしは普通の女性じゃないもの」

「そこが問題なのよ」珍しく、シンシアの目がなにかを決意したようにかすかにきらめいた。「わたしはごく普通の女性なの。ほかの人よりすぐれたところなんてないわ。背が高すぎるし、やせすぎている。肌の色も必要以上に白いし。それほど丈夫ではないし、性格も内向的だわ」

「ばかばかしい。あなたはとてもきれいじゃない。わたしたちはただ――」

「パンドラ、やめて」シンシアは驚くほどきっぱりとさえぎった。「わからないの？ トレント伯には、頭がよくて洗練されていて美しい女性なんて星の数ほどいるのよ。だってあの人は遊び人ですもの」

「ろくでなしで悪党で、それにけだものよ」パンドラはうなずいた。

シンシアは首を振った。「そこまで言うつもりはないわ。あのかたにはいろいろな噂があるけど、あれほどの爵位と財産をお持ちなら、結婚相手としては申し分ないでしょう。そんなかたがわたしみたいな女にまともに興味を持つはずがないじゃない」

「もちろん、そんなことはないわよ」

「少しはあなたのそのすばらしい頭を働かせてちょうだい、パンドラ。そんなこと、理屈が通らないでしょう？」

「誰かに惹《ひ》かれるのに理屈なんていらないわ」パンドラはとりすまして答えた。

「とにかく、もし本当にトレント伯がわたしに興味を持ったのなら、それはあなたに近づくためだと思う」

「わたしに？」パンドラは驚いたが、うれしくもあった。

「知的なのが自慢の女性にしては、今日あなたの頭はちゃんと働いていないようね」シンシアはいつになくとげとげしい言いかたをした。「これまで何回、結婚を申しこまれたの？」

「数回」

シンシアは片方の眉を上げた。

「わかったわ、何十回もよ」

「それで何回、承知したの？」

「もちろん、全部断わったわ」

「それで求婚者たちはどうしたの？」

「がっかりしたと思う」パンドラはにやりとした。

「そのほかには？」

「わからない」

「捨てられた崇拝者たちはみな、あなたを手に入れたくてたまらなかったのよ。あなたにはその気がなくてもね。あなたはいつもキツネで、求婚者たちは猟犬。トレント伯は、もう立場を入れかえたわ。あなたのほうから近づいたんですもの」

「でもわたしはあなたのことを話したかったのよ」

「とにかく、あなたはこのばかげたゲームをすることにしたんだから」シンシアはとりすまして微笑んだ。「あのかたはあなたを猟犬に変えたわ。近づいたのはあなた。ゲームを始めたのもあなたよ」

「ええ、たぶんそう、でもそんなつもりはなかった……」

そうだろうか？

マックスは、ロンドンの社交界にいる花婿候補のなかで、パンドラに注目しなかったただひとりの人物だと言ってもいい。パンドラは、最初のシーズンのとき彼に会ったのをぼんやり覚えている。浅黒い肌、なにごとも気にかけないような態度、情熱を秘めた瞳。世間知らずの少女など相手にしてくれそうもなかった。

ここ数年パンドラはマックスのことが気になっていた。なぜこの人は結婚しなかったのだろう？　おせっかいな母親と立派な持参金を持った魅力的な若い娘が、ずっと前にこの人をものにしなかったのはなぜ？　本当はどういう人で、なにを求めているのだろう？　マックスはパンドラにそれほどの興味を持っていないようにみえた。

でも、いったいなぜかしら？　その疑問は折りにふれてパンドラを悩ませた。わたしは伯爵の好みに合わないのかしら？　美しさや財産に不足があるとでもいうの？　両親は少し変わっているかもしれないけど、ふたりとも家柄は申し分ないわ。なぜ伯爵はわたしに関心を持たないのかしら？

あの人は自分で言ってたわ、瞳に火花を、魂に生気を宿した女性を妻にしたいって。グローヴナー・スクエアのじゃじゃ馬のほかに、それにぴったりの人がいるというの？あの遊び人の条件にぴったり合うのは、たったひとりしかいないじゃない。

不意に答えがひらめいた。パンドラは立ちあがり、震える声で言った。「あの人、わたしをだましたんだわ！」

シンシアの顔に、いつものおびえたウサギのような表情が浮かんだ。「どうやって？」

「そんなことどうでもいいわ」パンドラはそっけなく手を振った。「あいつはけだものだわ。そしてわたしはドーラ。猟犬よ！　くそくらえだわ」

「パンドラ！」シンシアが口元に手を当てた。

「ごめんなさい。でもあんなことをするなんて許せないわ」

「どんなこと？」

「あなたがさっき自分で言ったでしょう。あいつはわたしの関心を惹くために、あなたといちゃついたのよ。本当にいやらしい」

「あのかたはべつにそんなことしなかったわ」シンシアは小声で言った。「気がつきもしなかったもの」

「わたしは気づいたわ。それが望みだったのね。あの悪党め」

「でもなぜ――」

「わたしがあの人の理想にぴったりだからよ」パンドラはシンシアをにらみつけた。「わたしはあの人が妻に望むものをすべて持っている。あの人がほしくてたまらないものをね」

「でもわたしが思うに――」

「それにこのばかげた試練！　あの人、本当に頭がいいのね。わたしのヒーローになりたいだなんて――」

「あのかた、そんなことをおっしゃったの？」シンシアの顔がうれしそうに輝いた。

「なんてロマンチックなんでしょう」

「なんてずるいの！」パンドラはあざけった。「〝きみに証を示させてほしい〟って言ったのよ。〝試練を与えてくれ〟ですって。それでわたしはあの人の言うことを信じたの。なんて愚かなのかしら」

「でもあなたはどんな試練を与えるか考えなくちゃならないんでしょう？」

「それだから、よけいにぞっとするのよ。あの人は、なにもかもわたしが考えたことだと思わせたいのね。頭のいいけだものだってことは認めるわ」パンドラはゆっくりと首を振った。「今日の夜までにあのいまいましい男を出しぬく方法を考えつけなければ、わたしはすぐにも次のトレント伯爵夫人になってしまう」

パンドラはブロンズの神像を通りすぎ、大きな土器の壺《つぼ》の脇をすり抜け、散らかった紙の山をまたいで暖炉のところへ来た。そこには中国製の立派な銅鑼《どら》がもたせかけてあった。木製の鎚《つち》が革ひもでぶらさげられている。その鎚を持ちあげて銅鑼に当てるのは、今日はとくに愉快だった。雷鳴のような音が響きわたった。

広大な玄関ホールへ続く二重のドアが開いた。ピーターズが部屋へ入ってきた。「お嬢さま？」

「お茶をお願い」ピーターズにはいつも驚かされる。きちんとしたイギリスの執事を絵に描いたような人物で、もっと財産があって高い爵位を持つ家から魅力的な申し出をされても、風変わりなエフィントン邸を去るのを断わっていた。

ピーターズはうなずいて立ち去りかけたが、すばやく優雅な仕草で身をかがめた。緑がかったブルーの小さなもやのようなものが部屋のなかへ舞いこみ、シンシアの頭をかすめるように降りてきた。シンシアは金切り声を上げてソファから飛びおりた。哀れなシンシアのドレスが破れる音がはっきり聞こえ、紛れもないネコの鳴き声がした。

「——おまえなの？」パンドラは小声で言った。

「いったいどうやったら、そんな家の中を飛びまわるような生きものと暮らしていけるのかしら？」シンシアは床のガラクタのなかで身をすくめた。

「その子は飛びまわったりしないわ。ちょっとした自由を楽しんでいるだけ。ねえ、ヘラクレス」そのオウムはすぐにパンドラの手に乗った。

シンシアはまたソファによじ登った。「その鳥はわたしがきらいなのよ」

「ばかばかしい。ねえ、おまえは人間が好きよね」パンドラがまた銅鑼に目をやると、ヘラクレスは横木に飛びのった。「ギリシャへ行ったとき、この子がお父さまの命を救ってくれたようなものよ。泥棒の注意をそらして、財布に目がいかないようにしてくれたの」

「その鳥を見たら誰だっておびえるわ」シンシアは小声で言った。

ヘラクレスは頭をかしげ、片方しかないビーズのような黒い目をシンシアにじっと向けた。「ミャーオ」

シンシアはにらみかえした。「それに頭も悪いわ。自分をネコだと思ってるんですもの」

「ちょっと混乱してるだけよ」

シンシアはドレスの裂け目を調べて声をひそめた。「夕食にローストしてしまえばいいんだわ」

ヘラクレスはネコの鳴きまねをした。

「シンシアったら！　ヘラクレスは立派な家族の一員なのよ」

「結婚したら、トレント伯はそんな鳥を認めないと思うけど」

「あんな人と結婚するつもりはないわ！」

「そうなるに決まってるわよ」シンシアはまっすぐ相手の目を見つめた。「あなたはあのかたと結婚したがってるもの」

「ぜったいいや」パンドラは怒って顎を突きだした。「あんな人の妻になるくらいなら、南の海で生きたまま茹《ゆ》でられるほうがましよ」

「そう？　これまであなたは、誰かと結婚する羽目になるようなことはしなかった。それに」シンシアはいつになく芝居がかった言いかたをした。「あのかたをマックスと呼んでるじゃない」

「マックスはあの人の名前よ」パンドラは自分でもおかしなことを言っているとわかっていた。

「ほかの人はみんなトレント伯と呼ぶのに」

パンドラは胃のあたりが重くなるのを感じた。

「あなたはマックスと呼んでいるでしょう」

「その名前の響きが好きなだけよ。ほかに意味はないわ」

「トレント伯に勝ってほしいんでしょう」

「違う」パンドラはぴしゃりと言いかえした。シンシアの言うことが正しいわけはない。たしかにマックス、いえトレント伯には興味をそそられるけれど。おかしなことに、トレントのことをもっと知りたかった。彼と結婚するのは、ほかの誰の妻になるよりもましだと思えた。それに……パンドラは椅子に沈みこんだ。

「試練を与えてやるわ、あの人にはぜったい成しとげられない試練をね」

「あなたにはもうあまり時間がないでしょう」

パンドラはため息をついた。「なにか考えなくちゃ……」

ヘラクレスは銅鑼の上で羽づくろいをしていた。

「……なにか気のきいたことを……」

ヘラクレスはさかさまになり、横木にぶらさがった。

「……驚くようなことを……」

ヘラクレスはネコの鳴きまねをした。

「ヘラクレス、静かにして」パンドラはこわい顔でにらみつけた。「ときどきこの子にいらつくのはたしかだけど、お父さまはいつもわたしのヒーローと呼んでいるわ。それでヘラクレスという名をつけたのよ、ギリシャの……」パンドラははっと息をのんだ。

「……英雄にちなんで……」

シンシアはおずおずとパンドラを見た。「なにを考えているの？」

「わかった！　思いついたわ！」パンドラはうれしげに笑った。「完璧な試練よ。あの人は、やりもしないうちにあきらめるわ」

「あのかたが命を落としたりはしないでしょうね？」シンシアは額にしわを寄せ、心配そうに顔をしかめた。「破産するとか？　家名を汚すとか？」

「あの人の命も財産も名誉も、損なわれるようなことはないわ。でもあの傲慢さは――」パンドラは意地悪くにやりとした。「――また別の問題よ」

「本当にトレント伯を負かしたいの？」

「もちろん」操られたとわかったからには、マックスに勝たせるわけにはいかなかった。「道義の問題よ」

「まあ」シンシアの声は消え入りそうだった。「あのお気の毒なかたのために祈らないと」

「ええ、そのとおりよ」パンドラは、さらに椅子の背もたれに寄りかかり、にこやかに微笑んだ。「あの人にはそれが必要だわ」

第四章　手袋は投げられた

「これはなんだ?」マックスは眉を寄せ、きちんとした文字の書かれた紙をじっと見た。

「あなたの試練よ」パンドラの声は楽しげだった。

レディ・ハーヴェイの夜会で、人目につかないところにある図書室で会いたいとパンドラに言われたときには、マックスは自信に満ちあふれていた。それなのに……マックスは紙から目を上げ、パンドラを見つめた「これが試練なのか?」

「そのとおりよ、伯爵さま」パンドラは、いかにも無邪気でかわいらしくみえた。マックスが手にしている紙から考えると、それはうわべだけらしい。

「きみは本気なのか?」

パンドラは驚いたふりをして、かわいらしく首をかしげた。「ええ、もちろん」

「でもこれは」マックスはパンドラに紙をふってみせた。「これは無理だ」

「それじゃ、負けを認めるの? あなたはゲームを放棄し、わたしが勝つわけね? わたしは勝利者に与えられるご褒美をもらえるのかしら？」うっとりするような微笑がパンドラの唇に浮かび、その目は勝った喜びできらめいた。なんといまいましい女だろう、とマックスは思った。ただの女にこんな目にあわされようとは。

パンドラ・エフィントンはただの女ではなかった。

「いや、負けを認めるつもりはない」マックスは落ちついて答えた。「こんなことを予想していなかっただけさ」

パンドラは肩をすくめた。「あなたは挑戦しがいのあることを求めていたんでしょう？」

「それはそうだ。だがこれはまったく話が違う。きみの父上が研究している伝説じゃないか」

「ええそうよ」

「でもそれは違うと――」

「いいの、ヒーローの話ですもの」

「こんなこと思いもしなかった――」

「わたしのヒーローになりたいと言ったじゃない」パンドラはマックスの目を見つめた。「そうじゃなかったかしら？」

「それはそうだが――」

「それに、試練を与えてくれとも言ったわ。はっきり覚えているわよ。どんな試練にするかは、わたしが決めてよかったでしょう」パンドラは挑みかかるように言った。「自分の言葉を取りけすつもり？」

「いや」マックスはきっぱりと言いかえした。

この小娘は、ぼくが戦いもせずにあきらめると本当に思っているのだろうか？　マックスは微笑んだ。相手の顔からとりすました表情が消えている。ふたたび自信が湧いてきた。

「まったくそんなつもりはない。ぼくたちは契約をした――だからぼくとしては、約束は守るつもりだ。きみも決めたことを守ってくれるだろうね？」

「もちろんよ。でもあなたは勝てないわ」

「そうかな？　なぜだ？」

「ねえ、それを読まなかったの？」パンドラはマックスの横へ来ると、手から紙を取りあげた。

「ちゃんと読んだよ。これまでに習ったことの記憶が確かなら、それはヘラクレスの難業だな」

「正確にはヘラクレスの十二の難業よ。簡単なことじゃないわ」

「きみの試練がそんなものだとは――」

「お邪魔じゃなければいいが」ローリーがドアを押しあけて入ってきた。

マックスはため息をついた。「きみか。悪いんだが――」

「だめだ」ローリーは声をひそめた。「火急の用件できみに話がある」

パンドラは手に持った紙から目を上げて礼儀正しく微笑んだが、すぐに困惑した顔になった。

「紹介させてくれ――」

「いまはだめだ、マックス」ローリーはきっぱりとさえぎった。「ぼくたちは話をしなきゃならない。いますぐに」

「わかった」マックスはパンドラのほうを向いた。「かまわないかな?」

パンドラはマックスに手を振って紙に目を戻した。

マックスはローリーにうなずき、ふたりでホールへ出た。パンドラのつぶやく声がうしろから聞こえた。「最初の難業だけでも、命の危険があるわ」

マックスはにやりとした。パンドラはぼくの身を案じてくれている、いや、自分の手をぼくの血で汚したくないだけかもしれない。どちらにしても、いい徴候だ。

「さあそれで、ローリー。火急の用件とはなにかな?」

ローリーはマックスの肘《ひじ》をつかむと、有無を言わさずすばやくホールを抜け、邸の裏手へ連れてきた。「きみのトラブルについてあれこれ考えたよ。それで決心したんだ」

「トラブルなんてないぞ」

「まだわからないかもしれないが、きみはトラブルを抱えてるんだよ」ローリーは使用人用の食堂へ通じる通用口のドアをあけ、なかへ入った。「ついてくるんだ」

「いったいなにをするつもりだい？」

「きみを救おうとしてるんだよ、マックス」ローリーはきびしい声で答えた。

マックスは笑いをこらえた。こんなに毅然《きぜん》とした友人を見るのは、しばらくぶりだ。ここは調子を合わせてやらなければ。「なにから救うつもりだ？」

「もちろん、結婚からさ。それとあのじゃじゃ馬から。ひとつずつでも死より悲惨な運命が待っているのに、その両方だからな――」ローリーは身ぶるいした。「助かるには逃げるしかない」

「ずいぶんと卑怯なことに思えるけどね」

マックスは、なんとかまじめな顔をしようとした。いったいこの救出作戦はどこまで本気なのだろう？

「なにもかも手配してある」ローリーは廊下を急ぎ、不意に右へ曲がると使用人の出入りや荷物の運びこみに使われている戸口の前で立ちどまった。ドアを引きあけ、先に出るようマックスに合図した。「さあ、マックス、馬車を待たせてある」

「いったいどこへいくつもりだ？」マックスは先に夜の闇のなかへ足を踏みだした。門の暗がりのそばに屋根つきの馬車が待っていた。

「最終的な目的地はきみに決めてもらったほうがいいと思ってね」

「ご親切なことだ」マックスはつぶやいた。

「今日の午後に調べておいたよ。少なくとも一時間に三便の船がある。そのなかに、きみをあのじゃじゃ馬からできるだけ引きはなすのに都合がいいのがあるはずだ」

御者が馬車のドアをあけた。

「なにをぐずぐずしている?」ローリーは開いたドアを指さした。「乗れよ」

「やめといたほうがいいと思うが」

「だめだ、乗れ!」ローリーはマックスの袖をつかみ、馬車に乗せようとした。「大陸へ行くといい。いや、インド。それともアメリカのほうがいいかな。ぼくも一緒に行くよ。派手にやろうじゃないか。青春時代に戻って、楽しく過ごそうぜ。わくわくするような冒険が待ってるのを想像してみろよ。それに女だ、マックス、女のことを考えてみろ。黒い肌のエキゾチックな女や、金髪で優美な女のことをさ——」

マックスは腕を振りほどき、上着のしわを伸ばした。ローリーの計画は、冗談ではすまなくなってきていた。「ぼくらはもう十分——」

「あの女のことなんかすぐに忘れるさ、それに彼女は絶対にきみを追いかけてはこないよ」

「ぼくは追いかけてきてほしいけどね」

「パンドラ・エフィントンにか？」ローリーはばかにしたように笑った。「きみはやっぱりどうかしてるな。なんと言われようと、親友としてきみを救うのはぼくの義務だ」

ローリーは肩を引いて胸を張った。マックスより背は一、二インチ低いが、見劣りはしない。「ぼくはきみのように戦争に行ったわけじゃないが、ときには銃を使わなければならないこともあった。決闘についても、経験がないわけじゃない。いまぼくは武器を持ってる。きみが馬車に乗らなければ、きみを助けるためにためらわず撃つさ」

「このごろじゃ、誰もがすぐ撃ちたがるんだな」マックスはため息をつき、降参だというように両腕を上げた。「わかったよ、撃ってくれ」

「撃つだと？」

「どうしても必要ならな。ぼくは馬車には乗らない。イギリスを離れるつもりはないよ。それにミス・エフィントンを追いかけるのもやめないさ」

「くそ、マックス、きみを撃てるわけがないじゃないか。でも今度だけはぼくの言うことを聞いてほしかった」ローリーは胸の前で腕を組み、前かがみになって馬車にもたれた。「ぼくにはまったく理解できない。あの女はトラブルメーカーだと言っただろう。洪水や飢饉《ききん》や疫病と同じだ。いや」ローリーは意地悪く目を細めた。「そんなもの、パンドラ・エフィントンに比べたらおとなしいものさ。世のなかに女はたくさんいるのに、なぜよりによってきみの人生をめちゃめちゃにし、きみの心をずたずたにするにきまっている人に目をつけたんだ?」

「パンドラはそんなことしないさ」マックスはにやりと笑った。「それに彼女にめちゃめちゃにされながら残りの人生を送るっていうのも、おもしろそうだ」

「めちゃめちゃになるのはきみの人生だけじゃないぞ。ぼくのことを考えてくれ。きみがいなければ、ひどくつまらないだろうな」ローリーは顔を輝かせた。「あのイタリアの伯爵の未亡人を覚えてるか? それにぴちぴちしたあの二人の女優は――」

「双子のか」マックスは含み笑いをした。「楽しかったな」

「最高に愉快だった。また楽しくやれるさ」

「そうだろうな。パンドラと一緒ならね」

「きみを正気に戻そうとしたのは、無駄だったな」ローリーは深いため息をついた。

「いろいろとしてくれたのは、ありがたいと思うよ。心配してくれたことも。でもいらぬお節介だ。ぼくはミス・エフィントンを恐れてなどいない……」マックスは邸へ戻ろうとしながら、思わず笑みを浮かべた。

それどころか、パンドラにはいろいろと楽しませてもらえそうだ。

「遅かったわね。戻ってきたのは負けを認めるためでしょう」パンドラは、レディ・ハーヴェイの図書室にある大きな机のところに座っていた。磨かれたマホガニーの上には、試練の書かれた紙が載っている。「勝っても礼儀はわきまえるつもりだけど――」

「負けなど認めるものか」マックスは楽しげに微笑み、部屋の向こうの壁に並んだ、床から天井まである書棚のところへ行った。「きみの試練が難題だというのは認めるけどね」

「ただの難題じゃないわ」パンドラは眉を寄せた。「どれも命の危険があるかもしれない」

「それじゃ、気をつけなくちゃいけないな」マックスはパンドラの態度にいらついているのを隠そうと、わざと明るく言った。

「あなたはちゃんと考えたの?」パンドラは指でいらだたしげに机をたたいた。「ネメアの獅子を退治しなくちゃならないのよ――」

マックスは書棚の本を調べるふりをしていたが、目の端でパンドラをとらえていた。

「それで、ネメアってどこなんだ?」

「ギリシャのどこかよ」パンドラはぴしゃりと言った。「場所なんかどうでもいいわ、問題は獅子よ」

「ぼくはただ……」

「それに、ヒュドラを退治しなきゃいけないのよ」パンドラはマックスに向かって紙を振った。「頭が九つもあるやつを」

マックスは肩をすくめた。「それは困ったな。いまロンドンでヒュドラを見つけるのは至難の業だぞ」

「マックスったら！」パンドラは立ちあがって歯を食いしばった。「全然、まじめに考えてないのね」

「そうかな？」マックスは無邪気そのものといった様子でパンドラを見つめた。

「なに言ってるの！　わたしが出した試練についてちゃんと考えてごらんなさい。だって動物に関するものだけでも、ちょっとした動物園でも持っていなければ無理でしょう」

「そこまで頭が回らなかった」なぜパンドラはこんなに怒っているのだろう。ヘラクレスの難業という見事な試練を思いついたのは、パンドラ自身だ。いまはそれを後悔しているのだろうか？

「それじゃ、ちゃんと考えたほうがいいわ」パンドラは唇をすぼめて紙を取りあげた。「あなたは黄金の角を持つ鹿を捕まえなきゃならないのよ、獰猛《どうもう》な猪を退治し、クレタの牡牛を捕まえ、ゲリュオンの牛を――」

「馬じゃだめかな、ローストビーフは？」

「牛としか書いてないわ！」パンドラはすばやくにらみつけた。「人食い馬を手なずけなきゃいけないし。ねえ、人間を食べる馬なのよ、マックス」

「それはむずかしいだろうね」

「むずかしい？　へえ！　不可能だわ」

「それでも」マックスは書棚から本を一冊引きぬき、ページをめくった。「契約は契約だ」

「マックス」パンドラはうめいた。「まだ半分しか言ってないわ。アウゲイアスの家畜小屋を掃除し――」

「うえっ」マックスは肩をすくめた。「いやな仕事だな、家畜小屋の掃除なんて」

「――ステュムパリデスの鳥たちを追いはらい――」

「スズメみたいなものかな？」

「――冥府の門を守る三つの頭のある犬を捕まえ、『忘却の椅子』に囚われた友人を救いだす――」

「忘却というのは、冥府ではありがたいものだと思うが」

「待って」パンドラは紙をじっと見た。「いま言った二つは、じつはひとつとして数えるの」

「それで安心した。心配になりかけていたところだ」

パンドラは相手にしなかった。「アマゾンの女王の腰帯を手に入れ――」

マックスはにやりと笑ってパンドラを見た。パンドラは紙から目を上げ、皮肉っぽい声で言った。「たぶん、ほかのことよりは危険じゃないでしょうけど」

「わかるものか」マックスは、ますますにやついた。「思いもよらない危険があるかもしれない」

「そうでしょうとも」パンドラは皮肉たっぷりに答えた。「そして最後は、ヘスペリデスの黄金の林檎を見つけなければならないわ」

「それで全部なんだな?」

「ええ」パンドラは意を決したかのように深く息を吸うと、机の縁をまわってマックスのほうへ歩きだした。「謝らなければならないわ。わたしはフェアじゃなかった。この世の人間にはできないことばかりだもの。ただあなたを負かしたかっただけよ。それにはこうするのがいちばん簡単だと思ったの」

「わかった」マックスはしばらくパンドラをじっと見ていた。「勝負を放棄するというんだな」

「放棄ですって?」パンドラの顔に驚きの表情が浮かんだ。「いいえ、そうじゃないわ」

「でももし試練を考えつかなければ……」

「ちゃんと考えたけれど、良心的なものじゃなかったというだけよ。別なのを考えるわ」

「だめだと思うよ」マックスは音を立てて本を閉じると、振りむいてパンドラに向きあった。「もし今夜までに試練を考えつかなければ、きみの負けだと決めてあるはずだ」

「考えたわよ」パンドラは言いかえした。

「でもそれをぼくにさせたくないんだろう」

「あなたが死ぬのを見たくないもの」

「そうなのか、パンドラ?」マックスはパンドラに近づいた。パンドラは一歩も引かず、マックスをじっと見た。「死に値するようなことをしていない人を殺そうとするのは、道義に反するわ」

「信じられないな」マックスはさらに近寄った。

「だってそうでしょう」パンドラは怒って言いかえした。「誰に聞いてもそう言うわ」

「信じられないのはそのことじゃない。なぜぼくに試練を受けさせたくないのかわからないんだ」二人のあいだは、ほんの数インチしか離れていなかった。

「罪の意識よ、マックス。あなたの死に責任を感じたくないの。それ以上の意味はないわ。通りの犬にも同じ心配をすると思う」パンドラは深い青色の、見ていると魂まで奪われそうな瞳で、挑みかかるようにマックスを見た。

「そうなのか?」パンドラの喉元が脈打っている。「きみの話は、まだ信じられないな」

パンドラの香りがしていた。なんだろう?　異国の花の香りだろうか?　珍しいスパイスだろうか？　なにかはわからなかったが、その香りはマックスの魂に沁《し》みこんでいった。

「そんなことないわ。わたしは動物が大好きなの」パンドラは小さな声で答えた。口に出された言葉は、二人の本心とは違うのをわかっているかのように。

「そうだろうな」マックスの視線は、ふっくらと熟れ、夏のベリーのような色をしたパンドラの唇へ移った。彼女が下唇を噛むと、マックスは胃が締めつけられる感じがした。

「それだけが、このばかげたことをやめる理由よ」パンドラは荒い息をしていた。

「そうかもしれない。でも本当の理由は違うだろう」マックスの目がパンドラと合った。

「違うかしら？」パンドラは、ささやくような声で答えた。

「ああ」マックスはパンドラの目を見つめ、負けを悟った。いや二人とも負けだ。いまならパンドラを腕に抱くことができる。パンドラもいやがりはしないだろう。彼女を自分のものにできる。さあ。このとんでもなくばかげたゲームなんかやめにして。

だめだ。パンドラに挑戦状を取りさげさせるわけにはいかない。そんなことをしたら負けと同じだ。負けを認めることはできないし、そのつもりもない。

「違うよ」マックスは長く静かに息を吐いた。「きみはぼくが勝つのをこわがっているだけだ」

パンドラの瞳のなかで燃えていた欲望の炎は消え、怒りが取ってかわった。彼女はマックスから離れた。「そんなことないわ。あなたはまちがいなく負けるもの」

「わかった」マックスは考えこむようにパンドラをじっと見た。「そういうことなら、きみはぼくが負けるのがこわいに違いない」

「もちろん、あなたは負けるわよ！」

「でもそうなるとぼくは誰かほかの人と結婚する羽目になる。それこそきみが恐れていることだ。だからぼくに試練を受けさせたくないんだろう」

パンドラは驚きの表情を浮かべた。

「言うことはなにもないのか？　いまとなっては、きみしだいだ。命を懸けてぼくに試練を受けさせるか――ぼくとしては、ぜひこっちのほうを望むが――あるいは挑戦状を取りさげるか。その場合はぼくらは婚約したとみなし、できるだけ早く結婚できるよう、明日にでも特別許可証を手に入れなければならない」

パンドラは拳《こぶし》を握りしめた。「なんてことを言うの、この威張りくさった――」

「けだものか？」

マックスは不快そうに目を細めた。パンドラの魅力的な唇が固く結ばれた。「幸運を祈るわ、伯爵さま。あなたには、ヘラクレスよりずっと幸運に恵まれることが必要でしよう」

「そうかもしれない。でもぼくがもらえる褒美は、ヘラクレスの比じゃないからね」

「どういう意味？」

「ヘラクレスの褒美はただの不死だった。ぼくのは」マックスはパンドラを見つめ、真顔で言った。「きみだ」

パンドラは本気かどうかわからず、しばらくマックスに目をやっていた。「気の利いたことを言うのね、マックス」

「それはどうも」マックスは肩をすくめた。

「とにかく、話し合いは終わったわ。あなたの返事を待つことにしましょう」パンドラは深いため息をついた。「あなたと結婚したくはないの、マックス。どんなことをしてもそれは変わらないわ」

「わかった」マックスはパンドラの率直な言いかたに、思わず頬がゆるみそうになった。

「でもあなたが命を落とさずにいてくれたらいいと思う。罪の意識よ。それだけ」

マックスはうなずいた。「わかったよ」

パンドラは難業のリストを差しだした。「これを忘れないで」

「もちろん」マックスはさらに近づいて紙を取った。パンドラの手が触れそうになり、マックスはふたたび彼女の香りに包まれた。パンドラの瞳には、不安と欲望が浮かんでいた。

「マックス?」パンドラは乾いた声で言い、いらだたしげに唇を濡《ぬ》らした。マックスのなかでなにかがぷつりと切れた。

「じゃじゃ馬め」マックスはパンドラを腕のなかに引きよせ、唇を押しあてた。パンドラは最初はためらっていたが、そのうち両腕をマックスの首に巻きつけてきた。彼女の唇は甘いシャンパンの味がした。マックスはパンドラが自分にぴったりだとわかり、体が震えた。二人はまるで互いのために作られたかのようだった。結ばれる運命にあるかのように。

だが今夜そうなるわけにはいかない。マックスは唇を離した。

パンドラはあえぎながら言った。「なんてことなの、マックス。いったい――わたしは――あなたは――わたしたちは――」

マックスは声を震わせて笑い、抱きしめていた腕をゆるめた。それでもまだ、パンドラはマックスに抱かれたままだった。マックスは体を引いてパンドラに笑いかけた。

「ぼくたちは、たったいま契約を成立させたというわけだ」

第五章　一点、取った

パンドラの父ハロルド卿《きょう》の持つろうそくの小さな光が、階段の下に集まった人たちを照らしていた。ピーターズはハロルド卿夫妻の脇に立ち、二人をベッドからたたき起こしたものがいったいなんなのか説明しているようだった。

「どうしたの?」パンドラはネグリジェを体に巻きつけると階段を下りはじめた。すぐに三組の目が向けられ、彼女は足を止めた。今回は、こんな夜中の騒ぎになるようなことはなにもしていないはずだ。パンドラにはやましいところはなかった。

「ここへ来なさい」パンドラの父親はひどくもったいぶった様子で言った。

パンドラの心は沈んだ。なにかまずいことをしたのだろうか。パンドラは深く息を吸いこみ、階段を下りていった。

「ハリー、グレース」パンドラはできるだけ堂々としていようとした。二人を名前で呼んだとき、ピーターズが天を仰いだのがわかった。けれどもハロルド卿夫妻は子育てについて固い信念を持っていた。子供と両親が親子というだけでなく友だちでもあれば、家のなかがずっとうまくいくと信じていたのだ。

「ねえ、パンドラ」グレースは楽しげに言った。「あなたに届け物があるみたいよ」

「はなはだしく配慮に欠ける」とハリーはぼやいた。「真夜中の届けものなど、やっかいでかなわん」

ピーターズはパンドラに小さな箱を手渡し、非難がましく告げた。「感じのよくない少年が持ってまいりましたよ、お嬢さま」

「なんだかわくわくするわね」グレースの瞳がぼんやりした明かりのなかで輝いた。

パンドラは箱を縛っているひもの先を引き、自分の手がかすかに震えるのに気づいていらだった。なにが入っているか知りたいだけ、とパンドラは自分に言い聞かせ、ふたを取って目をこらした。

それはブローチだった。金でできた繊細なもので、狩猟用の角笛の形をしていた。

「これが包みについておりました」ピーターズはパンドラにカードを渡した。トレント伯の紋章がついていて、力強く大胆な筆跡で四つの語が書かれていた。

「親愛《ディア》なる、パンドラ、きみの、角だ」パンドラは読みあげた。

「いったいどういう意味なの」グレースが興奮した声で言った。

「まったくわからないわ」パンドラはカードを裏返して読んだ。試練その三。「試練その三、ですって？　いったいどうしてこれが……」

〝黄金の角を持つ鹿を捕まえること〟

パンドラははっとした。「これは角だわ！　金色の！　鹿の黄金の角というわけね。なんて図々しい」

パンドラはカードを手で握りつぶした。「こんな手を使われてたまるもんですか。ピーターズ、これを持ってきた少年はなにか言ってなかった？」

「できるだけ大きな音を立ててこれを届けるよう、指示されていただけだと存じます」ピーターズは片方の眉を上げげた。「それに自分を雇った者にたたき起こされ、店をあけさせられたと不平を述べていたと思いますが」

「まあ！　こんなことだと思ってたわ」パンドラは玄関ホールを行きつ戻りつした。「もしマックスがお金をばらまいてこのゲームに勝てると思っているなら、残念だけどそれはまちがいよ」

「どんなゲームだ？　マックスとは誰なんだ？」ハリーは夫人に尋ねた。

「マックスというのはマクシミリアン・ウェルズのことよ」パンドラはしかたなく答えた。

「トレント伯？」グレースは驚いて目をみはった。

「誰なんだ？」ハリーはとまどっていた。

「トレントよ、あなた」グレースが答えた。「イギリスでもっとも花婿候補にふさわしいかただわ。すばらしい爵位をお持ちよ。お母さまはちょっと退屈な人だけれど。財産も申し分ないし、それに」グレースは娘にいたずらっぽく笑いかけた。「お顔はアポロン神のよう」

「グレース！」パンドラはにらんだ。

「やったじゃないの」グレースはにっこりした。「これほど誇らしいことはありませんよ」

「誇らしくなんかないわ！」

「なにを言うの」グレースは娘の手から箱を引きとり、ブローチをつまんで目利きらしくじっくりと調べた。「きれいね。名工の作よ。トレント伯からいただくのにふさわしいものだわ」グレースはそれをパンドラに返し、声をひそめて尋ねた。「あのかたとどんなゲームをしているの、ドーラ？」

「あの人、わたしと結婚したがっているの」角はパンドラの手のなかで輝き、まるで生きているかのようにろうそくの光を反射した。その温かなきらめきのなかに、ちょっとした魔力が宿っているようにみえる。まるで、冒険とロマンスを求めて気のはやる者たちを狩りに誘うかのようだ。

ハリーはうめいた。「やれやれ、またか。おまえはこれをどうするつもりだ？」

「どうって？」パンドラはぎくりとし、頭を振って、耳の奥で聞こえる狩りの角笛の音を追いはらった。

「ねえ、ドーラ」グレースは娘の両手をつかみ、目をのぞきこんだ。「そのゲームについて話してちょうだい」

パンドラは深く息を吸った。「それが、どうしてゲームをすることになったのかよくわからないの。夫になる人になにを望むかあの人に話していると――」

「わたしがおまえの夫になにを望むか言ってやろうか」ハリーは小声でつぶやいた。

「――あの人は、わたしがヒーローを望んでいると言ったの――」

「ヒーローだと？」ハリーは鼻を鳴らした。

「――それであの人はわたしのヒーローになれるって――」

「まったくのたわごとだ」ハリーはつぶやいた。

「それでわたしに試練を与えてほしいと要求したの――」

ハリーはうなった。「人間とは愚かなものだな」

「――それで、もしやりとげたらわたしはあの人と結婚し、失敗したらわたしがあの人の花嫁を選ぶことにしたの。もちろんわたしは勝つつもりだった――」

「神よ、われらを助けたまえ」ハリーが不機嫌そうに言った。

「――それでわたしが出した試練は……」パンドラは下唇を嚙んだ。

「続けてちょうだい」グレースがうなずいて先をうながした。

パンドラは身を引きしめ、一息に言った。「ヘラクレスの十二の難業なの」

グレースが息をのんだ。「ドーラ、だめよ」

「なにがだ?」ハリーの顔は、いらだちのために赤くなっていた。

「あなたは本当にそれがフェアだと思っているの?」グレースはとがめるように尋ねた。

パンドラは顎を上げた。「あの人がそうしてくれって言ったのよ」

「なにをだ?」ハリーのわめき声が邸中に響いた。

「ハリー」グレースは娘に目を向けたまま、夫に声をかけた。「あなたの娘は、死すべき人間にはとうてい成しとげられないような試練をあの若いかたに課したのよ。ヘラクレスの十二の難業を」

「まさか」ハリーは驚いてあんぐりと口をあけた。

「いいえ、本当よ。でもすべてやめにするという選択肢も与えてあげたわ」パンドラはそのときのことを思い出して歯ぎしりした。「でもあの人は、それはわたしのゲーム放棄と見なされ、自分の勝ちになると言ったの。そんなこと認めるわけにはいかないわ」

グレースは首を振った。「でもねえ、これは――」

「この子の話を聞いただろう、グレース、認めるわけにはいかないそうだよ」ハリーは笑った。「まさしくこの子はエフィントンだ。イギリス中でもっとも頑固でつむじ曲がりの一族さ」

「ありがとう、ハリー」パンドラはにやりとした。

「自慢することじゃないでしょう」グレースは胸の前で腕を組んだ。「ことによるとあのかたは命を落としてしまうかもしれないわ」

パンドラは鼻で笑った。「宝石店で血の雨が降るのは見ものだと思うけど」

「あなたはあのかたに負けてほしいのね」

「もちろんよ」パンドラはきっぱりとうなずき、良心がうずくのに気づかないふりをした。「もしマックスと結婚するか、アフリカのジャングルで獣に手足を引き裂かれるか選べと言われたら、喜んで獣のほうにするわ。そうしたら顔に笑みを浮かべ、感謝の歌をくちずさんで死んでいけるもの」

「この子はトレント伯を望んでいないんだよ」ハリーはあきらめたようにため息をついた。娘が無事に嫁ぐ日がますます遠のくのがわかった。

「それじゃ」グレースはパンドラの頬に唇を軽くつけると、夫のほうを向いた。「行きましょう。もう引きとらないと」

「その時間はとうに過ぎた」ハリーはぼやいて階段へ向かった。「この子が夫を見つける時期もな」

グレースは夫の腕を取り、二人で階段を上っていった。「あなたはそのためにこの子にお金を渡したんでしょう、望む人と望むときに結婚できるようにって」

「それはそうだが……」二人の姿は闇にまぎれたけれど、声はまだはっきり聞こえた。

「伯爵をマックスと呼んでいたぞ、グレース。ひどく無作法だと思うが」

「それはあなたがあの子にお金を与えたもうひとつの理由でしょう、望みどおりにすることができるようにって」

ハリーは苦笑した。「だが、なれなれしすぎる」

「わたしはいつもあなたをハリーと呼んでいるわ」二人の声はさらに小さくなった。

「それは別だ」

「まあ?」ほどなくグレースの笑い声が玄関ホールにこだました。「ハリーったら!」

パンドラは、執事が必死に笑いをこらえているのに目をやり、それから手に持った角をじっと見た。「ピーターズ」

ピーターズはあきらめたようにため息をついた。「すみません、お嬢さま、どういう人生を送るべきかについて、また真夜中に話をなさりたいのでしたら、料理人とバーンズ夫人を呼んでこなければなりません。二人を除《の》け者にいたしますと、お食事は台なしになり、お部屋のなかはさらに収まりがつかないことになりましょう」ピーターズは肩をすくめた。「このあいだそうなったときのことを覚えておいでですか?」

「もちろんよ」パンドラは力なく言った。

「それでは、わたくしは――」

「心配しないで、ピーターズ」パンドラはため息まじりに言った。「わかったわ」

ピーターズは一瞬ためらい、天井を仰いだ。「お嬢さまはあのかたを気に入っておられますね」

「違うわ――」

「いいえ。あきらかにほかの方々とは違う接しかたをされています。競争心やプライドのせいで、本当のお気持ちを押さえつけてはなりません」ピーターズの目にはかすかな微笑が浮かんでいた。「そしてあのかたが命を落とさないようになさいませ」

「マックスは自分の面倒くらい見られるにきまってるわ」パンドラはそっけなく答えた。

「お嬢さまはいかがですか?」

「大丈夫よ」そうは言ったものの、ほんの数日前とは違ってさほど自信が持てなかった。ただのキスが分別を失わせ、グレーの瞳があれほど心をそそるものだとわかったいまとなっては。「かわいそうに、マックスはすぐに失敗するでしょうよ」

「それがお嬢さまの望んでいることなのですか?」

「ええ」パンドラはぴしゃりと言うと、しみじみとため息をついた。「わたしはあの二人と同じものがほしいだけなの」彼女は階段のほうへ目をやり、うらやむように言った。「まちがっているかしら?」

「いいえ、お嬢さま。ただお望みのものを見つけるのは、このうえもなくむずかしいというだけです」

パンドラは疲れた顔で執事に微笑むと、階段のほうを向いた。「おやすみ、ピーターズ」

広い階段を上りながら、パンドラは物思いにふけった。マックスは妻の条件のリストのなかに愛情を含めていなかったわ。でも彼がわたしに欲望を抱いているのはまちがいない。パンドラは唇を舐《な》めた。マックスにそれをふさがれたのを思い出すと、頰がかっと熱くなり、体中に震えが走った。

〝わたしはなにを望んでいるのかしら?〟

二日前なら冒険に満ちた刺激的な人生と答えただろう。自立と望みどおりのことをする自由を挙げたかもしれないし、いつかふさわしい人を見つけて、両親のように互いを思いやって暮らすこと、と言ったかもしれない。いまではなにかが、いやすべてが変わってしまったのだろうか?

ひどくおかしな感じだった。いまパンドラには、たった一つの答えしか思いつかない。パンドラ・エフィントン、グローヴナー・スクエアのじゃじゃ馬が心から望むものはただひとつ。

ヒーローだった。

第六章　戦略にぬかりなし

「六日。まる六日も経つのよ」パンドラは肩ごしに言い、レディ・ロックスリーのパーティにつきものの大混雑をかき分けながら広大な階段を上っていった。「ほぼ一週間になるわ」

広い階段を上りながら微笑み、会釈を交わし、こちらで若い貴族に愛想よく声をかけたかと思うと、あちらで別の紳士に扇を振ってみせた。そのあいだも足を止めず、ひたすら階段を上った。人ごみのなかで、誰よりも会いたいと思っている人物を捜しながら。

「パンドラ」シンシアの声がうしろから追いかけてきた。

「ねえ、シンシア、もしなるとしたら優秀な猟犬にならないと。そういう猟犬は必ず獲物を追いつめるものよ」

マックスがここにいたら、彼は背が高いから、これだけの人ごみのなかでも目立つだろう。

「あなたについていくのは大変だわ」

「キツネを追いつめるのは簡単じゃないのよ」パンドラはにこりともせず言った。「同じところにじっとしていたら、ちゃんと追いつめられないでしょう」

「パンドラ、速足で上るのをいますぐやめてくれないと、この場で気絶してしまうわ！」

パンドラはすぐに立ちどまって振りむいた。「そんなことしないわよね！」

「するわよ、絶対に」シンシアの目は強情そうにきらめいた。パンドラはそれを見て少し満足した。とうとうシンシアも、社交界の荒波を乗りきる精神的な強さを身につけはじめたらしい。シンシアは言った。「すぐに説明してくれなければ、ロンドンの社交界の人たちみんながいるこの階段で気絶してやるから」

「わかったわ」パンドラはシンシアの腕に腕をからめ、階段を上るよう促した。「狩りをするときまず学ばなければならないのは、猟犬に自由に獲物を追いかけさせることよ」

シンシアはとまどったようにパンドラを見つめた。「猟犬ってなに？　獲物って？」

「あなたが自分で言ったでしょう。わたしは猟犬で――」

「トレント伯はキツネ」シンシアは、不意にわかったという顔をした。

「そのとおりよ」

二人は広い階段のいちばん上へ来ると、回廊へ出た。ここにも数インチのすき間もないほど人がいた。パンドラはもどかしさを抑え、なるべく愛想よく見えるように、練習を積んだ笑みを浮かべて片っ端からあいさつした。彼女は七度の社交シーズンを通して学んだ教訓をしっかり身につけていた。女性には友だちだと思わせるようにし、男性には気があるふりをして希望を与えるようにしなければならない。

ほどなく、無限に広がる人の群れを見おろす手すりのところへ来た。パンドラはようやくもっともよく見渡せるところを見つけると、人ごみに目をこらした。

「あの人が見える、シンシア?」

シンシアは下を見おろし、石の手すりをつかんで目を閉じた。その声は弱々しかった。「いいえ、無理だと思うわ」

パンドラはすばやくシンシアに目をやった。磁器のような顔色がさらに白くなっている。

「ごめんなさい、あなたが高所恐怖症だってことをすっかり忘れてたわ」パンドラは良心のうずきを感じた。「覚えていたら、下をのぞきこませたりはしなかったのに。さあ」パンドラは友人の肩をそっとつかんで縁から少し離れたところまで導き、下の舞踏室が見えないところにある柱にもたれさせた。「もう目をあけていいわよ」

シンシアはまばたきした。

「よくなった?」

「ええ。ありがとう」シンシアは深いため息をついた。「いつもあなたをがっかりさせてしまうわね。あなたにはこわいものなんてないみたいだから」

「ばかばかしい。あなたは友だちよ。こわいものがあっても、弱点があっても気にしないわ。たいしておかしなことじゃないもの」パンドラはシンシアを見つめた。彼女は本当にパンドラの親友だった。知り合いも親族もたくさんいるけれど、秘密を打ち明けられるのはシンシアしかいない。シンシアを助けようとして友だちになったのに、皮肉にもパンドラのほうも、シンシアとの友情から得るものは多かった。

「わたしにだってだめなものはあるのよ。どうしてもがまんできないのは」パンドラは深く息を吸った。「雨のなかで馬車に閉じこめられてること。雨が音を立てて降っているのに、ドアを閉めた馬車のなかにじっと座っているのがどうしてもできないの」そう言ってそっけなく肩をすくめた。「ばかげた話でしょう。でも壁が迫ってきて閉じこめられるような気がするの」

シンシアはとまどったような笑みを浮かべた。

「わたしが秘密を打ち明けたら、あなたは元気になって顔色もよくなったみたいね」

「ずっと気分がよくなったわ」シンシアは満面の笑みを浮かべて頭を振った。「びしょびしょの馬車ねえ」

「雨降りのときの馬車よ」パンドラは、この話はもうおしまいというようにぴしゃりと言いかえした。「さあ、わたしが下を見ているからあなたはここで見張っていて。キツネは監視の目を逃れてこの回廊まできてしまうかもしれないでしょう」

「キツネなんてまったく信じちゃだめよ」シンシアはつぶやいた。

「ずる賢い生きものだわ。だからわたしたちも同じくらいずる賢くならないとね」パンドラは振りむいて手すりごしに目をこらした。「ただおしゃべりしているだけのように、自然にみえるようにしないと」

「ああ、わたしは大丈夫だと思うわ。パーティでしょっちゅう柱のうしろに立って、友だちの背中に話しかけてるんですもの」

あてこすりを言うなんて、シンシアはこのところ大胆になったとパンドラは思った。

「あのかたはいた？」シンシアは尋ねた。

「いないわ」パンドラは踊っている人の群れに目をこらした。「あんなに背が高い人なら……」あらゆる色が、宝石をちりばめた万華鏡のように混ざりあっている。「……それに肩幅があんなに広いなら……」舞踏室からざわめきが聞こえた。「……いまにも襲いかかろうとする嵐《あらし》のような瞳をしていれば……」

「本当なの？」シンシアは笑いながら言った。「それだけでも人ごみのなかで目立つでしょうね。ことにいまは、鳥のようにこんな上から見ているんですもの」

パンドラはシンシアがおもしろがっていても気にしなかった。マックスの瞳は本当に魅力的なのだから。

「ここにはいないかもしれないわね」

「ええ」パンドラはかすかに前かがみになった。「あの人がよくやるいらだたしい手よ」

「ここには舞踏室と同じくらい人がいるわ」シンシアがぼんやりと言った。「レディ・ペントワースのかなり大胆なボディスに、レーサム伯の目が釘《くぎ》づけになっているようね」

「彼女のボディスはいつも大胆で、男の人たちはじろじろ見たくてたまらないのよ」パンドラは上の空で言い、今夜もまたマックスは姿を現わさないいつもりだろうかと思った。「それも競馬や賭けごとと同じようなお楽しみと思えばいいんじゃない」

シンシアはばかにしたように笑った。一年か二年前だったら、きまりが悪くて気を失っていただろう。シンシアは本当に自分の殻から抜けだしつつあった。

「それにレディ・エヴァリーとレディ・ジャージーも」シンシアは言葉を切った。「レディ・ジャージーはわたしたちのほうを見てる」

「そんなことないと思うけど」パンドラはため息をついて体を伸ばした。もし本当にマックスが下の舞踏室の人ごみのなかにいるのなら、彼を見つけだすのはパンドラが与えた試練に劣らずむずかしいだろう。

「あなたの言うとおりだわ。召し使いに合図しているだけね。でも、待って——またわたしたちのほうを見てるわよ」シンシアはパンドラのドレスを引っぱった。「まあ、こっちへ来るじゃない」

シンシアはパニックになり、鋭い声を上げた。「レディ・ジャージーはわたしたちにいったいなんの用があるのかしら？　いいえ、わたしたちじゃないわ……あなたにだけよ。わたしはなにも知らない傍観者にすぎないんだから」シンシアはさらに強くドレスを引っぱった。

「やめてちょうだい、シンシア、ドレスが破れるじゃないの。いまでさえつまらないことになりそうなのに、そうなったらもっと——」パンドラが振りむいたちょうどそのとき、シンシアがパンドラには見えないところにいた人物に膝を軽く曲げてあいさつしていた。

パンドラは著名なサロン、オールマックスのパトロンで、誰もが認める社交界の女王がいるのに驚いたふりをした。「まあ、レディ・ジャージー」そういって腰をかがめてあいさつした。「ごあいさつが遅れましたわ」

「まあ」レディ・ジャージーが笑った。パンドラは自信を取りもどした。オールマックスという聖域のなかでどれほどきびしいルールを決めようと、伯爵夫人がユーモアを認めているのは公然の秘密だった。夫人はシンシアのほうを向いた。「今夜のあなたはきれいよ、ミス・ウェザリー。このシーズンはうまくいくことでしょう」

「そうでしょうか？」シンシアは目を丸くして口をぽかんとあけていた。パンドラは肘で友人を軽く突いた。「それは……ありがとうございます」

「どういたしまして。それであなたは」レディ・ジャージーはパンドラに目をすえた。おもしろがっている表情が浮かんでいなければ、身が縮んだところだ。「八回目のシーズンでしょう――」

「七回です」パンドラはそう言ったあと、厚かましいことをしたと後悔した。

「――七回目のシーズンももちろん、その、波瀾万丈《はらんばんじょう》のようね」レディ・ジャージーの顔に微笑みが浮かんで消えた。社交界のモラルの鑑が、パンドラのやんちゃぶりをおもしろがっていると思われたらまずいと考えたのだろう。

「ええ、かなり興味深いものになっていますわ」パンドラは用心深く答えた。いったい夫人はなんのことを言っているのかしら？　今年はまだ、めんどうと言えるようなことはほとんど起こしていないはずよ。

「すみません、奥さま」お仕着せを身につけた召し使いがレディ・ジャージーのうしろに近づき、丁寧に包まれた箱を手渡した。夫人は下がるように言い、またパンドラに目を向けた。

「昔からの親しいお友だちから、あなたにこれを渡すよう預かってきたの」夫人はパンドラに包みを手渡した。

「なんでしょう?」パンドラは眉を寄せた。その箱は薄い紙で包んであり、青いサテンのリボンがかけてあった。結び目の下にカードがはさんである。

「そのカードをまず読むといいわ」

パンドラは胃のあたりが奇妙に重たく感じられ、期待とも不安ともつかない気持ちになった。カードを取ると、トレント伯の紋章が見えた。心臓の鼓動が速くなる。紋章の下になじみのある筆跡でこう書かれていた。〝試練その九〟

パンドラははっとした。

〝いまの時代なら、アマゾンの女王の腰帯としてこれで十分だろう〟

カードから視線を移すと、レディ・ジャージーの楽しげな目と合った。

「その包みをここで開く必要はありませんよ。なかにはわたくしの個人的な品物が入っているだけですからね。でもカードの裏側を読んでごらんなさい」

パンドラはカードを裏返した。驚きとも、いらだちも、興奮ともつかない感情が湧き、手が震えた。

〝試練その八――オールマックスのパトロンとお仲間たちは、ときおり人を食ったことをするので知られている。現代版の人を食う雌馬を手なずけたと言えるんじゃないかな〟

「こんなこと、なんでもありませんよ」レディ・ジャージーはにっこりした。「トレント伯はわたしの援助を取りつけ、わたくしを通じてほかのサロンのパトロンからもご協力をいただいたのよ」

パンドラはショックを受けた。「トレント伯はあなたに話したんですか――」

「あなたがたのちょっとしたゲームのことを?」

パンドラはうなずいた。

「もちろん。なかなかおもしろそうだと思いましたよ」

「おもしろそう?」

「ええ。トレントはなかなか好ましいかただとずっと思っていました――それにあなたのこともね」レディ・ジャージーは打ち明け話をするかのように、パンドラのほうへ身を傾けた。「この八年のあいだ、あなたが社交界を大胆に泳ぎまわるのを見るのは――」

「七年です」

「七年間とても楽しかったわ。でもあなたは自立しているからうまくやっていけるけれど、ほかの若いレディたちがそれをまねるのはいただけないわね」夫人は力なく微笑んでいるシンシアに鋭い目を向けた。「もうちゃんと身を固めるときですよ。あなたとトレントはこのシーズンでもっともお似合いのカップルだわ。おそらくどのシーズンを通じてもそうだったのよ。手を貸してあげるべきだったわね」

パンドラは深く息を吸った。「申しわけありませんけれど、レディ・ジャージー、トレントが勝てないのははっきりしています」

レディ・ジャージーは笑った。「そうは思いませんよ。トレントは機知に富んでいますからね。それに」夫人は片方の眉を上げた。「あなたはかなり頭のいい人だと思ってたのに。とんでもないおばかさんなら別だけど、トレントの負けを望む女性がいるなんて想像もできないわ」

「わたしもパンドラにそう言おうとしたんですけど」シンシアが言った。

「すばらしいわ」レディ・ジャージーは満足げにうなずいた。「あなたはそれなりの分別をお持ちのようね。うまくいけば、あなたの影響でミス・エフィントンは考えを変えるでしょう」

シンシアは顎を上げ、決意を固めたようだった。「やってみますけど、でもこの人はどうしようもなく頑固なんです」

「シンシアったら」

「エフィントン家の出ですからね」レディ・ジャージーは小声で言い、わけ知り顔でシンシアに目配せした。

パンドラは怒りで息が詰まりそうになった。「わたしがエフィントンの出だということはなんの関係もないはず――」

「とんでもありませんよ、あなたがご両親から受け継いだものは、このことにちゃんとかかわっているんです。だからこそ、わたくしはなにもかもうまくいくに違いないと思っているのよ。今年はこれまでのシーズンより退屈かもしれないと思っていましたけど、なかなかどうして、楽しくなりそうね。ではおやすみなさい」レディ・ジャージーは向きを変え、堂々と回廊を歩いていった。彼女の前にいた身なりのいい、礼儀作法をわきまえた人の群れが二つに分かれた。

「夫人はわたしには分別があるとおっしゃったわ」シンシアは畏敬《いけい》の念をこめて、レディ・ジャージーが立ち去っていくのを目で追った。「このシーズンは、わたしにとってうまくいくとも――」

「それにゲームのこともわかってたわ」パンドラはきびしい声で言った。「もしあの人、が知っているなら、みんな知ってるはずよ。いずれ社交界じゅうの噂になるに違いないわ」

「もちろん、秘密にしておけるなんて思ってなかったでしょう?」

「そんなこと考えに入れてなかったわ」パンドラは一瞬考えこんだ。「でもみんながわたしの行動をいちいち見張っているなんて思いたくない」

シンシアは片方の眉を上げた。「いつだって、みんなあなたの一挙一動に注目しているわ」

「でもこれはまったく話が別よ。まじめな問題なんだから。きっとゲームの結果について、もう賭けが行なわれてるわね」

「パンドラ、悪いけど、もしわたしならトレント伯の勝ちに賭けるわ」

「どうしてよ？」パンドラはいらだたしげに眉を寄せた。「あなたはわたしの親友じゃない。忠誠心はどこへ行ったの？」

「どうもそれがわたしの分別を曇らせているらしいわ」シンシアはにやりとした。「忘れないで、トレント伯は十二の難業のうちすでに三つをやりとげたわ」

「違う」パンドラはぴしゃりと言い、シンシアに包みを振ってみせた。「今回のことはひとつにしか数えられないわ。それがルールだもの」

シンシアは笑った。「ルールですって？　よりにもよってあなたがそんなものにこだわるの？」

「ルールがなければ絶対にだめでしょう」

「トレント伯はそのルールをご存じなの？」

「まだ知らないけど」パンドラは不快そうに目を細めた。「でもあのいらだたしいキツネが穴から出てきたら、このゲームのルールをきちんと教えてやるわ」

「それを見たいものね」シンシアはしばらく友人を見つめていた。「レディ・ジャージーのおっしゃるとおりだわ。あなたは毎年たくさんのお楽しみを与えてくれた。そしていまあなたがトレント伯とやっているゲームは、そのなかでももっともおもしろいものになるでしょうね」

「わたしの不運が世のなかのちょっとした気晴らしになるとは、なんてうれしいことかしら」パンドラは皮肉っぽく言って背を向け、また下の階にいる人ごみに目をこらした。もうマックスを捜しつづける必要はない。レディ・ジャージーが、今夜彼の代わりに役目を果たしてくれた。

マックスは自覚しているかどうかは知らないが、レディ・ジャージーを、つまり社交界全体を巻きこむことで自分の賭け金をつり上げた。いまやパンドラの将来ばかりか、プライドの問題になっていた。マックスに心をかき乱されたが、いま彼に勝たせるわけにはいかない。

ふとしたことから奉られた称号だけれど、グローヴナー・スクエアのじゃじゃ馬の名を汚してはならなかった。たとえどんなに魅力的でハンサムで頭がよくても、ただの男に負けるわけにはいかない。

パンドラの立場は揺らぎはじめていた。彼女の気持ちも。

第七章　反則はだめよ

「これは――」優雅なシュミーズが、床に広げられた何枚もの紙の上にふわりと落ちた。マックスは床に座りこんでいたが、驚いて顔を上げた。パンドラがそこに立って、こわい顔で見おろしていた。「――これはゲームの精神に反するわ」

「そうかな?」マックスはその下着をつまんでじっと見つめながら、得意げな笑みがこぼれるのをどうにかこらえようとした。待っていればパンドラのほうからやって来ると踏んでいたが、そのとおりになった。彼女は無視されるのに慣れていない。「そんなことはまったくないと思うけどね」

「あなたはまちがってるわ」パンドラは胸の前で腕を組んでにらみつけた。「いったい床に座ってなにをしているの?　トレント伯ともあろう人がそんなかっこうでいるなんて」

「かまわないさ」マックスは両肘をついてうしろにもたれた。彼の視線はパンドラのスカートの下からのぞく編みあげ靴の爪先《つまさき》から脚へと移り、腰の曲線と胸の下で魅力的に組まれた腕を鑑賞したあと、喉元のなめらかな肌からふっくらした魅力的な唇へ向かい、ついに怒りをたぎらせた瞳に行きついた。「こういう姿勢もなかなか楽しいものだな」

「そうなの？」パンドラは少し落ちつきを取りもどした。「しつけの悪い生徒みたいよ」

「行儀は悪いけどね」マックスがまた口元に目を向けたので、パンドラはいらだたしげに下唇を噛んだ。「でもいまほど勉強がおもしろいと思ったことはないよ」

「おもしろい？」パンドラは大きな声を出した。

「とても」手を伸ばして床に座らせたら、パンドラは抵抗するだろうか、とマックスは思った。

「いったいどんな勉強をしているの？」

マックスはいたずらっぽく微笑んだ。

「これはいったいなにかって聞いてるのよ」パンドラは、絨毯《じゅうたん》の上に散らばった本や紙を指さした。

それはマックスがこれまでに集めたギリシャの伝説や神話についての資料で、机の上からはみだして床に散らかっていたが、そうやって広げたままにしておいたほうが作業がしやすかった。ヘラクレスの難業についてはいくつもの異なったバージョンがあり、これまでさまざまな研究がされていた。ハロルド卿夫妻の著作もそのひとつだった。マックスは自分の横の絨毯を軽くたたいた。「見てみるかい」

「けっこうよ、立っていたほうがいいわ」

「お好きなように」マックスは肩をすくめた。

「礼儀をわきまえた紳士なら、自分のほうが立ちあがるんじゃないかしら」パンドラは鋭い声で言った。

「礼儀をわきまえたレディなら、女性の下着を男性の顔めがけて落としたりはしないものさ。それにぼくをろくでなしの遊び人で悪党で、おまけにけだものだと言ったのはきみじゃないか」

「でも、少なくとも行儀のいいけだものにはなれるはずよ」

「そうかな？」マックスはゆっくりと立ちあがった。「それじゃ、けだものでいるのになんの意味がある？」

「意味？」パンドラはいらだたしげにマックスを見つめた。

「そうだ。行儀のいいけだものなら、付き添いのいない未婚のレディと人目につかない部屋や墓地――それに」マックスはパンドラに目をやった。「自室でこっそり会ったりはしないさ」

パンドラは唾《つば》をのみこんだ。「ええ、わたしはまちがっていたようね。あなたは結局けだものじゃなかったのよ――」

「いや、ぼくはけだものだ」マックスは、パンドラの胸が呼吸に合わせて上下するのがわかるほど近くにいた。「けだものはじゃじゃ馬と同じように、社交界のきまりを軽んじているからね」

「そうなの？」

「そうさ。それにけだものは望むものを手に入れるために、どんなチャンスも無駄にしない」

「本当？」パンドラはささやいた。

マックスは頭を傾ければパンドラの唇に触れるほどそばにいた。「それにけだものは、勝つつもりのないゲームはけっしてしない」

「そう……」マックスの唇に触れられ、パンドラは火傷《やけど》したようにあとずさった。マックスは落胆のため息を押しころした。「きみはこのゲームに勝てないよ」

パンドラは声を震わせた。「わたしは勝つためにあなたに話をしにきたのよ」

「そうだろうとも」マックスは含み笑いをした。「きみはどうしてもぼくと話がしたいようだったから、もっと早く会いにくるかと思っていたよ」

「どうしてもですって？」不意にパンドラの口調が鋭くなった。さっきのキスの効力はすっかり消えている。「そんなことないわ」

「本当かい？　きみがよこしたいくつもの手紙から、どうしてもぼくに会いたがっているという印象を受けたけどね」

「どうしても、なんて書かなかったわ」パンドラはぴしゃりと言いかえした。「手紙を一枚、あわてて書いたような気がするけど――」

「四枚だよ」

パンドラはそっけなく肩をすくめた。「印象というのは誤解につながりやすいわ」

「きみがほとんど覚えていないあの手紙によると、ぼくらのゲームのルールについて話し合いたいらしいね――それもまたぼくのまちがった印象なのかな?」

「ルールはぜひ必要よ」パンドラは相手を見ようともせずに言った。「ルールがなければ、なんでもありってことになるわ」

「それはまずいな」マックスは笑いをこらえた。何年ものあいだ、社交界の規則を軽んじてきたパンドラが、いまルールのことを言いたてるのは見ていておもしろかった。マックスが勝つかもしれないと不安になっているらしい。「きみはどんなルールを考えたの?」

「まず、一度に二つの試練に合格することはできない。アマゾンの女王の腰帯を手に入れ、同時に人を食う雌馬を手なずけたと主張するのはだめよ」

「なぜだ?」

「フェアじゃないからよ」

「誰にとってフェアじゃないんだ?」

「ゲームの精神にとってだわ」パンドラは取りすまして答えた。「前に言ったように、それはゲームの精神に合っていると思うけどね」

「いいえ、あなたはまちがってる」パンドラはマックスの机のところへ歩いていき、その上に散らばっている紙にぼんやり目をやった。「二番目に、試練に合格するためにお金の力を使うのはだめよ」

マックスは片方の眉を上げた。「ゲームの精神に反するのか?」

「そうよ」パンドラは紙を一枚取りあげ、渋い顔をした。「あなたが勉強していることってこれなの? ギリシャ神話?」

「はっきり言うと、ヘラクレスの難業さ。とてもためになるよ」マックスは、ヘラクレスの難業として伝えられる話には、いくつもの大きな食いちがいがあることを知った。はっきりしたものがなければ、難業について自由に解釈してもいいことになる。

「そう」パンドラはますます渋い顔をし、紙を机の上に戻すと振りかえってマックスと向きあった。「それに試練をやりとげる時間には制限がなくてはならないわ。永遠にやっていてもらうわけにはいかないもの」

「そうなったら、もっとなんでもありってことになるからな」マックスはまじめくさってうなずいた。

「二週間以内ということでどうかしら」

「二週間？　無理だ。事実上、負けと同じになる条件には同意できない。三ヵ月ならもっと妥当だろう」

「三ヵ月もあれば文明の盛衰が見られるわ。じゃ、三週間にしてあげる」

「二ヵ月だ」

「それじゃ一ヵ月にしましょう。正確には四週間ね」

「わかった」

「わたしたちが契約に同意したときから数えて、ということよ」

「二週間ほど前になるな」

「ええ、でもあなたはもう二つの試練をやりとげたわ」パンドラはにんまりした。

「そうだな」さりげなく答えたものの、マックスは、残りのパンドラの試練をどうやってやりとげるか、まだ考えていなかった。「ほかには?」

「これはゲームだから、わかりやすいように、ひとつの試練を終えるたびに一点もらえることにしましょう」

「それじゃぼくは十二点、取ればいいわけだね?」

パンドラはうなずいた。

「それにはなんの問題もない。きみのルールはそれだけかな?」

「まだあるわ。もうひとつ」

「はあ?」

パンドラは深く息を吸い、マックスの目を見つめた。「これからはもう、その、感情をまじえてはいけないと思う」

「感情?」マックスはいぶかしげに片方の眉を上げた。

「ええ。そうよ」パンドラはため息をついた。「キスとか」

「ああ」マックスはにやつきを抑えた。「そういうことか」

「まったくそぐわないし、フェアとは言えないわ」

「ゲームの精神に対して?」

「そうよ」パンドラはほっとして顔をほころばせた。

「ぼくたちはゲームの精神に反することはしないつもりだ。それでも……」マックスは両手を背中のうしろで握り、部屋をゆっくりと行ったり来たりした。「じつを言うと、ちょっと混乱してるんだ」

「混乱?」パンドラの顔にいらだちが浮かんだ。「単純で、まちがえようのないルールじゃない。キスはだめってことよ」

「一見わかりやすそうだが」マックスはもったいぶって首を振った。「でも、どんなことでもみかけほど単純じゃないからね」

「そうかしら?」パンドラは用心深く言った。

「そうだよ。きみの言葉をどう定義するか困っている」

「わたしの言葉?」パンドラはばかにしたように言った。「キスはキスよ。定義するのはむずかしくないわ」

「ああ、でもそうじゃない」マックスはパンドラのそばへ寄った。「たとえば、社交的な集まりで会ったら、きみの手を取って」マックスはパンドラの手を取った。「ぼくの唇に持ってくるのは」マックスはパンドラの手袋に唇を軽くつけた。「そしてその手に礼儀正しくキスするのは?」マックスの視線はじっとパンドラに向けられていた。

「それは許されると思うわ」パンドラはしぶしぶ答えた。

「よかった」マックスはパンドラの手を放し、さらに近よった。「もし手にキスするのが許されるなら、頰にするのはどうかな?」マックスはパンドラの顎の下に指を二本当てて上を向かせ、身をかがめて両頰に唇で軽く触れた。「フランス人なら、礼儀正しいあいさつにすぎないと思うだろうね」

「でもわたしたちはフランス人じゃないわ」パンドラはあえぐように言った。

「ああ、でもぼくたちだって礼儀を重んじるだろう」マックスはパンドラの目をのぞきこみ、燃えるような自分の瞳が映っているのを見た。「そういう礼儀正しいキスは認められるかな?」

「考えてみなければ」パンドラはさっと視線をそらした。けれどもうしろには机があり、逃げ道はなかった。

「いいぞ。もしそういうのは認めるというなら、あとはなにが許されないか決めればいいだけだ」

「そうかしら？」

「さあ、今度もまたただのたとえだが、ぼくがきみを腕に抱え」マックスはそのとおりのことをした。「きみがぼくに両腕を回し――」

「そんなことは――」

「ルールを理解しているか確かめたいんだよ」

「わかったわ、でもはっきりさせるためだけよ」パンドラはおずおずと両手をマックスの肩に置き、それから首に回した。その指の先が首すじに触れると、マックスの体は熱くなった。彼は思わずパンドラを抱きよせた。彼女は目を見ひらいたがあらがいはしなかった。

「ルールには明確さが不可欠だからね。さあそれで、こういうのは――」マックスは頭を下げ、パンドラの耳のすぐ下にそっとキスすると、うなじに沿って唇をつけていった。「――ルールに反するかな」マックスはよい香りのする温かい肌に舌でそっと触れ、それから外套《ペリース》の高い襟に沿って、生地の切れこみからのぞく喉のくぼみまで唇でたどった。

「ああ、そうね」パンドラは目を半分閉じて首を傾け、マックスが反対側のうなじにも触れられるようにした。「それはぜったいに認められないわ」

「ぼくもそう思うよ。こういうのもだめじゃないかな」マックスは、じらすようにパンドラの唇に吐息のようなキスをした。パンドラは一瞬、身を硬くしたが、両腕をマックスの体に巻きつけて唇を当てた。

マックスはすっかり自制心をなくし、パンドラに強く唇を押しつけてさらにきつく抱きしめた。パンドラの唇が開くと、欲望にまかせて舌をからめる。パンドラは両手でマックスの首のうしろをつかみ、夢中でしがみついていた。マックスはさらに強く唇を押しあてた。次々にキスを浴びせるたびにパンドラの唇の味は彼を魅了し、虜《とりこ》にした。マックスはさらに手を下へすべらせ、魅力的な曲線を描くヒップを包みこむと、興奮してほてった自分の体にしなやかな肢体を押しつけた。パンドラがいなければ、あと一日、いやあと一瞬でも耐えられないのに、ゲームの残りの期限のあいだ彼女を抱きしめずにいられるだろうか?

マックスはようやく唇を離し、ひと息入れようとした。「ねえ、じゃじゃ馬」彼はパンドラの耳たぶに鼻をすり寄せた。パンドラは小さくうめいた。「ばかげたゲームなんか忘れてしまおう。すぐに結婚してくれ」

「マックス、わたし……」パンドラはマックスの髪に指を入れた。彼女の胸は波を打っていた。

「ぼくたちは互いをほしがっている。似合いのカップルだ」マックスはあえぎながら言った。腕に抱いているパンドラは、天上の喜びであり、地獄の業火でもあった。「きみはぼくが妻に求める条件をすべて満たしている」だが、マックスにはパンドラのことがまだよくわかっていなかった。それで彼女が腕のなかで静かになったのにほとんど気づかずにいた。

パンドラは体を引いて、マックスと目を合わせようとした。「それで？」

「それでとは……どういうことだ？」マックスは混乱し、欲望の霧がかかってぼんやりした頭をどうにか働かせようとした。

「それで終わりなのかしら？」パンドラの言いかたは冷たかった。

「そうだが？」いったい自分はなにを言ったのだろうか、とマックスは思った。「いや、違う？」パンドラが腕から抜けだしてあとずさるのがわかった。「ああ、もちろん終わりじゃない」

パンドラは胸の前で腕を組んだ。頰は上気し、唇は熟れ、これほど激しい情熱を味わったことがないような顔をしている。マックスは鎮まっていた欲望がまた湧きあがるのを感じ、もう一度パンドラを腕に抱くことさえできればと思った。

「ぼくが言いたいのは……」マックスは、自分でもなにを言うつもりなのかわからなかった。「結果がわかりきっているのに続けるのは、意味がないように思えるってことだ」

「わかりきってるですって?」パンドラは不快そうに目を細めた。マックスは怒りを欲望とまちがえているらしい。

「もちろんだ。ぼくは絶対に勝つつもりだし、ぼくたちの契約の条件によると、そうなればきみはぼくと結婚することになる。二人のあいだでたったいま起きたことを考えると、きみもぼくと同じようにこの結婚を望んでいるはずだ」マックスはパンドラのほうへ進みでた。

パンドラは手を突きだして止めた。「あなたがゲームを放棄するつもりじゃなければ――」

「そんなことはしない」

「思ったとおりだわ」パンドラの表情や口調からは、本心はうかがえなかった。「それじゃ、ゲームは続行ね」

「きみが望むなら」マックスはゆっくりと言った。

「もちろんよ」パンドラは手袋をはめてドレスのしわを伸ばし、マックスの視線を避けた。マックスはパンドラの手がかすかに震えているのに気づいた。「ちゃんと言ってあるでしょう。これからも必要なら何度も言うけど、あなたと結婚したくはないの」

「ぼくの受けた印象とは違うが」

「ちゃんと考えたほうがいいわよ、マックス。あなたの印象はまた誤ってるもの。ここで起きたことは、ちょっとしたまちがいというだけよ。もう二度とそんなことはないわ」パンドラはつんと顎を上げ、ドアのほうへ歩きだした。

「好きにするがいいさ」

パンドラは立ちどまってマックスのほうを向いた。「わたしの言うことを信じてないのね?」

「まったく信じてないよ」

「あなたはけだものだわ、マックス」

パンドラの目がきらめいた。パンドラの怒りはそのキスと同じように激しいものだとわかり、マックスは血が騒いだ。試練を考えたのが古代ギリシャ人でも頑固なじゃじゃ馬でもかまわない。それをやりとげてパンドラを自分のものにしてみせる。

「でも、これは認めてあげてもいいわ。ルール違反だけど」パンドラの口元にかすかな微笑が浮かんだ。「あなたはとってもキスが上手よ」

パンドラは誰よりも堂々と部屋を出ていった。マックスは首を振ってにやりとした。パンドラはあきらかにこれまでの信条を忘れてしまっている。

ルールは破ってこそ意味があるということを。

第八章　増える参加者

マックスは大きな机のところに座って本を広げていた。さりげなくページをめくり、目を上げようともせずに気取った口調で相手に話しかけた。「そんなに早く戻ってくるとは思わなかったよ。気が変わったのかい？」

シンシアは不意を突かれた。「そうは思いませんけど」

マックスは急に頭を上げ、信じられないというように相手を見つめた。「ミス・ウェザリー？」そう言って立ちあがった。「その……ぼくが言いたいのは……」マックスは首を伸ばしてシンシアをじっと見た。「ひとりですか？」

「そうですわ」

マックスはシンシアに近づいた。「じつにうれしいですね」

シンシアは弱々しく微笑んだ。ここへ案内してきた執事は、うしろ手にそっとドアを閉めると出ていってしまった。

マックスはシンシアの不安を感じとったかのように、目に憐れみの表情を浮かべた。

「ぼくになにか御用でしょうか？」

「わたし本当はここへ来てはいけないんですけど」シンシアはつぶやいた。このわたしが、思っていることを伯爵に告げる勇気を出せたなんて。どうしてそんなことができたのかしら？　もしばれたら身の破滅なのに。とんでもなくはしたないことだもの。パンドラに感化されたんだわ。

「お座りなさい」マックスが微笑むと、シンシアはパンドラの言うとおりだと思った。彼の目はグレーで、本当に魅力的だ。「散らかっているのをお許しください」

「散らかって……」シンシアは部屋を見まわし、乱雑なのにはじめて気づいた。「まあ、ここはエフィントン家の客間のようですわ」

マックスは笑った。「そうですね。いま一生懸命ギリシャ神話を勉強しているところなんですよ」

「なんて頭が働くかたなの」シンシアの緊張はゆるんだ。「もちろんキツネならそれくらいのことはすると思ったけれど」

マックスは片方の眉を上げた。「キツネ？」

「なんでもありませんわ」シンシアは革のソファに深く腰をかけ、手袋をはめた両手を膝の上でしっかりと握った。ひとりで男性の元を訪れるのに慣れておらず、どう話を切りだしてよいかまったくわからずにいた。

「ミス・ウェザリー？」シンシアは目を上げてマックスを見た。彼は好奇のまなざしを向け、口元をほころばせていた。「どんなご用件でしょう？」

シンシアは噂はどうあれ、伯爵が親切な人だとみてとった。それにこの部屋に散らばったものから彼が努力家だともわかり、パンドラにふさわしい人だと思えた。

「じつは、伯爵さま」シンシアは深く息を吸いこんだ。「わたしはあなたをお助けできるかもしれないんです」

「ほう？」

「わかっておいていただきたいの」シンシアはきっぱりと言った。「パンドラとの結婚について助けが必要なら、わたしをあてにしてくださってかまわないと」

「本当ですか？」マックスはけげんそうに目を細めた。「なぜです？」

「なぜって？」

「理由が聞きたいんですよ」彼は胸のところで腕を組み、机にもたれた。「失礼だがミス・ウェザリー、パンドラはぼくを非難したんですよ。あなたの誤解を招くようなことをしたと言ってね。あなたも同じことを考えているとしか思えません。だからぼくを進んで助けてくれるなんて、ちょっとあやしいな」

シンシアはしばらくのあいだ黙って相手を見つめていたが、不意に笑いだした。「伯爵さま、わたしそんなこと考えてもいませんでした」

「そうかな?」マックスは用心深く答えた。

「もちろんよ。あなたは無作法なことはなにもなさらなかったし、何度かダンスをしたときも、お話なんてほとんどしなかったわ」

「それは申しわけなかった」トレントはほっとして言った。

「いいんです、あなたはちょっぴりわたしに関心を持ってくださったけど、本当はわたしに興味があったわけじゃないでしょう」

「ああ、その……」マックスのハンサムな顔に落ちつかない表情がよぎった。

シンシアはこれまで紳士に不愉快な思いをさせたことはない。やった、という奇妙な感覚が沸きおこった。男性を思いのままにするというのは、こういうことなのね。パンドラはいままでそんなおもしろい思いをしてきたんだわ。

「それで、伯爵さま」シンシアはますます大胆になった。「パンドラはわたしのお姉さまのようなものです。幸せになってもらいたいと思いますわ」彼女はまっすぐ相手の目を見つめた。「あなたはそれができるかただと信じています」

マックスは感心したようにシンシアに見とれていた。シンシアはこれまで男性からそんな目で見られたことはなかった。

「あなたのお話のしかたは自信に溢れていてすてきですわ。でも、残念ながらパンドラはあなたに反発してるんです」

シンシアは親友の秘密をどこまで明かそうかと思案した。

「そうなんですか?」

「はっきり口に出したわけじゃありませんけど」シンシアは、たとえパンドラにどう思われようとも、彼女の幸せのためにやるべきことをしようと覚悟を決めた。「あなたはパンドラをいらだたせているんですわ、伯爵さま。彼女はあなたがうっとうしくて横柄な人だと思っています」

「それで、ぼくがパンドラにふさわしいと確信したって言うんですか?」

シンシアは笑った。「そうですわ」

「理解できないんだが」

シンシアは幼い子を相手にするように、優しい顔を向けた。大人の男にそうするのはおもしろかった。「理屈に合わないのはわかってますけど、パンドラが今回のような反応をするのをこれまで見たことがないんです。ひとりの男性のふるまいが気になってひどく悩むことなんていままでなかったわ。わかっていただけます?」

「ええ、わかりますとも」マックスはゆっくりと答えた。

「よかった」シンシアは安心して腰を上げた。思っていたほどやっかいではなかった。いやそれどころか、伯爵と会えてなかなか楽しかった。シンシアはドアのほうへ歩きかけた。

前触れもなくドアが開き、背の高い金髪の男性が部屋に飛びこんできた。シンシアはすぐさまあとずさりして物陰に引っこみ、道をあけた。

「マックス、きみの言うとおりだ。きみは完全に正しい。ぼくはなにを考えていたんだろう？　逃げるのは名誉ある解決策じゃない」

その見知らぬ男は額にしわを寄せ、部屋のなかをせかせかと行きつ戻りつした。

「それでも、もっとも簡単でもっとも効果的で、しかももっとも愉快な答えが残っている。きみがそれをはねつけるのを見たくはない」

「ローリー」マックスから声をかけられても、客はいらだたしげに手を振って相手を黙らせた。「いや、マックス、正直言ってきみにこんなばかげた契約をさせるわけにはいかないよ」

その男はシンシアがこれまで会ったなかでもっとも魅力的だった。

「きみはきっと勝つ、そして残りの人生を棒に振ることになるのさ。それは死よりも不運だ！　彼女は――」

「おい、ローリーったら」

「きみの望むことすべてに文句をつけるだろうが、きみはそういうことをちゃんとわかっているわけじゃない」男は胸のところで腕を組んだ。「結果について考えてなかっただろう。悲惨な結果を。きみは――」

「ローリー」マックスがついに鋭い声でさえぎった。「ミス・ウェザリーに会ったことはあるか?」

「ミス、誰だって?」男は振りむいてシンシアを見た。「なんてことだ、マックス、ぼくらだけじゃないってどうして言ってくれなかったんだ?」

「言おうとしたよ」

「ウェザリー? いや、お会いしたことはないと思うが」値踏みするかのようにさっと目を向けられると、シンシアは頬がかっと熱くなった。

「ボルトン子爵ローレンスをご紹介しよう」マックスが言った。

紳士はシンシアのほうへ進みでると、なれた様子で彼女の手を取り、軽く唇をつけた。彼に見つめられると、シンシアはその濃いチョコレート色の瞳のなかで溺《おぼ》れてもいいと思えた。彼女はおずおずと微笑んだ。

ボルトンは背すじを伸ばしてシンシアを見つめた。彼は長身のシンシアよりさらに背が高かった。整った顔立ちや日を浴びた小麦のような色をした髪も魅力的だったが、シンシアをなによりも惹きつけたのはボルトンの風格のある姿だった。彼女は息をするのも忘れたように呆然《ぼうぜん》とした。

「そうか、あなたは友だちなんだね?」

「友だち?」シンシアはまだボルトンに手を握りしめられていた。ひどく無作法なことだったが、シンシアは相手の温かな手を振りほどこうとは思わなかった。

ボルトンはマックスにうなずいた。「この人はじゃじゃ馬の友だちだろう?」ボルトンはなにかがひらめいたかのように言葉を切り、得意げな笑みを浮かべた。「それでわかったぞ」

「なにがですか?」シンシアはマックスの顔を見た。

「ボルトンによると、ミス・エフィントンはぼくにふさわしい女性じゃないそうですよ」マックスは言った。

「まあ?」ボルトンは最初に思ったほど魅力的な人じゃないのかもしれない、とシンシアは思った。

「だが、やりかたとしては完璧だ。あなたは彼女の友だちだから、マックスは関心を持って――」

「待ってくれ、ローリー」マックスはあわてて言った。「ぼくはけっして――」

シンシアは手をさっと引っこめてうしろへ下がった。「トレント伯は、そんなことをなさらなかったわ」

ボルトンは肩をすくめた。「とにかく、マックスはそうやってじゃじゃ馬の――」

「パンドラよ」シンシアはつぶやいた。この人、ぜんぜん魅力的じゃないわ。

「――関心を引いたんですよ。そしてきっと、じゃじゃ馬は自分が勝てば――」

「パンドラよ」シンシアはもう一度きっぱりと言った。パンドラ本人がじゃじゃ馬と呼ばれて喜ぶのはかまわないが、シンシアにはそのあだ名はほめ言葉ではなく侮辱に思えた。とくにこのぞっとするような男に言われるのは。

「――あなたをマックスの花嫁に選ぶでしょう。もちろんあなたは断わるはずだ、そうしたらマックスは自由の身です」ボルトンは大げさに手を振りまわした。

「ぼくは負けないよ」マックスは穏やかに言った。

「きっとじゃじゃ馬も同じことを言うだろうな」

「あの人の名前はパンドラよ！」シンシアは、手近ななにかでボルトンの頭を殴りつけてやりたいという誘惑と闘った。「あなたにとってはミス・エフィントンでしょう。礼儀をわきまえて彼女のことをそう呼んでくださったら、感謝しますわ！」

マックスは笑いだしたいのをこらえた。ボルトンの顔は驚きで赤くなっている。二人とも、シンシアが自分と親友の弁護をするとは思ってもいなかった。

「さて、ボルトン子爵」シンシアは毅然としてボルトンの目を見かえした。「伯爵はパンドラとのゲームに勝つ決心をされたわ。わたしもそれを応援することに決めました」

「あなたが？」

「ええ」シンシアは相手をにらみつけた。自分がこれほど強情だとは思わなかった。これほど誰かに頭にきたことはない。まして背が高くハンサムな貴族に怒るなど、考えもしなかった。「必要ならばどんなことでもするつもりです」

「あなたがですか？」ボルトンは再びシンシアに目を向けた。彼にまじまじと見つめられると、シンシアは愛撫《あいぶ》されているような気がして背すじに震えが走った。ボルトンが言った。「なあ、マックス、よく考えてみれば、きみはミス・ウェザリーと結婚してもいいんじゃないかな」

シンシアははっとした。

「ローリー」マックスは警告するように言った。「言い過ぎないように気をつけろよ」

「きみはもっとひどいことになるかもしれないんだぞ」ボルトンはそう言いながらシンシアのそばを歩きまわった。シンシアはショックで声を上げることもできなかった。

「この人はじゃじゃ馬より若いし、家柄もいい。それに容姿もなかなかすばらしい」

ボルトンはシンシアの前で立ちどまり、値踏みするように目をきらめかせた。

「ぼくとしては背の低い黒髪のじゃじゃ馬より長身の金髪の美人のほうが好みだが、そんな話はいまはどうでもいい。それにミス・ウェザリーはずっと行儀がいいだろうね――」

パンドラと比べられると、これまで抑えてきた感情が堰《せき》を切って溢れ出した。シンシアの昂《たか》ぶりはいま頂点に達していた。パンドラへの友情のために、火花ひとつで地獄の炎のように怒りが燃えあがらんばかりだった。

ボルトンがその火花なのはまちがいなかった。

「あなたの予想になんか賭けるもんですか」シンシアは抑えた冷たい声で言った。「あなたは負けるわ」

ボルトンは笑った。「そうかな?」

「もうたくさんだ、ローリー」マックスはぴしゃりと言い、すまなそうな顔でシンシアのほうを見た。「友人を許してやってください。この男はちょっと——」

「つまり、この人は……」なんて言えばいいのかしら?「わからず屋なのね!」

「ぼくが?」ボルトンはにやついた。

まあ、このいやな男は喜んでるじゃない! たぶん〝わからず屋〟くらいじゃこたえないんだわ。パンドラならなんて言うかしら?

「ええ、そうよ。あなたはわからず屋だわ」シンシアはけんか腰でボルトンをにらみつけた。「いまいましいほど頑固なのよ!」

マックスがおかしな声を立てた。喝采《かっさい》するべきかとがめるべきかわからないらしい。

ボルトンはますますにやついた。「すばらしい、ミス・ウェザリー、たしかにぼくはまちがってましたよ。あなたはぼくが考えていたほど行儀がよくないですね」

「はあ?」シンシアは皮肉っぽく答えた。「あなたがなにか考えていたとは思えないけど」

「いまぼくがなにを考えているか知りたいですか？」ボルトンはシンシアのほうへ身をかがめ、彼女の目を見つめた。彼の鼻はシンシアの鼻のすぐそばにあった。シンシアは、自分がしゃんとしているのに驚いていた。ボルトンが部屋へ入ってきてから、気絶しようなどとはこれっぽっちも思わなかった。

「あなたの考えていることに興味なんかないわ」

「こう言えば関心を持ってもらえるかな」ボルトンは茶色の瞳を輝かせた。「マックスはぼくの親友だ。だから彼がじゃじゃ馬と結婚して人生をだめにするのを許すわけにはいかない、と」

「ミス・エフィントンでしょう」シンシアはたしなめた。

「じゃ、じゃ、じゃ馬だ」ボルトンは歯を食いしばった。「そしてぼくは、マックスをこのゲームで勝たせないために全力を尽くすつもりだ」

「幸運を祈ってますわ、ボルトン子爵。でもミス・エフィントンはわたしの親友で、わたしはあの人の幸せだけを願ってるのよ」シンシアは決意をこめて言った。「トレント伯が必ず勝つよう、全力を尽くすわ」

ボルトンはばかにしたように言った。「いいでしょう、ミス・ウェザリー。でもあ、な、た、に、い、っ、た、い、な、に、が、で、き、る、と、い、う、の、か、な？」

なにができるのだろう？　シンシアは自問した。伯爵に力を貸すと申しでたものの、具体的な考えがあるわけではない。でも、いまそれを明かす必要はなかった。

シンシアは、パンドラがよくやる秘密めかした微笑を自分も試したくなって、ゆっくりと口元をほころばせた。いつもならそんなコケティッシュな仕草をすると落ちつかない気分になるのだが、その微笑みはいまのシンシアの気分にぴったり合った。

ボルトンがなんとも言いようのない困惑した表情を浮かべた。

「楽しみにしていてちょうだい」シンシアが会釈すると、マックスが笑みを返した。彼女は向きを変えて堂々と立ち去った。

「なんてことだ、マックス、彼女はじゃじゃ馬見習いだな」

執事が玄関のドアをあけてくれ、シンシアは小声で礼を言った。そのときはじめて、自分の手が震えているのに気づいた。いまの幸福感に比べれば、そんなことはなんでもなかった。パンドラが言いたいことを言い、やりたいことをやるのもうなずけた。このなんともいえない恍惚《こうこつ》感は、危険を冒してでも得る価値がある。

シンシアは馬車に乗りこみ、邸までの短い時間のあいだゆったりと席にもたれた。どうやってトレントを助けるか、まだ考えていなかった。パンドラの出した試練はただでさえむずかしいのに、あの不愉快なボルトンはなんとしても友人の邪魔をするつもりらしい。もしボルトンが手を出さなければ、トレントはまちがいなく勝てるのに。

不意に答えがひらめき、シンシアは笑い声を上げた。伯爵に最大の救いの手をさしのべるにはどうしたらいいか、はっきりわかったのだ。
ボルトンの言ったことは、ある意味では合っていた。
シンシアはまさしくじゃじゃ馬見習いだった。

第九章　ルールは決まった

「まあ、あなたなのね」パンドラは、マックスがすでに客間で待っていたのを知らなかったふりをした。

「こんばんは」マックスはパンドラを見ようともしなかった。中国の銅鑼のそばに立ってヘラクレスを見つめていた。

「おもしろい鳥だ」マックスが手を伸ばすと、ヘラクレスはしばらくじっと見てからそこに飛びのった。

「気をつけて。ヘラクレスは知らない人に愛想よくするとはかぎらないの」

「ヘラクレスだって？」マックスはくすくす笑い、オウムを自分の顔に近づけた。鳥と人間は興味深げに互いを観察した。「こいつはぼくが好きなんだな」

ヘラクレスは緑色の頭を起こした。「ミャーオ」

「この子、ちょっと混乱してるのよ」パンドラはため息まじりに言った。

「じつにおもしろいな」マックスが手をまた銅鑼のところへ持っていくと、ヘラクレスはおとなしく横木に飛びのった。

〝お顔はアポロン神のよう〟

母親の言葉がパンドラの頭にこだました。マックスがどれほどハンサムで背が高く、威厳があるか忘れていた。彼がいると散らかった部屋がさらに狭くなった感じがした。

マックスは一心に銅鑼を調べていた。その価値がわかっているらしく、彫刻の施された表面にそっと手をすべらせている。パンドラはマックスの手が背中に触れた感じを思い出し、またそうしてもらいたい気がした。

「名品だ」マックスはつぶやいた。

「そうよ」パンドラは小声で答えた。

「とても古いものかな?」マックスはパンドラを見た。本当に興味を持っているらしい。

「ええ」パンドラは不意に、どうして自分はマックスの提案を受け入れないのかと思った。ゲームのことなど忘れて彼の勝ちを宣言し、その腕のなかへ飛びこんでいかないのはなぜなのだろう。

マックスは相手の考えを読んだかのように、体を伸ばしてパンドラをじっと見た。張りつめた静けさがあたりに漂っている。なぜマックスはなにも言わないのだろう? なにを待っているのか? しばらくしてマックスがゆっくりと口元をほころばせた。

「あなたがいらっしゃってるとは知らなかったわ」パンドラは、わざとよそよそしく言った。

「おかしいな」マックスは信じられないという顔をした。「ピーターズにぼくが来たことを伝えるよう頼んだのに。あの男は頼まれごとをおろそかにするような使用人ではないと思うが」

「たぶん、ピーターズはうっかりしてたのよ」もちろん執事はマックスが来たと知らせてきた。けれどもパンドラは、彼がなにか言ってくるのをひたすら待っていたと思わせたくなかった。「おそらくピーターズはわたしがあなたに会いたくないのを察したんだわ。無礼なことをすれば追いかえせると思ったんでしょう」

マックスは笑った。「違うな。ピーターズは鋭いから、そんなまちがった結論を出しはしないだろう」

「今回はピーターズの推測は正しかったかもしれないわ」

「そうかな?」

「ええ」パンドラの胸にくすぶっていた、マックスの腕に身を投げ出したいという思いは消えた。この人には頭にくるわ。「なぜここへ来たの?」パンドラは、マックスが腕に抱えている布の包みに顎をしゃくってみせた。「それに、それはなに?」

「これか?」

「ええ」パンドラは疑わしげに尋ねた。「わたしにくださるの?」

「まあね」

「それじゃ――」

「そのうちにあげるよ」マックスは座れそうな場所を探して、空《むな》しく部屋を見まわした。

パンドラは椅子を指さした。「そこに置いてちょうだい」

「なかなか居心地がよさそうだな」マックスはそうつぶやくと、装飾壁の一部らしい大きな大理石のかけらを迂回《うかい》し、不安定な本の山を避けてその椅子に包みを置いた。

「それじゃ」マックスはそう言ってパンドラのほうを向いた。「まずきみのルールについて話し合いたい。すべてのだ」

「そのことは今日の午後、話がついたと思うけど。あなたもわかってるでしょう。これからレディ・ファーンズビーの夜会に出るの。失礼するわ」パンドラは会釈し、ドアのほうへ向かった。

「まだだ、ドーラ」命令するような厳しい声が部屋に響いた。

パンドラは歩みを止め、振りむいてマックスと顔を合わせた。「わたしにそんな言いかたをしないでちょうだい。それにドーラと呼ぶのもやめて!」

「話はまだ終わっていない」マックスは目を輝かせ、パンドラのほうへ大股で歩いてきた。パンドラは恐ろしさで身ぶるいし、思わずあとずさった。ああ、いったいこの人はなにをするつもりなの？

マックスはパンドラの横を通りすぎると、玄関ホールへ通じるドアを閉めた。

「いったいなにをしてるの？」パンドラは喉に手を当てた。

マックスが近づいてきた。「邪魔されたくないんでね。ピーターズでもほかの誰でも、黙って見ているよりはドアの外でうろうろされるほうがいい」

パンドラは息をのんだ。なにを黙って見ているというの？　わたし、やりすぎたかしら？　この人はすっかり理性を失ってしまったのだろうか？　マックスは奇妙な目つきをしていた。ほしいものを得る覚悟をした男の目だった。

まさかわたしを汚すつもりじゃないでしょうね？　今日の午後始めたことをいま終わらせるっていうの？

わたしが生きているかぎり、そうはさせないから。「そんなことは絶対に許さないわ、マックス。わたしがあなたにどんな気持ちを持っているにしても、そして今日の午後どれほど、そう、おもしろかったにしても。いまはだめ。これからも！」

「きみはなにをべらべらしゃべってるんだ？」マックスは困惑して眉を寄せた。

パンドラは顎を上げた。「わたしを汚すのは許さないわ！」

マックスはためらっているらしかった。それから不快そうに目を細め、用心しながら口を開いた。「そうなのか?」

「絶対にだめよ!」パンドラは毅然として言いはなった。どんな神話や伝説のヒロインでもそれほど力強くは言えなかっただろう。

「絶対にか?」マックスは穏やかに尋ねた。

彼はパンドラに強く否定されても、うろたえているようには少しも見えなかった。パンドラは腰に両手を当てた。「ええ、絶対に」

「ちょっとでも?」

ちょっとなら、という裏切りの声が頭のなかでささやきかけたが、パンドラはそれを振りはらった。「だめよ!」

「ぼくたちが結婚しても?」

「そんなことにはならないわ」

「いや、なるさ」マックスはさらに近づいた。瞳がいたずらっぽく光っている。パンドラは胃のあたりがおかしくなった。マックスが動揺していないのは、パンドラの文句など気にもしていないからだろう。

「万が一あなたが勝ったらね。でもそんなことにはならないわ」自分の耳にさえ、あまり自信を持って言っているようには聞こえなかった。

「いや、ぼくは勝つよ」

「勝てないわ」パンドラは首を振った。二人は服の上からでも互いの体温が感じられるくらい近くにいた。

「さあ、ルールについて話をしよう」

「ルール？」もしパンドラが望めば、手を伸ばしてマックスにさわることもできる。指で硬い胸板に触れ、両手で肌のぬくもりを感じられたら。

パンドラは頭をうしろへそらしてマックスを見あげた。彼はパンドラの瞳から唇へ視線を這《は》わせている。パンドラはすぐに喉がからからになり、思わず唇を舐めた。

マックスが頭を近づけてきた。ゆっくりと。パンドラは背伸びして、マックスの唇が触れるのを身がまえた。両手を胸に押しあてると、相手の筋肉がこわばるのが感じられて、はっとした。マックスの唇が触れると、奇妙なことにふぬけのようになって力も意志も奪われた。

パンドラは目を閉じた。耳のなかで血がドクドク音を立てている。心臓が激しく打ち、マックスの唇がかすかに触れているという感覚のほかは、なにもかも消えた。マックスが唇を合わせながらなにかをささやいた。

甘美な痛みはしだいに強くなってパンドラのなかに溢れた。彼女はマックスの上着を握りしめた。午後のキスは激しいものだったが、いまマックスの唇はじらすように軽く触れているだけだ。パンドラはものたりなかった。

「じゃじゃ馬」マックスの声はくぐもっていて、もやのなかから聞こえてくるようだった。「ぼくの言うことが聞こえるかい？」

「ああ……」なぜわたしにキスしてくれないの、ちゃんとキスしてくれないのはどうして？　この人はなにを待っているのかしら？　パンドラは目をあけた。「なんて言ったの？」

マックスの唇はまだパンドラの唇をふさいでいて、彼の鼻もパンドラの鼻に触れそうになっていた。「ぼくの言ったことが聞こえたかどうか聞いたのさ」

「その前は」パンドラはゆっくりと言った。

「じゃじゃ馬？」

「その前よ」

「ああ、こういうのは許されるキスかどうか聞いただけだよ。ルール違反じゃないかどうか」

パンドラは数インチしか離れていないところにあるマックスの目を見つめた。辛らつなことを言ってやろうと思ったが、こう尋ねただけだった。「わたしを汚すつもりはなかったの？」

「今日のところはね」マックスはにやりとした。「だが……」

「とにかく、そんなこと許しはしなかったわ」怒りが、満たされない気持ちと、もしそうなったら許してしまったはずだという思いと闘っていた。「いまはだめ。永遠にだめよ」

「だめだって？」マックスは激しくすばやいキスをした。

パンドラはあえいだ。「ええ」

「本当に？」マックスはもう一度、さらに長く激しいキスをした。骨が溶けてしまうかと思われたとき、ようやくマックスが頭を引いた。「まちがいないかな？」

「もちろん」パンドラの声はかすれていた。

「それじゃ、ぼくの上着を放してくれるかい」

パンドラはさっと手を引っこめた。不快なほど体が熱かった。「つかんでいるのを忘れていただけよ」

パンドラはマックスから離れようと部屋の向こう側へ行った。膝が震え、支えなしで立っていられるのが不思議だった。いまいましい男。この世にはマックスと自分しか存在していないような気にさせられるのはなぜだろう。いつも分別を失わないのが自慢だったのに。なぜこの男はわたしにこんなことができるのかしら？

「いいかい、パンドラ、ぼくは何度でもきみにキスするつもりだよ。ルールだろうとなんだろうと、そんなものに従うつもりはないさ」

パンドラは驚いて振りむいた。「でも、ルールは守らないと」

「そんなことはない。ぼくたちが契約をしたときにはルールなんてなかった。いまそれを変える必要はないだろう。混乱は覚悟の上だ」

「だけど——」

マックスは片手を上げてパンドラを制した。「ぼくはゲームの精神にのっとって妥協するつもりでいる。人を食う雌馬はまだ手なずけていないと認めよう。だがきみが出した試練のむずかしさを考えると、これからは一度に二つの試練に合格することができるなら、そうしてもいいことにしよう」

パンドラは文句を言おうと口を開きかけたが、マックスにさえぎられた。

「それにゲームに勝つために、財産を一ポンド残らず使うことを含めて、どんな手段でも遠慮なくとらせてもらうつもりだ」

マックスの言うことには一理あった。しかも彼は成功のひとつを犠牲にする気でいる。何度でもキスすると脅され、パンドラは喜びと興奮とで血が沸きたつのを感じた。

「時間制限はどうするの?」

マックスは肩をすくめた。「それはきみの言ったとおりでいいよ」

「わかったわ。それじゃ今夜の話し合いは終わりね」

「まだだ。ぼくからもルールを提案したい」

「まあ? なにかしら?」

「この試練は、目撃者の証言がなければ達成したことを証明しにくいものがほとんどだ。ぼくはやりとげたと嘘をつくかもしれない」

パンドラはばかにしたように笑った。「あなたはプライドが邪魔して、嘘なんかつけないでしょう」

「信頼してくれるのはありがたいが、このゲームの賭け金はひどく高くてね」マックスは不意に真剣な声になった。「勝つためにはどんなことでもするつもりなのさ」

マックスの視線はパンドラの瞳を貫いて魂に触れた。本当に思いどおりにするつもりらしい。この瞬間、パンドラはマックスを止めるために自分にできることはほとんどないと悟った。

「まだあなたが勝ったわけじゃないわ」

「だが、ぼくはそのつもりさ」マックスは陽気に言うと椅子のところへ行き、包みを取ってパンドラに投げた。「そのなかに今夜きみに必要なものが入っている」

「今夜ですって?」パンドラはわけがわからなかった。

「ぼくはもうひとつ試練をやりとげるつもりでいる。きみに証人になってもらうよ」

「無理だと思うけど」パンドラはすまして答えた。

「そんなことはない」マックスは有無を言わせぬ声で言った。「残りの試練をやりとげるのに必要なら、ぼくに付き合ってくれるだろう。ねえ、じゃじゃ馬、それがぼくのルールだ」

パンドラはマックスを無視し、向きを変えて部屋からゆっくり出ていこうとした。だが好奇心のほうが強かった。マックスともっと一緒にいられるのは魅力的だったし、それにまたひとつルールを破るのも気が進まなかったから。「どこへ行こうというの?」

「そのときになればわかるさ。ほら」マックスは包みに目をやってうなずいた。「そのなかには今夜の冒険にふさわしい服が入っている」

「どんな服?」

「ぼくらが行こうとしているところは女性は入れないから、きみは変装しなくちゃいけないんだ」マックスの目は笑っていた。「男の子にね」

冒険だろうがなんだろうが、そんなことは問題外だった。

「だめよ!」

「いままでやったことがないなんて言うなよ」

「やったことなんかないわ!」少なくとも社交界にデビューしてからは。少女の頃は、半ズボンをはいて田園を馬で走りまわり、男性には認められているのに女性には禁じられている自由を楽しみたいという誘惑を抑えきれないことがよくあった。けれどもそれはずっと昔のこと。

「それじゃ、これはきみにとってチャンスじゃないか」

パンドラは手のなかのゆるく縛ってある包みを見た。

「グローヴナー・スクエアのじゃじゃ馬ともあろう者が、男のかっこうをして男しか入れないところへ侵入するチャンスを逃すとは思えないが」

「なんとなくおもしろそうだけど」パンドラは気のないようすで答えた。嘘よ、わくわくするわ。おなじみの期待に満ちた思いが湧きあがった。これこそ、グローヴナー・スクエアのじゃじゃ馬にふさわしいわ。もしわたしが噂に聞くほど大胆じゃないと思っているなら、チャンスをくれたのは正解よ。まさに冒険だもの。

「もちろん、きみが一緒に行きたくないと言うなら、契約違反とみなしてきみの負けとし、ぼくが勝ったと宣言する」

「わかったわ。やるわよ」

「そうくると思ってた」マックスはけだものにふさわしく、ひどく満足げに言った。

パンドラはゆっくりと戸口へ歩いていき、しだいにわくわくしてくるのを隠そうとした。本当はマックスと一緒に行きたがっていると知られてはならなかった。「こんなことはゲームの精神に反すると思うけど。わたしがあなたに力を貸しているみたいじゃない。敵を助けるわけだもの。フェアだとは少しも思えないわ」

「きみは承知したじゃないか。賭け金は高いんだ。フェアかどうかは見方による。気の持ちかたしだいですべてはフェアになるし、それに戦場での行為はすべてフェアだ。

今回はそのどちらにも当てはまる」

「ちょっといいかしら、マックス、あなたは紳士らしいかっこうなのに、わたしは厩番《うまや》の少年みたいなのはどういうわけ？」

ドアを閉めた馬車のなかは暗く、マックスにはパンドラの顔はわからなかったが、声の調子から、彼女がどんな気持ちでいるかは明らかだった。彼は笑いを押しころした。流行の先端をいくおしゃれな服しか着たことのない女性が、用意された着古した衣装を喜んで身につけているはずはなかったけれど、それでも髪を隠すために毛糸の帽子をかぶったパンドラは、かわいらしかった。

「不審に思われたくないからね。その服を着ていたら、きみが本当は誰かわかる人はいないよ」

パンドラはなにか小声でつぶやいた。マックスには聞こえなかったが、そのほうがかえってよかったかもしれない。

パンドラが自分の服装をいやがっているのは見ものだったけれど、それもほんの一時のことだった。最初は名案だと思ったものの、いまではマックスは、こんな冒険をするのが賢いやりかたかどうかわからなくなってきた。

パンドラが一緒に行くと言ってから二時間近くになる。もうとっくに冒険を始めているはずだったが、マックスはパンドラが変装するのに永遠とも思われる時間がかかるとは、思ってもいなかった。文句を言うのに着替えるのと同じ労力を使ったに違いない。

「どこへ行くつもりか、いつになったら教えてくれるの?」パンドラはもう百回も尋ねていた。

「いまにね、パンドラ」

時間が遅くなったのは心配だった。目的地はちゃんとしたところだとはいえ、どんなに評判のいい場所でも夜が更けるにつれて始末が悪くなるものだ。

それにパンドラが期待で目を輝かせ、興奮した声になっているのもまずかった。もちろんマックスはパンドラから目を離すつもりはなかった。見つかったら、彼女の評判は修復できないほど傷つくだろう。

マックスは確実に冒険を成功させ、身元がばれないようにするためにできるかぎりのことをしておいた。ローリーでさえ、今夜の計画は見事だと言った——マックスの馬車は目立ちすぎるので、自分のもっと古い馬車を御者つきで貸そうとまで申しでてくれた。

マックスはパンドラに目を向けた。彼女は窓から夜の闇を見つめていた。通りのガス灯のぼんやりした明かりが、美しい横顔を縁どっている。また欲望が湧きあがり、マックスは胃が締めつけられた。

パンドラはいつからぼくにとってこれほど大切な人になったのだろう？　昼も夜もパンドラのことばかり頭に浮かぶ。醒《さ》めているときも夢を見ているときも。

もちろん、ぼくは負けるつもりはない。そんなことは許されない。これまで戦場で、あるいは人生という戦いの場で、負けた男たちがどうなったか見てきた。信頼し、命と未来と財産を託してくれた人たちを絶望させた男たち。彼らにどんな運命が待っていたかわかっている。

マックスは顎を引きしめた。酒も、賭けごとも、それに貧困ですら、敗北ほど確実に男を破滅させはしない。負ければ人生も家庭も台無しになる。魂までも。

いや、ぼくは勝つ。ほかの選択肢はない。パンドラはこのうえなくすばらしい褒美だ。だが日ごとに不安が募る。たとえパンドラがぼくを望んでいなくても、彼女をほしいのだろうか？　パンドラの心を勝ちとれなくとも、その手を得るだけで十分だろうか？

これまで女性の気持ちなど考慮したこともなかった男にしては、おかしなことを考えたものだ。いつも相手の体だけを味わい、魂や精神などどうでもよかったのに。褒美の値うちは知っていても、それを得るための冒険の意味をわかっていなかった。

馬車が揺れて止まった。

「お願いよ、マックス、教えてちょうだい。これからなにをするつもりなの？」パンドラの声にはうれしさが溢れていて、マックスの心の奥のなにかに触れた。

パンドラの心を勝ちとらなければ、その手はなんの価値もない。パンドラの言ったとおりだった。このゲームの賭け金はものすごく高い。

そしてマックスにとって、それは吊《つ》りあがったばかりだった。

第十章　危地な場所へ

馬車から降りると、マックスの心は沈んだ。とんでもないことになった。そこは彼が行くつもりだった場所と違っていた。悪い評判が立つほどローリーと放蕩《ほうとう》にふけっていたとき、たまたまこのふしだらな場所へ来たことがあった。変装していようといまいと、パンドラをなかへ入れてはならなかった。

マックスはローリーの御者のジェイコブズに声をかけた。「おい、おまえ、場所をまちがえてるぞ。ここじゃない」

マックスが覚えているかぎり、ジェイコブズはずっとローリーの御者をしている。

「そんなはずないです」ジェイコブズは言い張った。「ここは、うちのだんなさんがお連れしろと言いなさったところだ。さあ、着いたですよ」

「いや、馬車を出してくれ」マックスはドアのところでパンドラとぶつかった。

「そのまま乗ってるんだ」マックスはパンドラを押しもどして座席に座らせた。「出発するぞ」

パンドラは首を伸ばしてあたりを見た。「どうして？　どこへ行くの？」

マックスは、ローリーを信じたのがまちがいだったとわかった。「ここは〈獅子と蛇〉という店だ。酒場みたいなものさ。いかがわしくて危険なところでね。こんなところへ来るつもりじゃなかった」

「どこへ行くつもりだったの」

マックスは長いため息をついた。「〈獅子のねぐら〉というところさ。九人の紳士の会が経営している会員限定の店でね。ネメアの獅子を手なずけ、九つの頭のあるヒュドラを退治したことにするつもりだった」

「かなり無理があるわね」パンドラは考えこみながら答えた。「本物の獅子を相手にするのとは違うわ。でも、まあしかたがないかしら」

「それはありがたいな」

「あなたはひとつ試練をやりとげることができるわよ。この場所は名前に獅子がついているもの。それに」パンドラの声は興奮していた。「わたし、これまで本当にいかがわしいところへ行ったことがないの」

「これからも、そんなことをするつもりはないだろう」マックスは馬車の屋根を鋭くたたいた。馬車は動きはじめた。

「まあ、わたしはそのつもりよ」パンドラは手を伸ばして、マックスがしたように屋根をたたいた。馬車は止まった。「ばかなことを言わないで、マックス。とにかく、わたしたちはいまここにいるのよ。はっきり言って、もうひとつ試練をやりとげるチャンスじゃない。時間制限があるし、獅子を象徴するものだってそれほど簡単に見つかるわけじゃないでしょう」

マックスは首を振った。「ここはレディが身を守れるような場所じゃない」

「たぶんね、でも今夜は」マックスにはパンドラがにやつくのがわかった。「わたしはみすぼらしい男の子なのよ」

「じゃじゃ馬――」

「さあ、マックス、わたしを守ってくれるでしょう。わたしのヒーローになると宣言したんですものね」

「ああそうだ、ぼくは愚か者でもあるらしい。自分の頭がまともだとは思えなくなってきた」どうにかパンドラを守れるはずだ、とマックスは思った。彼女を店に入らせ、無事に連れだすだけでいい。そうすればもう一点もらえる。もうあと戻りはできなかった。

「マックス?」

「わかったよ」マックスは不安げにため息をついた。「だが条件がある。店にいるのは五分だけ、ぼくのそばから離れない、ぼくの言うとおりに行動する、口を閉じている。

わかったかい?」

「ええ」

「後悔しなきゃいいが」マックスは小声で言い、しぶしぶ馬車から降りた。パンドラはマックスが手を貸す前に降りて、彼の隣に立った。

頭上の木の看板が、ばかげた冒険をするマックスを叱《しか》るようにかすかな風に揺れてきしんだ。マックスの筋肉はこわばり、神経は張りつめていた。彼は角を曲がった路地で待つようジェイコブズに指示し、馬車が暗闇に去るのを見まもった。

「どうして行かせたの?」パンドラははじめて不安そうにした。

「馬車に注意を向けられたくないんでね。それに裏口を使うことになるかもしれないから」

「どうして?」

「こういう場所ではなにが起きるかわからない。覚悟しておいたほうが賢明だ」マックスは入り口へ行き、重たい木のドアに手をかけた。「いいかい、ぼくのそばを離れるんじゃないぞ。それじゃ、入るよ」

「わかったわ」さっきまでパンドラが見せていた熱意は消えていた。マックスはかすかな満足を覚えずにはいられなかった。グローヴナー・スクエアのじゃじゃ馬は、いままでその名を受けるにさほどふさわしかったわけじゃない。今夜、その埋め合わせをしなければならなかった。たとえ二人のほかは誰も、それを知ることはないにしても。

いつかこの冒険を孫たちに話せるかもしれない。

もしそれほど長生きしたらだが。


店へ入るとすぐに、パンドラはそこが地獄についてこれまで想像していたとおりの場所だと思った。業火が燃えているわけではなかったが、煙が疫病のように充満し、パンドラの目を刺した。ぼんやりした明かりの下で雑なつくりの壁に影が躍り、やかましい話し声とジョッキがぶつかりあう音が絶えまなく聞こえていた。タバコの煙のいやなにおいと、安ろうそくや石油ランプの燃えるにおいが、不潔な体臭とすえた酒のにおいに混ざっている。そこは地獄そのもので、見るからに罪深そうな人たちで溢れていた。

マックスは長いテーブルを通りすぎて部屋の奥へ進んだ。パンドラはどうにかあとをついていった。混んでいたが、満席ではない。そこかしこに、裏社会をのぞきにきたらしい身なりのいい紳士が何人かいたものの、客のほとんどは下層の者たちだった。すぐにパンドラは、マックスがふさわしい衣装を用意してくれたのを感謝した。マックスはときおり好奇のまなざしを向けられたが、パンドラに少しでも注意を払う者はいないようだった。

パンドラは、なぜマックスが自分をここへ連れてきたがらなかったのかよくわかった。どこにでも危険が潜んでいた。ここはパンドラにはまったく未知の、粗野でぞっとするような場所だった。

それにものすごく魅力的なところでもあった。

マックスは半分あいたテーブルを見つけ、パンドラに座るよう合図した。給仕の女を手招きし、パンドラにはわからない言葉をつぶやくと彼女の向かいに座った。

マックスは体を前に傾け、小声で言った。「なにも飲まないで出ていったら、いらぬ関心を引くことになる。だが、酒が出てきたら数分で抜けだそう」

「わかったわ」パンドラはおとなしく微笑んだ。この冒険は刺激的だけれど、ひどく危険なのはわかっていた。今夜パンドラはマックスの指示に喜んで従うつもりだった。誰にも気づかれなければだいじょうぶ。そう思うと、胃のあたりが恐怖で締めつけられていたのが治まる気がした。

パンドラはこういう場所に慣れているかのように、なにげない顔でまわりに目をやった。いままで、ひとつの場所にこれほど多彩な人たちが集まっているのを見たことはない。

パンドラはマックスのほうへ身を乗りだした。「ここには、押しこみ強盗や盗人や殺人者なんかがいると思う？」

「もちろん」マックスはむっつりと答えた。

「本当に？」恐怖のためにパンドラの背骨に震えが走った。

マックスは顔をしかめ、テーブルを指でたたいた。パンドラにいらだっているのか、それとも酒がなかなか出ないのを怒っているのか、あるいはその両方なのだろうか？彼は出ていきたくてたまらないようだったが、少なくともあと数分はここにいなければならなかった。パンドラはその時間を有効に使うことにし、ほかの客たちにこっそりと目を向けた。

部屋には女性が数人いた。その外見や振るまいを見れば、なにをしている女かすぐにわかるが、それを隠そうともしていなかった。客のほとんどは男だった。パンドラはじろじろ見ていると思われないように注意しながら、彼らを観察した。年齢や顔つきはさまざまだが、みな同じ階層の出で、様子も似かよっていた。男たちの顔には、つらく悲しみに満ちた人生が深く刻みこまれているようだった。そうなったのは、自分たちの過失というより持って生まれた不運によるものだろう。

パンドラは、自分がいまのように生まれついたことがどれほど幸運かわかった。もし豪華な服や社会的地位や富を取りされば、この〈獅子と蛇〉にいる人々もマックスの言っていた〈獅子のねぐら〉にいるはずの紳士たちも、ほとんど変わりがないだろう。そう思うと、残っていた恐怖心も消えた。

「ほら、だんな」給仕の女がお尻を揺らしながらゆっくりとやってきた。パンドラは、その女がもう若くないのを見てとった。年齢や苦しい生活や、そのほかパンドラにはわからないなにかのせいで、顔にしわが刻まれていた。女が二人の前に乱暴にジョッキを置くと、エールが縁からこぼれた。女はパンドラにそっけなく目をくれたあと、マックスに視線を向けた。

ゆっくりと挑発するようにジョッキをマックスのところへ引きよせると、女は彼のほうへ身をかがめ、大きすぎる胸を顔の近くに突きだした。驚くほどくりの深いボディスから、いまにも胸がこぼれそうだ。パンドラはいらだち、なにかひとこと言ってやりたいのをこらえた。

「ほかになにかいる？　だんな」女の声はしゃがれ、挑発的だった。パンドラにはその女がなにを言おうとしているのかはっきりわかり、天井に目を向けた。

マックスは目の前に差しだされた柔らかな胸に視線をさまよわせた。パンドラにはその時間が長すぎるように思われたが、豊かな胸にすっかり視界をさえぎられていては、そうするしかないらしかった。マックスは女に顔を向けてにやついた。

「今夜はけっこうだ」

「ほかの夜なら、いるわけね」パンドラは小声でひとりごとを言った。

「あたしの名はミュリエル。なにかほしいなら……」女はマックスがいたく気に入ったらしい。パンドラはむかむかした。

マックスは上着の下からコインを出し、女に放ってやった。彼女は身を起こしてうれしげに受け取ると、パンドラの顔の前で、テーブルの端にでっぷりしたお尻をのせた。パンドラは押しつぶされないように、あわてて椅子をずらした。

「あんたは見たことのない顔だね」

「もう二度と見ることはないわよ」パンドラは小声でつぶやいた。もしこの女がマックスにさわりでもしたら、ジョッキで頭を殴りつける羽目になりそうだった。

ミュリエルはなにも言わなかったが、パンドラはマックスににらまれた。

マックスは、あばずれがもう一度身をかがめて胸を突きだし、耳元でなにかささやくと口元をゆるめた。

「ああ、もうたくさん」パンドラは立ちあがった。

「座っていろ」マックスが歯を食いしばった。

パンドラはしかたなく腰をおろした。

「その子、どうかしたのかい?」ミュリエルはでっぷりした肩ごしにパンドラに目をやった。

「半ズボンがきついらしい」マックスはパンドラをとがめるように見た。「たっぷりと鞭をくれてやらないとな」

パンドラはあかんべえをしてやりたいという、子供っぽい衝動をこらえた。

ミュリエルは立ちあがり、振りむいてパンドラを見つめた。

「かわいい顔してるじゃないか。たぶん、この子に必要なのは鞭じゃないよ」ミュリエルはテーブルに両手をついてパンドラのほうへ身を乗りだした。ほとんど剝《む》きだしの胸が丸みえになり、爪先までのぞけそうだ。マックスはジョッキを持ちあげ、ミュリエルに向かってすばやく乾杯すると、それを唇へ持っていった。にやつきを隠すためらしい。このけだものは、おもしろがっているのね。パンドラは歯を食いしばった。

ミュリエルは思わせぶりに流し目をくれた。「たぶんこの子に必要なのは女だね」

マックスがおかしな音をさせ、口からエールを噴きだした。彼は苦しげに咳こみはじめた。それくらいの罰は当然よ、とパンドラは思った。

ミュリエルはマックスのうしろに回り、背中をたたいた。

「もっと強く」とパンドラは言い、マックスににこやかに笑いかけた。

マックスは片手を上げた。「いや。ありがとう。もういい。大丈夫だ」

「ああ、かわいそうなだんな」ミュリエルはマックスをしっかり抱きしめ、彼の頭をぴったりしたボンネットのように、巨大な胸のあいだにはさみこんだ。こんな状況でなければ愉快だっただろうが、いまパンドラは結婚することになるかもしれない男の頭が、あばずれの胸にはさまったままにしておくつもりはなかった。

パンドラはさっと立ちあがった。「大丈夫だと言ってるじゃないか」

それからあらんかぎりの力をこめてミュリエルの肩を押した。その胸にどれほどの吸引力があるか、わかったものではなかった。

ミュリエルはゆうに三フィートほどうしろへよろめき、大きな音をたててお尻をテーブルにぶつけながら、尻もちをついた。ジョッキや皿やビンがさまざまな方向へ飛びちった。そこにいた二人の男は、わめきながら飛びあがって汚いののしり言葉を吐きちらした。

騒ぎのあいだにソファが引っくりかえり、別の給仕の女がつまずいた。それぞれの手に少なくとも五つずつのジョッキが抱えられており、パンドラはその技に感心せずにはいられなかった。だが残念なことに、女が前につんのめったとき、まるで大砲の弾のようにジョッキが宙に舞い、中身が飛びちった。

店のなかは大騒ぎになった。パンドラはうしろへ飛びのいたとき壁にぶつかったが、どうにか身をかがめて、頭上にまきちらされて壁に跳ねかえった悪臭のする酒のしぶきを浴びないようにした。

上からどなり声がしたので頭を上げると、壁だと思ったのははげだもののような巨大な男だった。そいつは殺気立った目をしてパンドラをにらみつけていた。パンドラはなんとかその男から逃げようとした。男は大混乱のなかでパンドラにはわからないことをわめいた。パンドラは不意に、自分が深刻なトラブルに巻きこまれたのを悟った。

マックスはどこなのかしら？

パンドラは必死で部屋を見まわし、もみくちゃになった人の群れに目をこらした。パニックになり、喉にせりあがってきた叫び声を力いっぱい吐きだした。「マックス！」

「ここだ！」

声のするほうを目で捜してマックスを見つけたとき、彼は誰かの拳をかわしてお返しに一発、見舞ったところだった。指の関節が肉に当たる重たい音は、店内の騒音にかき消された。マックスの目には必ずパンドラを守るという決意があらわれていた。彼がテーブルを飛びこえてパンドラのほうへやってきたとき、誰かがパンドラの上着の生地をつかんでうしろへ引っぱった。

パンドラはどうにか足を踏んばろうとし、すばやくうしろに目を向けた。なんと、そこには壁だと思った男がいた！　もしそいつに上着を脱がされたら、いや、もっとまずいことに帽子を取られたら、自分が女だとばれてしまい、まわりの騒ぎはさらにひどくなるだろう。逃げようともがくうち、いきなり、つかんでいた手がゆるんだ。前にのめり、はずみでテーブルの下へすべりこんだものの、これからどうしたらいいのかわからなかった。

体をひねってのぞいてみると、マックスは壁のような男とのけんかに巻きこまれていた。彼が正確に狙ったパンチを見舞ったので、パンドラは思わず声援を送った。本物のヘラクレスでもそれほどうまくはやれなかっただろう。次の瞬間どこからか拳が飛んできて顎に当たり、マックスは頭をのけぞらせた。パンドラは自分が打たれたように身をすくませた。

マックスは全力を尽くしていたが、ひとりのごろつきをやっつけるたびに、また別な相手がとってかわった。明日にはかなりのあざができるはずだ。マックスはヒーローにふさわしい力があるばかりか、たしかにヒーローの心を持っていた。

ここからどうやって逃げればいいのだろう。マックスが助けにくるまで、テーブルの下に隠れているわけにはいかなかった。だいたい彼は多勢に無勢だし、敵味方の区別なくパンチの雨が見舞っていては、自分の身は自分で守るしかなさそうだ。ここから出たくはなかったが、いずれそうしないわけにはいかない。問題はいつやるかだけだった。

マックスは歯が数本しかないならず者に、ひるむことなく有効なパンチを繰りだしたが、そのとき背後から別のごろつきが飛びかかってきた。パンドラは怒りのために息が止まりそうになった。卑怯じゃないの！　けんかの掟《おきて》に反するわ！　マックスを助けなければ。パンドラは、それができるのは自分しかいないとわかっていた。

深呼吸して勇気を奮いおこすと、隠れ場所からそっと抜けだした。床に体をぴったりくっつけていれば、注意を引かずにすむかもしれない。パンドラは自分でも驚くほどの速さで、マックスのほうへ這っていった。あのごろつきはまだマックスの背中にしがみついていた。いや、また別の男だったかもしれない。マックスを傷つけようとするとは、なんてやつなのだろう！

パンドラは頭にきて、こわいのも忘れてなにか武器になるものを探した。ひとつのテーブルに酒びんが二本、別のテーブルにもう一本、奇跡的に割れずにあるのが見えた。パンドラはそれらをつかんでマックスのうしろのテーブルに乗ると、一本を持ち、ほかの二本を自分の横に置いた。びんの首を握って狙いをつけ、高く持ちあげると、マックスに襲いかかっている男の頭にできるだけ激しく振りおろした。

中身の酒が飛びちった。ガラスの破片がパンドラの手に刺さる。しばらくはなにも起こらなかった。それから、ごろつきがすべるように床にくずおれた。

マックスが振りむいた。最初に足元のごろつきに目を向け、次にパンドラに視線を移した。「いったい、きみはここでなにをやってるんだ？」

「あなたを助けてるのよ」パンドラはびんの残骸《ざんがい》を放りなげて微笑んだ。ひどく落ちついているのに自分でも驚いた。「感謝の言葉があってもいいと思うけど」

「感謝だと？」マックスがわめいた。ごろつきがひとり、彼のうしろに現われた。

「マックス！　うしろ！」

マックスは振りむき、パンチを一発お見舞いして相手を倒した。

パンドラはすっかりうれしくなったが、喜んでいる暇はなかった。また別の悪党が、マックスには死角になった側から近づいてきた。パンドラは思わず二本目のびんを握りしめ、そいつの頭にたたきつけた。

マックスはすばやく向きを変えて目をこらし、ひどく驚いた顔をした。「なんてことをするんだ、じゃじゃ馬め！」

パンドラはにやりとした。「マックス、わたしなにかまずいことをしたかしら」

マックスはうめいたが、その目にはかすかに満足げな表情が浮かんでいた。

「ここから出よう」マックスはパンドラの両脚をつかむと肩にかつぎ、ドアをめざした。

「ちょっと待って」パンドラは叫んだ。

マックスはパンドラが残りのびんを拾いあげるあいだだけ待つと、すぐに歩きはじめた。パンドラをかつぎ、混乱のなかを進まなければならなかったにしては、驚くほど速く出口へ着いた。パンドラは様子を見るために頭を上げておこうとしたが、マックスに抱えられていては、やりにくかった。二人がドアにたどりつき、引っぱってあけたちょうどそのとき、もうひとりのならず者が飛びかかってきた。パンドラは最後のびんを使い、その場で相手を倒した。その瞬間マックスの体が笑い声で震えた気がした。パンドラは、なにもかもおもしろくてたまらなかった。

路地へ出ると、馬車は店の出口から数フィートのところにいた。マックスはドアを引きあけてパンドラを放りこみ、出発だとジェイコブズに叫ぶと自分もあとから飛びのった。馬車はよろめきながら進んだ。御者が馬たちに命じる声は、ひづめが通りに当たる音と馬車が揺れる音でほとんど聞きとれなかった。馬車は傾きながら、恐ろしいほどのスピードで路地の角を回った。一瞬マックスは馬車がばらばらに壊れて自分たちが通りに放りだされ、追いかけてきた怒った連中に囲まれるのではないかと恐れた。ほどなく馬車のスピードは遅くなり、彼はほっとため息をついた。さすがに、ジェイコブズは危機を脱するまではスピードを緩めないだけの分別があった。ドアを閉めた馬車のなかで、隣にいるパンドラが息を切らしてあえぐのだけが聞こえた。こんな大騒ぎをやらかしたあとでマックスがいつも感じる高揚感は消え、後悔がとってかわった。

パンドラの顔が見られたらいいのだが。彼女はおびえ、こんな危ない目にあわせたことでぼくに腹を立てているに違いない。もっとも、窮地に陥ったのはパンドラ自身が口を閉じていられず、他人の言うことにまったく耳を傾けようとしないせいなんだが。

それでも大失敗に終わったのはぼくの責任だ。そもそもパンドラに言いくるめられ、あんな悪の巣窟《そうくつ》のような場所に入ったのがまちがいだった。もう一点取れると思ってその気になってしまった。ぼくはとんでもない大ばかだ。ゲームの結果はどうであれ、パンドラに「二度と会わない、結婚なんてしない」と言われても責めることはできない。それくらいの罰は当然だ。

不意に、ローリーが望んだのはそういうことかもしれないと思った。ローリーに埋めあわせをさせなければ。

隣でくぐもった音がした。なんと、パンドラは泣いているのだろうか？　おびえているのはまちがいない。たしかにパンドラは最後には平気な顔をしていたし、とても勇敢だったけれど、危険が去ったいまとなっては、ヒステリーの発作を起こしかけているはずだ。マックスは後悔と罪の意識にとらわれた。ぼくはほんとうにろくでなしの遊び人で悪党で、しかもけだものだ。

「パンドラ」マックスは優しく言った。「すまなかった。きみをあんなところへ行かせるとは、なんて愚かだったんだ。許してほしいが、きみがそうしてくれなくてもしかたがない」

「あなたを許すですって？」パンドラはマックスの首に腕を回し、すばやく熱いキスを浴びせた。「とってもおもしろかったわ、マックス。なんてすてきな冒険だったのかしら」彼女の楽しげな笑い声が馬車のなかに溢れた。「あんなにわくわくしたことはいままでなかった。またやりたいわ！　マックス、あなたは本当にヒーローね！　わたしのヒーローだわ」

「ぼくがかい？」マックスはこわごわ尋ねた。

「あなたはわたしの命を助けてくれた。とてもすてきだったわ」

マックスはほっとした。パンドラは少しも怒っていない。それどころか、まちがいなく楽しんでいた。マックスはおずおずとパンドラを腕に抱いた。

「それに、わたしはどうだった？　見事にあなたに手を貸すことができたと思うけど」

「きみは見事にすべてのきっかけを作ってくれたよ」マックスはまじめに言おうとしたが、忍び笑いをこらえきれなかった。しっかり説教しようと身がまえていたものの、パンドラははしゃいでいるし、二人ともどうにか無傷で逃げられてほっとしたしで、いらだちは収まっていた。しかもいまパンドラを腕に抱いているのだから、腹の立つはずはなかった。「ネメアの獅子を手なずけるなら、まずは怒らせないといけないと思うよ。だからぼくは一点もらえるね？」

「もちろんよ」パンドラは満足げなため息をついた。「今夜のことは忘れないわ」

「そうだろうな」マックスは皮肉っぽく言った。

「びんで男の人の頭を殴りつけるのがあんなにおもしろいとは、夢にも思わなかったわ。そういうチャンスはめったにないもの」

「そうだな」

「それにマックス、あなたはとても……とても……」パンドラはマックスにそっと唇を重ねた。

マックスはさらにきつくパンドラを抱きよせた。「とても？」

「勇敢ですてきだった。ああ、あなたがパンチをお見舞いしたら、男たちが右や左に倒れたことしかわからないけれど」

「そうか……」マックスはいくつか見事なパンチを放っていた。もしローリーが一緒にいたら、互いの背中をたたき、うまくやったと喜びあっただろう。「何人かのごろつきの相手をしたと思うが」

「全部で九人よ」

「数えたのか？」

「もちろん。すごかったわ。ひとりか二人は数えそこなったかもしれない」パンドラはしばらく考えていた。「いいえ、たしかに九人だった」

「パンドラ」マックスはゆっくりと言った。「ぼくが調べたところでは、ヒュドラはヘビだ――」

「水ヘビだと思うわ」

「そして、ヘラクレスは九つの頭のあるヘビを退治したんだよな？」

「そのとおりよ。いくつめの難業か覚えていないけど――」パンドラが腕からすりぬけたので、マックスはがっかりした。パンドラの声は興奮していた。「マックス、あのお店の名前は――」

「〈獅子と蛇〉だ」

「おめでとう、マックス」パンドラはうれしそうに笑った。「もう一点、獲得よ」

「同時に二つの試練に合格するのは、きみのルールに反するんじゃないか?」

「あなたはそんなものに従わないでしょう。それに今夜のことはブローチを買ったり、シュミーズを知り合いの女性からもらったりするのとはまったく違うわ。ちょっと危険だし」

マックスは鼻を鳴らした。「ちょっと?」

「ちょっとどころじゃないわね。そうすると、獅子を手なずけ、ヒュドラを退治したとみなしてまったくかまわないわ」

「驚くほどありがたいことだ」

「ひとつ条件があるの」

マックスはうめいた。「そうくるとはね。なにかな?」

「またあそこへ連れていってね」

十一章　戦略の見なおし

「自分がそれほど愚かだったとは信じられないわ」パンドラは濡らした冷たい布を額に当て、寝室でソファにもたれていた。「二点あげたのよ」

「昨夜の出来事についてあなたが話してくれたことからすると、それくらいじゃ足りないようね」シンシアは穏やかに答えた。

「なによ！」パンドラは額から布を取ってにらみつけた。「あの人はわたしの助けがなければ、やりとげられなかったのよ」

パンドラはもう一度、昨夜の出来事を考えてみた。マックスはすぐに馬車でパンドラを邸まで送りとどけてくれた。そのあいだ二人ともおおいに盛りあがり、ルール違反のキスをもう一度交わしてしまったほどだ。あの酒場での出来事のせいで――マックスの腕に抱かれてうれしかったからなのはもちろんだが――パンドラはシャンパンを飲みすぎたように幸福感でぼうっとしてしまった。けれども今朝になって我に返ると、トレント伯爵夫人へまた一歩近づいたのに気がついた。

「どうしてあなたがこんなに強情を張るのかわからない。もう一度言っておくわ」シンシアは椅子の端に座って身を乗りだした。「あなたはあのかたに勝ってもらいたいのよ」

「そんなことないわ」パンドラは自分でも思いがけないほど鋭い声で言った。シンシアの言っていることは正しいのだろうか。いや、マックスに勝ってほしいというのは違う。彼を負かしたいに決まっていた。負けて結婚するなんておかしい。

結婚ですって？

わたしは本当にマックスと結婚したいのかしら？ たしかにマックスには好奇心をそそられるし、見つめられるといつもすてきな気分になる。頭はいいし優しいし、これまで会った男性のなかで、この人となら結婚してもいいと思えるのはマックスだけだ。それにマックスに触れられると自分がどうなってしまうのか、考えるだけでもいやになる。それでも、愛のない結婚はしたくなかった。

わたし、マックスを愛しているのかしら？

いいえ、もちろん違う。パンドラはばかげた考えを頭から追いだした。あの人は魅力的だし、わたしを楽しませてくれる。でもそれだけ。それにたとえわたしがあの人を愛していたとしても、あの人はわたしを愛することはできない。恋に落ちるタイプじゃないもの。マックスのような男の人生のなかでは、愛情なんて取るに足らないものなのよ。わたしは勝利のご褒美で、自分の努力の見返りというだけ。

もしゲームに負けたら結婚すると約束していたが、愛のない結婚などどうしてできるだろう？　そう考えると、心の奥にある恐怖に火がついた。

パンドラには選択肢はなかった。マックスに勝たせてはならない。

「あなたって人は、まったく理解できないわ、パンドラ」シンシアは長いため息をついた。

「いったいどこが理解できないっていうの？」

「トレント伯はハンサムでお金持ちよ。育ちも申し分ないし、爵位もすばらしいわ。それにあなたが頼んだことをしようとする人なんて、聖人か――」

パンドラはばかにしたように笑った。「聖マックス？　まさか。聖人なら、昨夜わたしたちが行ったような場所へ出かけることなんてほとんどないでしょう。罪人を救いにいくなら話は別だけど。マックスがこれまでに何度もそういう場所を訪れたのは、自分が地獄へ行くためで、他人が地獄へ落ちるのを救いたかったわけじゃないと思うわ」

シンシアは鋭い目を向けた。「あんなことをする人は聖人か愚か者よ。トレント伯は愚か者じゃないわ」

「ええ」マックスはパンドラが予想していたよりずっと頭がよかった。パンドラは、これまで二人のゲームのことをちゃんと考えてはいなかったけれど、マックスが勝つ見こみは、かなり大きいかもしれなかった。

「それとも」シンシアは思わせぶりに言葉を切った。「伯爵は本当にすばらしい男性で、あんな人を逃がすなんてあなたのほうが愚か者なのかしら」

「わたしが愚か者だってことは、もうはっきりしてるわ」パンドラはぴしゃりと言った。「あの人に二点あげたんですもの」

「伯爵が自分で二点、取ったのよ」

「とにかく、マックスはがんばってるわ。それにまだ時間はたっぷりあるし。少なくとも今週はエフィントンの領地でおばあさまのパーティがあるでしょう、だからしばらくあの人を追いはらえるわ。それに、試練をやりとげるのをわたしに見とどけてほしいそうだから、わたしがいないと当分ゲームはおあずけね」

「パンドラ」シンシアはとがめるように言った。「それはまったくフェアじゃないわ」

「もちろんフェアだわ。マックスは、なんでもありだって自分で言ったのよ。それに領地に逗留《とうりゅう》するのはわたしの考えじゃないし。おばあさまは毎年シーズンのちょうどまんなかに、この催しをなさるのよ。計画を変えてくれるようお願いするつもりはないわ。いつもはひどく不都合だけれど、今年だけはいいタイミングよ。マックスの動向をあれこれ推測して気を散らされることもなく、ものを考えられるチャンスをもらえるんだもの」それに、マックスを負かせそうなうまい計画を考えだすチャンスでもある。「あなたは来てくれるでしょう？」

「もちろん、あなたがまだそう望むなら」シンシアは立ちあがってパンドラを見つめた。「だって、わたしはあなたの言ったとおりだと認めるつもりだから。あなたは本当に愚か者だとね」

パンドラも立ちあがった。「どうしてそんなことが言えるの?」

「それが真実だからよ。自己主張をしてちゃんと自分の意見を言うようわたしを励ましてくれたのはあなたじゃないの」シンシアは深く息を吸いこんだ。「あなたのことは好きだけど、はっきり言うわ。トレント伯は申し分のない結婚相手で、あなたにぴったりよ」

「もしあの人がそんなにすばらしいなら、あなたが結婚すれば」意地悪な言いかたになってしまったけれど、触れずにおきたいことを親友から言われるのはなによりもいやだった。

「もしそんなチャンスがあれば、一瞬もためらわないわ」

「わかった。もしわたしが勝ったら——いいえ、わたしが勝ったときは——あなたをマックスの妻に選んであげる」

「すばらしいじゃない。ありがたくお受けするわ」シンシアはペリースと手袋をつかみ、ドアのほうへ向かった。

「愛情についてはどうなの?」パンドラは鋭く言った。「あなたはわたしと同じくらい愛情を望んでいるじゃない」

シンシアはさっと振りむいた。「もちろんよ。でもトレント伯はいいかただから、まともな頭の理性的な女性なら、全身全霊であのかたを愛するのは当たり前だわ」

「それじゃわたしは頭がどうかしていて、理性的じゃないわけ？」

「このことに関してはね」シンシアはぴしゃりと言った。「それにトレント伯も、そのうちに相手を愛するようになるわ」

「わたしとしては、そんな当てにならないことをもとにして、自分の将来を危険にさらすのはいやよ」

シンシアは首を振った。「あなたはわたしが知っているなかでいちばん頭のいい女性よ。あなたの強さや勇気、それに自分の望むとおりにする意志の力はすばらしいと思う。でもあなたがそんな、そう——ばかばかしい——ことを言うのをはじめて聞いたわ」

「ばかばかしい？」パンドラは息が詰まりそうだった。

「そうよ」シンシアは肩をいからせた。「あなたは数えきれないほど言ったでしょう。人生はある程度の危険がなければ生きる価値がないと。それは、まちがっていたのかしら？」

「いいえ、でも——」

「それじゃ、いったいどうしてそこに突っ立って、将来を危険にさらすつもりはないなんて言えるのかしら？」

シンシアがはじめてそんな強い態度をとったためなのか、それとも彼女の言葉のなかに真実が含まれていたためなのか、どちらにしてもパンドラは言葉も出なかった。

「そんなことできるはずないわよね」シンシアは向きを変えると、大股で部屋を出ていった。

パンドラは信じられない気持ちでソファに沈みこんだ。シンシアはこれまでパンドラにあんな口をきいたことはない。いつも主導権を握って自分の意見を言い、危険を招いてしまうのはパンドラだった。

シンシアはいったいどうしてしまったのだろう？

やっぱり、マックスに恋をしているのかしら？　これまでに経験したことがないほどの激情にとらわれているのだろうか？

シンシアはこれからどうするつもりなのかしら？

まさか真剣にマックスと結婚したいわけじゃないわね？　彼と結婚すると言ったのは、怒りに任せて口走っただけよね？　それでも……。

パンドラはため息をついてまたソファにもたれると、額にのせた布を軽くたたいた。

シンシアはとうとう、わたしが望んでいたとおりの女性になってしまった。わたしの教えかたが上手《うま》すぎたのね。あの子をこれからどうしたらいいのかしら？　もっと重要なことがある。マックスをどうするか？　どうやったらあの人を勝たせずにおけるのだろう？　それにゲームの途中でわたしの心を盗まないようにもさせないと。

これまでは、そういうことをちゃんと考えようとしなかったけれど、もうなんとかしないわけにはいかなかった。

「マックス、本当にすまなかったな」ローリーはマックスの最高級のブランデーを一組のクリスタルグラスにたっぷり注いだ。

悔しいことに、昨夜はローリーの計画とはまったく違うことになった。彼はじゃじゃ馬がマックスに腹を立て、あんなところへ連れていかれたのを二人の契約を解消する口実にすると思っていた。それなのにマックスはちょっと殴られたものの、二歩、結婚へ近づいてしまった。

「あんなまちがいをするとわかっていたら、ジェイコブズにきみを乗せるよう命じなかったのに」ローリーはデカンターに栓をし、振りかえって友人と向きあうと、昔から仲なおりするときにやるように二つ目のグラスを差しだした。「たぶん〈獅子のねぐら〉と、〈獅子と蛇〉とをまちがえたんだろう」

「そんなことは信じられないな」マックスは冷たく言い、飲み物を受けとった。

「マックス、安心してくれ、ちゃんと叱っておくから」

「いや、ジェイコブズにあまりきびしくしないでくれよ。長年、仕えてるんだから。だがちょっと驚いたな。ジェイコブズはもっとも信頼がおけると思っていたのに」

「ああ……」ローリーは酒をすすり、心地よい刺激が喉を熱くするのを楽しんだ。マックスの様子から、ジェイコブズの責任だとは少しも思っていないのがうかがえた。「あんなことがあってひどい顔になったのに、きみがものわかりがよくてありがたいよ」

マックスは顎の横の打ち傷をそっと指で触った。「最初はきみがどんなヘマをしたかちゃんと言ってやるつもりだったが、実際にまずいことになったわけじゃないからね。昨夜はうまくいったよ」マックスは暖炉の横にある革張りの袖つき椅子のひとつにゆったり腰をおろし、両手でグラスを抱えてにやついた。「大成功だった」

「それでも、きみを祝福する気にはなれないな」ローリーはもうひとつの椅子に腰かけ、また酒をすすった。

「もしきみが妻を望むなら、相手はほかにも大勢いるだろう。ミス・ウェザリーなんか申し分ないぞ。じゃじゃ馬と付き合って、おかしくなってはいるだろうが」

マックスは笑った。「あの人にはちょっと驚いたな?」

「まったくだ」それは予期せぬうれしい驚きだった。シンシアはじゃじゃ馬を弁護して感情を爆発させるまでは、もの静かで上品にみえた。ローリーは、彼女が友人のために一歩も引かないのに感心せずにはいられなかった。あのときのことを思い出すたび、自分でも驚くほど何度も口元がゆるんだ。シンシアの瞳は――もし記憶がたしかならグリーンだったが――怒りの炎できらめいていた。わからず屋と呼んだとき、美しい首すじをチャーミングなばら色に染め、口をかわいらしくすぼめたっけ……男のベッドを生涯温めてくれる女性というのは、ちゃんといるもんだな。

生涯だって？

ローリーは我に返った。結婚についてずっと話していたために、頭がどうかしてしまったに違いない。

「だが、ミス・ウェザリーのことはどうでもいい」ローリーはきっぱりと言った。「ぼくにとってはね」

ローリーはマックスのほのめかしを無視した。「いや、きみはこの世のなかでもっともわがままで頑固な女性と結婚すると決めたんだ」彼はまた椅子に沈みこんだ。「きみはもう絶望的だ。今度は不滅の愛を宣言するんだろう」

マックスは静かにブランデーのグラスを回し、それにじっと目をやった。しばしの時が過ぎた。

「マックス？」ローリーの声はうわずっていた。「きみは恋をしてるんじゃないよな？」

「そうなっても、恋かどうかわからないと思うよ。なあ」マックスはローリーと視線を合わせた。「どうしてぼくがパンドラと結婚することにそんなに反対するんだ？」

ローリーは長く息を吐きだした。こういうことになるのはわかっていた。もっと前にマックスに秘密を打ちあけておくべきだった。

ローリーとマックスは少年時代に友人になってから、秘密を分かちあってきた。一緒に学校に通い、悪ふざけをし、女の子を追いかけ、ともに大きくなった。兄弟と同じくらい親密だ――いや、たいていの兄弟より親しいだろう。互いを信頼し、夢も欲望も希望も恐怖も、すべて打ちあけてきた。

一時期マックスが軍務につきたいと頑固に言い張ったときは、それぞれ別の道を歩んだ。マックスは軍隊でのことをめったに語らなかったし、彼がわずかに話したことから考えて、戦争の残酷な実態は、体験しない者にはけっしてわからないのではないかとローリーには思えた。

戦争から戻って一年もしないうちに、マックスは一族の領地へ引きこもり、社交シーズンでさえロンドンへ来ようとしなかった。あとから考えると、ローリーは自分のつまらない問題にばかりかまけていて、友人の精神状態を気にかけてやれなかったと思う。たまにマックスを訪ねたことはあったが、酒で頭がぼんやりしていたせいか霧に包まれたようにおぼろげにしか覚えていない。あのときローリーはマックスを見捨てていた。

いま、それを繰りかえすつもりはなかった。だがすっかり真実を明かすのに、いまがもっともふさわしいときだとも思えなかった。

「どんなにぼんやりした人間でも、この何年かパンドラが何人もの心をずたずたにしたのを見ているはずだ。きみがさんざん殴られ、打ち傷だらけで通りに倒れているのを見たくはない。そういうことになるしかないんだよ」ローリーは肩をすくめた。「それにはっきり言って、きみの立ちなおりを手助けするという苦労に耐えられそうにないんだ。きみはつらい思い出を消しさろうとして、きっと毎晩ふしだらな女たちの尻を追いかけ、〈獅子と蛇〉のような場所へ出入りし、ウィスキーやジンのほかにも得体の知れないものを浴びるように飲むだろうからね」

ローリーはブランデーをあおり、グラスの縁ごしに友人を見つめた。「考えてみると自分を犠牲にするようなものだが、ぼくは喜んできみのずたずたになった心を癒《いや》す手助けをするつもりだよ」

マックスは笑った。「きみが頼れるやつだとはわかってたさ」

「いつでも頼ってくれていい」ローリーはグラスを上げてうなずいた。その誓いの言葉が部屋にこだまproducedすると、不意に二人のあいだに張りつめた空気が流れた。

「ぼくの努力をふいにするようなことはやめてもらいたいな」マックスは冷たい声でき

っぱりと言った。

「できればそうしたいけどね」ローリーは深呼吸し、最悪の事態に備えて身がまえた。

「それは無理だ」

長いあいだ二人ともなにも言わなかった。重苦しい空気が漂っていた。

「ぼくたちはいつも強い絆で結ばれていた」マックスが口を開いた。

「ああそうだ」

「互いの意見が対立するのはしばらくぶりだな」

「そのとおり」

「それでも……」マックスの顔にゆっくりと笑みが広がった「ぼくはいつも、きみと知恵比べをするのが楽しかった」

ローリーもマックスと同じように笑顔を浮かべた。「ぼくもさ」

「とにかく、パンドラを助けるのなら――」

「彼女を助けてるんじゃない。きみを助けてるんだよ」

「それは議論の余地があるが、でもぼくが言ったように」マックスは言葉を切った。どう言おうか考えているらしい。「そもそもきみはぼくらのゲームでは脇役なんだ。それにどんなゲームでも勝った者は褒美をもらい、負けたものは罰を受けることになっている。わかるかい？」

「ああ」ローリーは用心深く答えた。

「だからぼくはもうひとつ賭けを提案する。賭け金を増やすわけだ」

「なんだって？」ローリーは信じられないという顔をした。「これ以上賭け金を増やしてもしようがないだろう。もし勝ったら、きみはじゃじゃ馬との結婚を覚悟しなきゃならないし、負けても花嫁の名前が変わるだけだ」

マックスはブランデーをすすって首を振った。「パンドラが本当にぼくの結婚相手を指名するとは考えられないね。会えば会うほど、ぼくを負かすだけで満足なんじゃないかと思えてくる。思っていたよりずっと、勝ちにこだわっているらしい。それにパンドラのほかにぼくにふさわしい女性がいるとはどうしても思えないのに、誰か選べるわけがないだろう――」

「ぼくはミス・エフィントンを信じてないよ」ローリーはきびしい声で言った。

「ぼくは信じる。とにかく妻にふさわしい女性なら、自分には関係のない契約のために、知らない男と進んで結婚することはないだろうからね。もしぼくが負けても、損はとるに足らないものさ」

二人のあいだでなにかを賭けることにすれば、まだしも苦労のしがいがあるはずだとローリーは思った。「きみはなにか考えがあるのか？」

マックスは横にあるテーブルにグラスを置いて身を乗りだし、両手の指先を合わせた。「この試練にはかなり金がかかることがわかったよ。最後の試練のために黄金の林檎をつけたネックレスを作るよう、すでに宝石職人に頼んである。だが、かなりの出費だ。きみがそれを支払ってくれたら、とてもうれしいんだが」

「わかったよ」

「よかった。ぼくは負けるつもりはないが、万が一そうなったら、きみは褒美としてなにがほしい？」

ローリーは一瞬考えたものの、すぐに答えが浮かんだらしい。「あの脱出計画を覚えているかい？」

「忘れるもんか」

「ぼくは本当に楽しみにしていたんだよ。もしきみが負けたら、ぼくがはじめに考えていたように旅行をしよう。どこかおもしろいところへ長い旅に出ようじゃないか。もちろんきみの敗北感を癒してくれる女たちのいるところへさ」

「きみはつまらないやつだな、思いやりがないとは言わないが」マックスはつぶやいた。

「そして費用はすべてきみが持つんだ」

「そうするしかないだろう」マックスはグラスを上げた。「それじゃ、決まりだな？」

ローリーはブランデーグラスを掲げた。「決まりだ」彼はマックスとグラスを合わせた。

「ちゃんと警告しておくが」マックスの顔はまだ微笑んでいたが、目には固い決意が宿っていた。「ぼくは負けるつもりはないからね」

「ああ、でもきみの人生を救うには負けるしかないんだよ」

マックスは笑って、最後のブランデーを飲みほした。ローリーも同じことをし、頭のなかに矛盾した考えがいくつも浮かぶのを気にしないでおこうとした。

もし本当にマックスがじゃじゃ馬に恋をしてしまっているなら、勝負に負けたら傷つくだろう。ぼくのせいでそんなことになってもいいのだろうか？

かまわない。ローリーは疑いを頭から追いだした。生涯の友情に報いるには、マックスを悲惨な運命から救うしかない。簡単にはいかないだろうが、エフィントン家の協力を取りつけられないものだろうか？　女家長であるロクスボロー公爵未亡人の泊りがけのパーティに招かれたのには、わけがあるはずだ。

それでも、どんなに献身的な友人であろうと、愛の力からマックスを救いだすことはできないのだろうか？

第十二章　勝負の場は田園へ

パンドラはひどく落ちつかなかった。

馬に乗り、なにもかも忘れて田園地帯を飛ぶように駆けても、自分をさいなむ不安な気持ちは消えなかった。眠ることもじっとしていることもできない。

パンドラは、ゆったりした駆け足から歩く速さまで馬のスピードを緩めた。いつものように乗馬を楽しむ元気はなかったので、哀れな馬を無理やりせきたてる必要はなかった。一族伝来の地所のはずれにいても、心の平安は得られずにいた。

マックスのせいだわ。なにもかも。いつまでも耳に残るメロディのように、つまらない考えが頭から離れない。もちろん、馬にでも乗れば心が浮きたつかもしれないと思いついたのも、もとはといえばマックスのせいだ。別れたとき、パンドラはマックスが用意した服を返すのをすっかり忘れてしまい、衝動的に自分の荷物に突っこんでここへ持ってきた。今朝、まだ夜が明けないうちにパンドラは静かに身支度をすると、隣のベッドで寝ているシンシアを起こさないようにしてエフィントン・ホールを抜けだし、厩へ来た。どうにか人目を避けたが、厩番の二人の少年を起こしてしまった。エフィントン一族がそろって邸にいるときはそういうことがよくあるらしく、二人ともパンドラに注意を払わなかった。

パンドラはかなたの小さな湖にガンが何羽もいるのを見つけ、そこへ馬を向かわせた。南の土手に沿って木々が茂り、その奥に宝物が隠されているかのようだ。

馬にまたがるのは奇妙な感じだったが、すばらしくもあった。社交界にデビューしてから、そんなことはしたことがない。こうやって自由に馬に乗るのがどれほどすてきか、パンドラは忘れかけていた。

湖の縁を回る小道に着くと、馬はまるでパンドラがどこへ行きたいかわかっているかのように、正しい方向へ進んだ。一族のほかの者たちも、同じようにときおり安らぎの場所を求めてやってくることがあるに違いない。

パンドラは、今年はどの親族が来ているのかはっきりとは知らなかった。両親、シンシアとともに昨夜遅くに着き、すぐに寝室へ入ったからだ。

ほかのときなら、いとこ、伯父、伯母、さまざまな友人たちにあいさつしたくてたまらないはずなのに。祖母が毎年パーティを開く時期のことであれこれ不平を言ってはいたが、パンドラはいつも田舎の領地へ来るのが大好きだった。

子供の頃は四方に広がる館《やかた》はお城のようにみえ、手入れの行きとどいた庭は魔法の世界に思われた。大人になってもその魔法は消えず、いつも心の安らぎと一族の絆を感じさせてくれる。ここはエフィントン家の故郷で、パンドラの心のよりどころとなっていた。

パンドラは並木のところで馬を止め、まだ露で湿ったくるぶしまである草のなかへ降りた。美しい栗毛《くりげ》の馬はオークの幹のまわりに生えた草に鼻をすりつけた。その木はパンドラが覚えているかぎり、ここまで冒険してきた者たちに安らぎを与えてくれたものだ。パンドラは馬がはぐれてしまわないよう手綱を縛っておくかどうか迷ったが、柔らかな草を食《は》むことに夢中なのを見て、やめておくことにした。それにエフィントンの馬たちはいつもちゃんとしつけられていて、遠くへ行くことはないはずだった。

パンドラは熱心にオークのまわりを歩き、樹皮に沿って指をすべらせた。トネリコともう一本のオークを通りこしたところで、まるで魔法使いが杖《つえ》を振ったかのように不意に目に飛びこんできたものがある。

木々のあいだにある小さなギリシャ風の神殿だった。小さく、完璧な円形をしていて、円柱で支えられたドーム形の屋根がついている。壁はなかった。神殿を取り囲む二段の階段を上ると、円に沿って曲がったベンチがいくつか置いてあるところを除けば、どこからでもなかへ入ることができた。

開放的な設計だが、何本もの円柱が人目をさえぎってくれる。パンドラは、親族や客たちがこの隠れ場所を利用して密かに逢いびきをしているところに何度も出くわした。大理石で造られていたが、子供の頃はずっと綿菓子でできていると信じていたものだ。

パンドラはなかへ入り、いつもやっていたように石の床の中心につけられた円のところへ行った。神殿は直径が十フィートほどしかない。ここからは木々の向こうに湖が見わたせるが、湖からはこの神殿は見えない。空想癖のある子供なら、直接ここまでこなければ、神殿は姿を見せないと思うかもしれない。

一族のほとんどの者は、この神殿を親しみをこめて公爵夫人の阿房宮《あぼう》と呼んでいる。誰にも見えないのなら、庭園にそれを造ってなんの役に立つというのだろう？　それでもパンドラの祖父は六十年近く前に新妻のために神殿を建てた。なぜその場所にしたのか、またなぜあんな造りにしたのかは祖父たちにしかわからない。パンドラにとってそれはいつもばかげた建物などではなく、神殿だった。

パンドラは丸天井を見あげた。とても高いので、まわりを柱に囲まれていても広々とした感じがする。神殿のなかで白くないのはそこだけだった。深い完璧な青色に塗られ、表面には銀色の星がちりばめられて、まるで夜空を永遠に閉じこめたかのようだ。

パンドラは頭をうしろへそらして丸天井を見あげ、両腕を上げた。子供の頃にそんな儀式をしたのがかすかに記憶にあった。昔、高く腕を上げてじっと目をこらし、できるだけ熱心に祈ればここに宿る魔法によって体が持ちあげられ、丸天井の空を飛んで不思議な世界へ行けると信じていた。そこにはギリシャの神々や想像上の生きものが住んでいる。そしてヒーローも。

「神殿には、ちゃんと女神がいるんだな」聞きおぼえのある声がうしろから聞こえた。

パンドラの胸は高鳴った。どうして、こんなに胸がドキドキするのだろう。

パンドラは腕をおろしたい衝動をこらえた。「女神があなたの言葉を聞かなかったように祈るといいわ。生意気な口をきく愚かな人間たちを生かしておかないかもしれないでしょう。女神はものすごく嫉妬《しっと》深いんだから」

「嫉妬するのも当たり前だと思うよ」マックスは穏やかに答えた。

パンドラは顔がほてった。腕をおろして振りむくと、マックスは円柱にもたれ、胸の前で腕を組み、唇にかすかな笑みを浮かべていた。顎に青あざができている。

「ここでなにをしているの？」

「景色に見とれていたのさ」マックスはパンドラを見やった。「男のかっこうはしたことがないと言わなかったかい？」

パンドラはマックスをまねて腕を組んだ。「そうだったかしら？」

「ああ。記憶がたしかなら、かなり怒った言いかただったぞ」マックスはもう一度、前よりゆっくりとパンドラに視線を這わせた。「よく似合っていると思うよ」

パンドラはさりげなく肩をすくめた。「それじゃ衣装をすっかり取りかえないといけないわね。仕立て屋を紹介してくださるかしら?」マックスの服装からすると、その仕立て屋は彼がどういう人間かよくわかっているに違いなかった。パンドラはマックスがくだけたかっこうをしているのを見たことがない。たけの長いブーツ、おしゃれに仕立てられたぴったりした半ズボン、首元を大胆にあけた白い上着。どこから見てもアポロン神に生き写しだった。まさにヒーローにふさわしい。「あなたの仕立て屋はとびきり腕がいいんでしょうね」

「値段もとびきりだよ」

「わたしの質問の答えになってないわ」

「わかった」マックスはまじめな声で言ったが、その目は輝いていた。「喜んできみに仕立て屋を紹介するよ」

パンドラは笑わずにいようと思ったが、だめだった。「わたしが聞きたかったのはそんなことじゃないと、ちゃんとわかっているくせに。ねえ、ここでなにをしているの?」

「きみがいないのに、ロンドンになんかいられないだろう?」パンドラはどういう意味かはかりかねてとまどった。マックスは本気で言っているのだろうか、それともわざとらしい社交辞令なのだろうか?

「あなたはいつもその場にふさわしいことが言えるのね?」

「きみに関してはそうじゃない」マックスはにやついた。「じゃじゃ馬、きみは謎《なぞ》だ。挑戦のしがいがある難問なのさ」

「わたしが? うれしいわ」

「きみにとってはうれしいことかもしれないが、ぼくはいま苦境に陥ってる」マックスはさらに神殿のなかへ入り、両手を背中のうしろで握って円柱のあいだをぶらぶら歩いた。「きみの態度にはまったく困惑してるよ。きみはぼくの勝ちを望んでいて、ゲームはユニークな求婚の形に違いないと思ったのに。次にはなにも告げずにロンドンを去るなんて」

マックスは立ちどまり、パンドラにとがめるような視線を向けた。「必ずしもフェアだとは言えないだろう。ゲームの精神やなんかにも反するし。ぼくには限られた時間しかないんだよ。きみがどこにも見つからないのに、どうやって試練をやれというんだ?」

「おばあさまは毎年同じ時期にパーティをしているのよ。わたしがここへ来ているのは、ちょっと誰かに聞けばわかるでしょう。それにあなたはたいして苦労しなくてもわたしを見つけたようだし。今朝だって」パンドラは眉をひそめた。「わたしがどこへ行ったかどうやってわかったの? 邸を出た頃には誰もいなかったのに」

「ぼくがいたさ。きみをつけてきた」

「わたしをつけたですって？　どこから？」パンドラは息をのんだ。「あなたは邸にいるの？」

「言わなかったかな？」マックスはまだ神殿のまわりをぶらぶら歩いていた「昨日遅くに着いたんだ、きみが来るちょっと前にね」

パンドラは怒りを覚えた。「領地中でわたしをつけまわし、わがもの顔で振るまうことなんかできないわよ」

「そんなことはない。望めばできるが、今回はしないよ」マックスは前かがみになり、まるでそれが世界でいちばん魅力的なもののように、円柱の大理石についた筋をしげしげと見た。「ぼくは招待されたんだ」

「招待？　誰に？」

「きみの母上にだよ」

パンドラは息をのんだ。「お母さまですって？　いったいどうしてそんなことを？」

「ぼくが一族のみなさんに会うべきだと思われたに違いない」マックスは体を伸ばし、またぶらぶら歩きはじめた。「まもなくぼくも加わるわけだからね」

パンドラは言いかえそうとしたが、やめておいた。

「でも一度に大勢に会うより、何人かずつお近づきになったほうがいいな」

パンドラの怒りは収まった。結局、お母さまはわたしのためを思ってしてくださったんだわ。かわいそうにマックスは、自分がどういう羽目になったのか、ちゃんとわかっていないらしい。パンドラは、満足げな笑みを抑えられなかった。「たしかにエフィントン一族は、ひとりずつでも、そう、個性的だから。それが集まるとかなり――」

「すさまじい？」マックスはパンドラに目をやり、唇にあきらめたような笑いを浮かべた。

「圧倒されると言おうと思ったが、すさまじいというのがこの状況にぴったりの言葉だろうね」

「トレント伯ともあろう人が、本当に一族の内輪のパーティのことで不安になっているわけ？」パンドラは疑わしげに相手を見つめた。「きっとあなたの一族も同じように――」

「ぼくのところはそんなに大勢いないよ。父はぼくが軍にいるときに亡くなった。いまでは母と遠いいとこが何人かと、さらに遠縁の親族がいるだけだ」マックスはそんな話はどうでもいいというように、円柱の横に手をすべらせた。「だから結婚してしまえば、きみは親族からあれこれ干渉される心配がほとんどないのさ」

「親戚からあれこれ言われないかわりに、あなたの傲慢さに耐えないといけないわけでしょう」そうはいっても、パンドラはマックスの自信に溢れたところに感心せずにはいられなかった。それに彼が自分との結婚にこだわりつづけるのがうれしいのも、認めないわけにはいかなかった。「そんなにわたしとの結婚を望むのはどうしてなの？」

マックスはパンドラのほうを向いた。「どうしてかって？」彼のグレーの瞳は、雨の前に嵐の雲がかかるようにかげった。パンドラは胸がどきどきした。マックスはなにを考えているの？　なにを言うつもりなのかしら？

わたしを愛している？

愛することができるの？

わたしはマックスを愛することができる？

それとも、もう彼を愛しているのかしら？

「きみはぼくが妻に望むものをすべて持っている。きみはなにもかも――」

パンドラは息苦しくなった。「あなたの条件にぴったりなんでしょう。ええ、そうよね。あなたはいつもそう言ってるもの」

「そしてぼくはきみの条件にぴったりだろう？」マックスはいぶかしげな表情をした。

「だからぼくらはこのばかげたゲームを始めたんじゃないか」

「ばかげてなんかいないわ」いまいましい人。パンドラはマックスから視線を移し、木々の向こうの湖を見つめた。心のなかに自分でもわけのわからないさまざまな感情が渦まいているのに、なぜあたりはこんなにものどかなのだろう。マックスにとってわたしはただの褒美。そんなことは予想しておくべきだった。マックスはほかにはなにも約束しなかったもの。

「パンドラ?」マックスは心配そうな声で尋ねた。

パンドラは湖を見つめたままだった。マックスに視線を向ければ、自分の瞳に宿った思いを読みとられるのではないかと恐れた。自分でもそれがなんなのかまったくわからなかった。あるいは、その思いを認めることができないだけかもしれない。

「それで、その……」パンドラはその言葉を口にできなかった。「愛情についてはどうなの、マックス?　妻に愛情を求めないの?」

「ぼくたちはある程度の愛情を分かちあったと思うが」

パンドラはマックスを見た。「そうかしら?」

「ぼくはそう思ったけどね」マックスは手で髪をすいた。「ぼくらがキスしたとき……」

「あれがあなたの言う愛情なの?」まさかマックスは、欲望と愛情が同じだなんて思っていないわよね?　あのキスは欲望でしかないのに。

「そうだな……」マックスは罠にかかったキツネが必死で逃げる手だてを探しているようにみえた。

パンドラは深く息を吸い、どうにか落ちつこうとした。マックスが鈍感だからといって、責めることはできなかった。パンドラにも同じくらい責任がある。これまで愛情について口にしたことはない。結婚相手に求めるもっとも重要なものは愛情だと話してはいないのだ。愛情は二人の契約には入っていない。パンドラが同意した契約には。パンドラはそれを受けいれなければならなかった。

マックスはパンドラの肘をつかんで抱きよせた。

「パンドラ」マックスに真剣に見つめられ、パンドラは息をのんだ。「さあ、キスしてくれ」

一瞬パンドラは、マックスの腕のなかで溶けてしまえばどんなにいいかと思った。マックスと唇を合わせ、彼が分かちあおうとしているのは心ではなく体なのだということを忘れようとした。だがパンドラはそのほろ苦い誘惑にどうにかうち勝った。「やめたほうがいいと思う」パンドラはマックスの腕から逃れた。「ルール違反だわ」

「前にもルールを破ったよ」

「それでもだめ」パンドラは神殿の端まで歩いていき、円柱にもたれて木々に目をこらした。「ここであなたに会うとは思わなかった。かなりとまどっているわ」

「帰ってもいいんだが」

パンドラは肩ごしにマックスに目をやって微笑んだ。「あなたは招待されたんだから、いま帰るのはまずいでしょう。それにほかのお客もたくさん来ているし、そのなかにはミス・ウェザリーもいるのよ」

「最初に話をしたときには、彼女のことを誤解していたと思う」

「まあ？　どうしてそう思うの？」

「たいしたことじゃないよ」マックスは一瞬困ったような顔をしたが、すぐに無邪気な笑顔を浮かべた。その顔つきがくせものだった。「きみがそれほど気に入っている人なら、きっと一度会っただけではわからない面があるに違いないと思っただけさ」

パンドラはマックスに近づき、警告するように指を振った。「彼女を使ってまたわたしの関心を引くつもりなら――」

マックスはあんぐりと口をあけ、目を見ひらいた。「あれはひどくこたえたよ。二度とそんなことはしないさ」

パンドラは片方の眉を上げた。

「二度とね」マックスは笑った。

そのいまいましい笑い顔がこんなにも魅力的なのはなぜだろう？　瞳と合わせると、抵抗できない武器になる。パンドラのガードを打ちやぶり、マックスにならどんなことでも許す気にさせてしまう。

「だがエフィントン一族に一挙一動、注目されるなかで、友好的な顔を見られるのはうれしいだろうな。きっとみんなぼくがヘマをするのを待ちかまえているだろうからね」

さりげない言いかただったが、パンドラはすぐ、マックスが本当にエフィントン一族のことで落ちつかない気持ちになっているとわかった。

「誰かと親しくなるには、それはいい方法だわ。いずれはみんなの好奇の目にさらされるんだから。別の試練だと思えばいいじゃない」

「点数が加算されるかな?」マックスは期待をこめて尋ねた。

「一族の人たちなのよ、マックス、九つの頭のヘビじゃないわ」パンドラはマックスのまわりに円を描くようにして、神殿の周囲をぶらついた。「たった四日間よ。そのうち一日は乗馬、一晩はおばあさまの舞踏会にあててあるの。毎年の楽しい行事で大勢の人が参加するから、誰もあなたに注意を向けたりしないわよ」

「とにかく、それはありがたいな」マックスは小声で言った。

「あと三日と三晩だけよ。それに本当に内輪の集まりなんだから」

「三日か」マックスは弱々しく微笑んだ。

かわいそうな人。パンドラはマックスに同情しそうになった。もう少しのところで。

「お母さまが、ひょっとしたら一族に加わるかもしれない人を招待したのは今年がはじめてなの」

「はじめて?」マックスの顔色がかすかに青白くなっているのではないだろうか? パンドラは笑いをこらえた。

「本当よ。おばあさまだろうと、いまの公爵夫人だろうと、ほかの伯母さまたちだろうと、もちろん伯父さまたちだろうと、いとこだのほかのさまざまな親戚たちだろうと、あなたがここへ来ているのをいっそう意味のあることだと思うでしょうね」パンドラは眉をひそめて腕を組み、顎を指で軽くたたいた。「でも言っておくけど、一族のほとんどはわたしの両親の考えに賛成していないの。望もうと望むまいと、わたしはとっくに結婚しているべきだったと思っているのよ。それでも、この期に及んでもみんなものすごく好みがうるさくて――」

マックスは手を伸ばしてパンドラの腕をつかんだ。「そうやってぼくのまわりをぐるぐる回るのはやめてくれないか！」

パンドラは頭を傾け、心配そうなふりをしてマックスを見た。「まあ、マックス、気分でも悪いの？　調子がよくないようだけど」

マックスは不快そうに目を細めた。「ぼくは大丈夫さ、ご心配なく」

「本当にわたしの一族のことで不安になる必要なんかないわ」

「不安になどなっていないさ」マックスはぴしゃりと言った。「公爵の未亡人からいちばん小さな子供まで、きみの一族をひとり残らず喜ばせるために、ぼくは自分の自由になるものはすべて利用するつもりだからね」

「幸運を祈るわ、伯爵さま」パンドラはマックスをにらみつけた。「でも残念ながら、その努力はむだになるでしょうね。あなたは一族のメンバーには絶対になれないわ」

「どうしてきみはぼくと結婚しないとそんなに固く決めてるんだ?」マックスは鋭い目をパンドラに向けた。

「最初に話したでしょう。わたしは夫を求めていない。どんな夫も。とくにあなたは」

「どうしてだ?」マックスはがっかりして眉を寄せ、パンドラの顔をまじまじと見た。

「ぼくたちはまさにぴったりだ。ぼくはきみの条件にすべて合っている」

すべてじゃないわ!

「――それにきみだって、ぼくらのあいだにはそれ以上のものがあるのを否定できないだろう。愛情か……あるいは……なにかほかのものか、それはわからない。わからないが、ぼくはきみを妻にするつもりだ」

「あなたが勝ったらね」パンドラはマックスの手を振りほどいた。

「勘違いしないでくれよ、じゃじゃ馬」マックスは薄ら笑いを浮かべた。この人をびんで殴りつけたら、酒場のごろつきを殴るように気分がすっきりするだろうか、とパンドラは考えた。「勝利はまちがいないんだから」

「もちろんそうだけど、あなたの勝利じゃないわ」もしかしたら、もっとすっきりするかもしれない。「このあいだの得点はプレゼントだったでしょう――」

「プレゼント?」マックスは顎をこすった。「ありがたいことに、そんなプレゼントをたくさんもらっているわけじゃない」

「わたしがいなかったら、あなたはあそこから無傷では出られなかったわ」パンドラは軽蔑《けいべつ》するように言った。

「きみがいなかったら、そもそも乱闘なんか始まらなかったはずだ」

「とにかく、いままで自由にさせてあげて――」

「自由にさせただって？　おお！」マックスは信じられないという顔でパンドラを見すえた。

「ええ、あなたがやりたいように自由にさせてあげたわ」びんでマックスを殴るほうが絶対にすっきりするはずだ。「それにいままでずいぶん情けをかけてあげたでしょう。でもこれからは、あなたが負けるように積極的に動くつもりよ」

「それはいい」マックスの声には皮肉がこもっていた。「ゲームはぼくがもともと予想していたより、ずっと挑戦しがいのないものになりつつあるからね」

パンドラは両手を腰に当てて、声を張りあげた。「それじゃ、あなたが退屈しないようにできるかぎりのことをするのを、自分の義務だと思うことにするわ！」

「なんて思いやりがあるんだ。〝負けるとわかっていても、うろたえない〟というのを、忘れずに妻の条件のリストに加えておくよ」マックスの声はパンドラと同じくらい甲高かった。「でもきみを妻にしたら退屈なんてしないだろうな」

「ああ！　あなたの妻だろうとなんだろうと、あなたをずっと楽しませるくらいなら、エジプトの砂漠で野生のラクダにばらばらにされたほうがましよ！」パンドラの呼吸は乱れ、顔はかっと熱くなった。誰かにそんなに怒ったことがあっただろうか？

マックスが、せせら笑いを押しころしたようなおかしな音を立てた。「ラクダだって？」

パンドラも釣りこまれて笑いだした。いまはただマックスがここにいる喜びを味わうだけでいい。二人のあいだにほかになにもないとしても、パンドラはマックスと一緒にいるのがうれしかった。

「まだ早いわ、マックス。十時前には誰も起きないし、馬がわたしを待っていらいらしてるでしょうね」パンドラは神殿の縁のほうへ歩きだし、振りむいてマックスに目をやった。「厩まで競争したい？」

「勝ったらもう一点もらえるかな？」

「ばかなことを言わないで。それにもう何年も、こんなかっこうで馬にまたがって競争なんかしたことないわ。あなたが負けたら、そのほうがショックよ」パンドラは向きなおって神殿から出ていこうとした。

「それじゃ、きみに勝たせたら一点もらえるかい？」マックスの声がうしろから聞こえた。

「だめよ！」パンドラは笑って木立を抜け、馬のところへ歩いていくとすぐに飛びのって鞍《くら》に収まった。マックスの手を借りるのはごめんだった。いま二人のあいだには休戦協定が結ばれていた。たとえどんなにさりげなくでも、パンドラはマックスに触れられる覚悟ができているかどうかわからなかった。抵抗できるかどうかも。

そのあいだマックスは馬を落ちつかせ、その力強い首を軽くたたいた。「この馬は一級品だ、パンドラ、それに厩のほかの馬たちも同じくらいすばらしい」

「わたしの一族はいい馬を持っているのが自慢なの。この馬が気に入ったのなら、明日の乗馬会で乗るといいわ」

「それはいい。でも乗馬会ってどんなものなんだ？」

「ロクスボロー乗馬会はキツネのいないキツネ狩りみたいなものよ」

「キツネがいない？」

「ちょっと奇妙に聞こえるけれど、それは一族の伝統で、わたしが生まれるずっと前に始まったの」パンドラはにやりとした。「あしたわかるわ。とてもおもしろいのよ」

「楽しみにしているよ。さあ」マックスは堂々とした仕草で合図した。「お先にどうぞ。きみが最近乗ってないのを考えると、先に行かせるのがフェアだろうね」

「自分が有利になる申し出を受けないなんて思わないで」パンドラは邸のほうへ目をやった。ひどく遠いのでここからは見えない。「湖の反対側から出発するわ。用意ができたら合図するから」パンドラはマックスをちらと見た。「わかった？」

「わかったよ」

「それじゃ厩で待っているわ」パンドラは媚《こ》びるような笑顔を見せ、馬を湖のほうへ向けると速足で歩かせた。

この人はしゃくにさわる。ああ、でも……どういうこと？　この人が好きなの？　もちろん。気に入ってる？　まちがいなく。いくらか好意を持っているの？　もしかしたら。気にかけてる？　たぶん。愛しているの？

わたしにはわからない。たしかに、いまの状態はこれまで愛について聞いてきたことにぴったり当てはまるように思える。マックスがわたしに奇妙な影響を与えているのはまちがいないわ。あの人に会ってから、不機嫌で落ちつかなくなり、いつもの自分ではいられなくなってしまった。いつもマックスのことを考えていて、彼がそばにいるときだけは本当に自分が生きているような気がする。

それにマックスがわたしを愛していないと認めたとき、彼を愛していなければどうしてあれほどつらい気持ちになっただろう？

それでもわたしがいまの思いを愛だとなかなか認められないなら、マックスだって同じじゃないかしら？　そう思うとパンドラの心は浮きたった。

いま重要なのは愛ではなかった。パンドラはマックスを打ちまかすよう積極的に動くと言ったが、考えねばならないのはそれだった。いつだってマックスの花嫁に自分を指名できるのだから。もし本当にマックスを愛しているなら。そしてマックスからも愛されるならば。

いままで恋に落ちたことがないのは残念だった。そういう経験をしていたら、いまその徴候があるかどうかわかるだろう。

たとえばマックスにキスしたいのと同じくらい彼を打ちまかしたいと思うのは、恋なのだろうか?

マックスはパンドラに腹をたてていた。それなのに惹きつけられた。ああ、パンドラと一緒にいればいるほどマックスは彼女が欲しくなった。だが残念ながら、ほんの一秒でも彼女を理解することはできずにいた。

パンドラの馬は緩い駆け足で去っていった。パンドラは背筋を伸ばし、堂々と馬にまたがっていた。運のいい馬め。マックスは不意にぴっちりした半ズボンが気になって落ちつかなくなり、鞍のうえでもじもじと体を動かした。

パンドラの黒髪は背中のなかばまで垂れ、馬が駆けるとお尻が上下するのに合わせて揺れた。マックスは長いため息をついた。ゲームが終わるまでパンドラはおあずけか。

自分が試練をやりとげるのはまちがいない。合格するには、神話に出てくるような英雄的な行為をする必要はなかった。創造力を使い、さまざまな象徴と結びつけて語句に巧妙なこじつけをすることを思いついたときから、勝利を確信した。

それでもマックスは、パンドラのヒーローになると思うとうれしかった。パンドラから賞賛の目で見られるし、それに……。

マックスはうめき声を上げた。それこそがパンドラを不快にさせたんだ。パンドラからなぜ自分と結婚したいのか尋ねられ、ぼくはまた妻の条件のリストを挙げた。彼女は愛情について聞いたのに、ぼくは欲望でこたえた。ああ、どうしてぼくは、あんなにもわかっていなかったんだろう？　あんなにも愚かだったのか？　どんなまぬけでもパンドラが愛情について尋ねているとわかったはずなのに。

ぼくはパンドラを愛しているのか？

マックスはいつもパンドラのことばかり考えていた。パンドラのそばにいると、胸は高なり、血は沸きたち、さまざまな思いが浮かぶ。これまでは思いもよらなかったほど激しくパンドラを求めていた。だめだ。マックスはため息をつき、その思いを振りはらった。またもや欲望と愛情を混同してしまった。

マックスは、パンドラの手を得るだけでは十分でなく、心も勝ちとらなければならないとすでに決心していた。なぜ？　なぜそんなことにかまうのか？　二人のゲームでそれが最終的な目標になるのが、なぜそんなに重要なのか？

パンドラは湖の向こう側に着き、マックスのほうへ目をやって手を振っていた。

それじゃ、これが愛なのか？　こうしてパンドラにそばにいてほしいと願うことが？　パンドラの手に触れ、瞳をのぞきこみ、声を聞き、笑い声に耳を傾けることが。互いに知恵比べをすることが。パンドラと論戦して勝つことが。あるいは負けることが。彼女を腕に抱き、まわりのことなど忘れてしまうことが。

マックスは手を振りかえした。ひどく落ちつかない感じがしたが、それはもしかしたら自分の気持ちに気づいたせいかもしれなかった。

あの夜、愛は気づかないうちにマックスのなかへ入りこんだのだろうか？　前触れもなく彼の人生に忍びこんだのか？　人目につかない広間で、月光に照らされた墓地で、あるいは酒場での騒ぎのさなかに、知らぬまにマックスを捕えたのか？　二人が話をするずっと前にそうなったのだろうか？　スキャンダルぎりぎりのところを軽やかに渡りあるくかわいらしいじゃじゃ馬は、マックスの目を捕えたとき、彼の心も虜にしたのだろうか？

マックスは遠くのパンドラの姿に目をこらし、答えを知っているのが自慢だったトレント伯ともあろう男が、いまは質問することしかできないのを不思議に思った。

パンドラの馬が勢いよく走りだし、競争が始まった。マックスは馬に拍車をかけ、パンドラのあとに続いた。いまはあれこれ考えないことにした。

だがおそらく自分でも気づかないうちに、マックスはすでに答えを得ていた。

第十三章　邪魔が入った

ローリーは、壮大なエフィントン・ホールの図書室をゆっくりと歩き、何代ものエフィントン一族がこわい顔でにらみつけているのを気にかけないようにした。少なくとも彼らは静かにしているという礼儀を心得ていた。

ハロルド卿はどこにいるのだろう？　彼に会うのは気が進まなかったが、マックスかじゃじゃ馬に出くわす前に片をつけたかった。もう正午を過ぎていた。今朝ここに着いてからどうにか二人に会わずにいたが、いずれ顔を合わせるのは時間の問題だった。

ぼくがいるのを知ったら、じゃじゃ馬はどんな反応をするだろう？　あのいまいましい小娘は、ミス・ハーヴェイの夜会で会ったとき、ぼくのことがわからないようだった。もちろんこの五年のあいだどうにかパンドラを避けようとしてきた。さまざまな舞踏会やパーティで彼女を見つけたが、いつも大勢の人がいたので、気づかれないようにするのは簡単だった。

たとえパンドラに会ってしまったとしても、彼女は気にもかけなかったはずだ。社交シーズンのたびに、パンドラは彼女の気を引こうと競いあう求婚者たちを虜にし、社交界の規則に引っかかるかどうかぎりぎりのところをすりぬけるのに忙しく、ローリーのことなど考えもしなかっただろう。

パンドラは二度目のシーズンの、グレトナ・グリーンへの駆けおちというスキャンダルを切りぬけたあと、ローリーの知るかぎり、そんなむちゃなことは二度としていない。それでも、パンドラのじゃじゃ馬としての評判は高まった。

パンドラはどういうつもりなのだろう？　彼女のような容姿を持ち、魅力に溢れ、はっきりものを言う女性は、毎年とくに注目されずにはすまない。そのうえ、これまでもっとも望ましい相手とさえ結婚しようとせず、すさまじい数の決闘、賭け、ゴシップの種になったことの責任をひとりで背負ってきた。ローリーは非難などされなかった。

それでもマックスやじゃじゃ馬、あるいは彼女の父親がそういうふうに思っているかどうか、ローリーにはまったくわからなかった。

マックスを救うには、じゃじゃ馬の一族のとりでに直接乗りこむよりもっとずっと賢いやりかたがあるはずだ。もっと慎重にしたほうがいいのだろうか――。

「ボルトン卿」

ローリーははっとして振りむいた。

ハロルド卿が部屋へ入ってきて、うしろ手にドアをぴしゃりと閉めた。ローリーより数インチほど背が低かったものの、五十代になっているはずなのにいまなおハンサムだった。エフィントン一族はみな歳をとっても美しさを保っているのだろうか。ローリーはふたたび肖像画に目を向けた。いや、みなというわけではなさそうだった。

「こんにちは。いい日になりそうですね、ハロルド卿」

「まだわからないぞ」ハロルド卿は大きく堂々としたマホガニーの机のところへやってくると、同じように立派なそろいの椅子に腰をおろした。そこは、ロクスボロー公爵が領地の管理にかかわる仕事をする場所に違いない。

「おかけなさい」ハロルド卿は机の前にある椅子を手で指した。

「さて、もうどれくらいになるかな、ボルトン?」ハロルド卿は尋ねた。彼は公爵の四人の息子の一番下で、その称号を受け継ぐことはないはずだが、どんな公爵にも負けない貫禄《かんろく》が備わっていた。

不意にローリーは、パンドラの父親であるハロルド卿ではなく、公爵か公爵夫人に面会したほうがよかったかもしれないと思った。「五年です」

「そんなになるかね？　そうだとするときみがわたしに会いたいと言ってきたのは驚きだな。レディ・ハロルドがきみを招待したと知ったときと同じくらいびっくりしたよ」ハロルド卿は眉を寄せた。「レディ・ハロルドはなぜそんなことをしたと思う?」

「わかりません」ローリーは自分でもその疑問に答えを出そうとしていた。

「きみは娘のことで話がしたいのだと思うが」

「はい」

「ああ、いまもあのときとなにも変わっていない。わたしはずっと前に、望まない男と無理に結婚させることは絶対にしないとパンドラに約束した」

「ええ、覚えています、でも――」

「きみの頑固さには感心しないわけにはいかない」ハロルド卿は椅子にもたれ、ローリーをじっと見た。「敗北が避けられないときでさえそれを受けいれようとしない者には、そう言うしかないだろう」

「どうも。でも――」

「娘がいまだに嫁いでいないのを、きみのせいにすることもできるんだぞ」

「ぼくは――」いったい、いつになったら口をはさめるのだろうか。

「きみがあの子にグローヴナー・スクエアのじゃじゃ馬という名をつけたんだろう?」

ローリーは唾をのみこんだ。「そうですが、でも――」

ハロルド卿は片手を上げた。「言いわけなどする必要はないぞ、頭に血が上ると、軽はずみなことを言ってしまうのはよくわかっている。残念なのはその名があの子にずっとつきまとっていることだ」

「お嬢さんはそれほど気にかけているようには見えませんが」ローリーは口走った。

ハロルド卿は舌打ちした。「ああ、たしかにそうだ。娘はそのあだ名を喜んでいるだけでなく、その名に恥じないようにできるかぎりのことをしている」

ローリーは鼻を鳴らした。

ハロルド卿は片方の眉を上げた。「いままであの子が結婚できなかったのは、そういう態度のせいだと思う。自立し、率直にものを言い、自由な心でいたいとするあまり、夫としてふさわしい人物に出会ってもそれとわからないんだ」

「ハロルド卿、ぼくは――」

「残念なことだ」ハロルド卿は首を振った。「わたしが喜んで一族に迎えてもいいと思った若者は大勢いたのに」彼は値踏みするようにローリーをじっと見た。「じつを言うと、あのときはパンドラがきみと結婚したくないと言うのに反対しなかった。きみはひどく浮わついているように思えたからね。あまりにも若かったし。身を落ちつける覚悟などできていなかった。きみはあのときからずいぶん分別がついたようだな」

「ありがとうございます、ぼくは――」

「それにパンドラもようやく好みに合う男を見つけたらしい。もうそうなってもいい頃だ」ハロルド卿は腰を上げた。「娘を嫁がせるのはやっかいなことだな」

ローリーは不意に立ちあがった。「あの、ぼくは――」

「きみに助言をさせてくれ」ハロルド卿はローリーを見すえ、口をはさむのを制した。

「娘など持つものじゃない。持つべきなのは息子だ。せいぜい相続問題か、ちょっとしたトラブルがあるだけだからな。息子がいたらどんなによかったか」ハロルド卿はしみじみとため息をついた。「わたしは娘を心から愛しているが、息子なら世間に放りだしてそれで終わりにできる。娘というものは永遠の悩みの種だ」

「ご助言ありがとうございます、でもぼくは――」

「こうやって話ができてうれしかった」ハロルド卿はドアのほうへ歩きはじめた。「長年のわだかまりが解けてよかったよ」

ローリーはハロルド卿のあとを追った。「ハロルド卿――」

「パンドラのことは忘れてくれ、ボルトン。すばらしいお嬢さんを見つけなさい。従順だが活気のある人がいい。退屈きわまりない日々を送りたくないなら」ハロルド卿はドアのところへ行くと振りむいた。「それと相手の家族、とくに両親のことも考えなければならん。娘に自分たちを名前で呼ばせていたり、望むとおりの人生を送れるように金を与えていたりする親に出くわしたら、命がけで逃げだすように。本当に命を落とすことになるかもしれん」ハロルド卿はうなずいてドアのノブに手を伸ばした。

「お待ちください」ローリーは鋭く言った。

ハロルド卿はいらだたしげに眉を寄せた。「なにかね?」

「ぼくは、お話ししようと思ったことをまだなにも言っていません」

「パンドラとの結婚について話したいのだと思ったが」

「以前はそうでしたが、でも――」

「それなら、もう話は終わりだ」ハロルド卿は向きを変えて立ち去りかけた。

このいまいましい男は娘と同じくらい扱いにくい、とローリーは思った。

「いいえ、ぼくはまだ話を始めてもいません」ハロルド卿はしかめ面をして振りむいた。「あなたのお嬢さんとの結婚について話しにきたわけじゃありません」ローリーは深く息を吸った。「お嬢さんとトレント伯との結婚について話したかったんです」

ハロルド卿は一瞬ローリーを見つめ、そのあと苦しげにため息をついて部屋の奥へ向かった。「ブランデーでもどうかね?」

「ありがとうございます」ローリーは顔を輝かせた。うまい酒はこの話し合いをずっとやりやすくしてくれるはずだ。彼はハロルド卿について飾り棚のところへ行き、卿がドアを引きあけてなかを探るのを見ていた。

「なにを言いたいのかね?」

「トレントはじゃじゃ――いえ、ミス・エフィントンにふさわしい結婚相手だとは思えません」ローリーは勇気を奮いおこして言ってみた。「あなたは邪魔するべきだと思います」

「なんだと?」ハロルド卿は体を起こし、デカンターを手に持ったままにらみつけた。

「なぜわたしがそんなことをしなきゃならない？」

「それはですね」ローリーは不安げに咳ばらいした。「二人がやっているゲームのことなんですが」

「それがどうしたのかね？」

「二人とも自分が勝つと固く決心していまして」ローリーはハロルド卿が手にしているデカンターをじっと見た。「そのためにたしなみを忘れ、少なくとも一度は命にかかわるような危ない目にあったのです」

ハロルド卿は眉をひそめた。「パンドラが与えた試練のせいで、トレント伯が命を落とすのではないかと思っていたが」

「心配なのはトレントではなく、ミス・エフィントンですよ」ハロルド卿はブランデーを注ぐ気があるのだろうか、それともそのいまいましいデカンターを一日じゅうただ持っているつもりなのだろうか？

「もったいぶるんじゃない、きみはなにを言おうとしてるんだ？」

「それはですね」手にグラスがあれば、もっとうまくやれるのに。「トレントはお嬢さんを少年に変装させていかがわしい酒場へ連れていきました。そこで二人はやっかいな騒ぎに巻きこまれたんです。トレントは少なからぬ傷を負いました」

ハロルド卿の目が心配そうに光った。「そしてわたしの娘は？」

「ああ、お嬢さんは無事でしたが、身を守ろうとしてならず者の頭を酒びんで殴らなければなりませんでした」

「なんということだ！」ハロルド卿は口をあんぐりとあけた。

「しかもですよ」ローリーは満足げな笑みが浮かぶのを抑えられなかった。「三度もです。連中を気絶させましたよ」

「三度だと？」パンドラの父親は首を振り、あきらかにショックを受けていた。「殴りたおしたと言ったかな？」

「ええ」たぶんこれで酒が出てくるぞ。

「それは驚いた」ハロルド卿の顔にゆっくりと笑みが広がり、その目は自慢げに輝いた。「さすがエフィントン家の娘だ。イングランドじゅうでもっとも気骨のある一族だからな」

ローリーは呆然となった。

「一族はいつも勇敢に戦うのが好きだった。世界のどこにいても、われわれは悪党やならず者と戦うはずだ。わたしも、もっと若い頃は一度ならずそうしたことがある。娘が一族の伝統を受けつごうとは、まったく思わなかった。あの子は骨の髄までエフィントンだな」ハロルド卿はいたずらっぽくウィンクした。「だが母親から受けついだものも多いがね」

ローリーは肩を落とした。「それじゃあなたはこのことに始末をつけるつもりはないんですか？　パンドラがトレントと結婚するのを禁じるつもりはないと？」

「きみはどうかしてるんじゃないか？」ハロルド卿はばかにして言った。「その事件でけがをしたのはトレント伯なんだよ。娘を守ってくださったのははっきりしている。もっとも、パンドラは自分の身くらい守れるが」

「でももしこれが表沙汰になると、スキャンダルになりますよ」

「ほかに知っている人がいるのか？」

「いないと思います」

「それじゃ、スキャンダルにはならんだろう？」ハロルド卿の声には、あきらかな脅しが含まれていた。「じゃじゃ馬の呼び名の由来となったあの件を繰りかえすつもりはないだろうな？」

ローリーはしぶしぶうなずいた。「ええ」

ハロルド卿は値ぶみするようにローリーをじっと見すえた。「ひどい顔をしているな。このブランデーが飲みたかったのかね？」

「ええ」進んで負けを認めたほうがよかった。少なくともこのことに関しては。

ハロルド卿は飾り棚からグラスを二つ取りだし、ローリーにひとつ渡した。

ローリーがグラスを差しだすと、ハロルド卿は酒を満たしてやった。ローリーはすばやくすすった。「すばらしいブランデーですね」彼は一息入れた。「あんなにお話ししたのに、なぜあなたはこのゲームを喜んでやらせておくんですか？　おそらく結婚についても、許すおつもりでしょう？」

「まず第一にもしこれがあの子の望みなら、わたしにはおそらく止めようがない」ハロルド卿は自分のグラスにも酒を注《つ》ぎ、デカンターを棚に戻した。「第二に、わたしがこれまで知ったことからすると、トレント伯は申し分のない結婚相手だ」

ハロルド卿はローリーをソファのところへ連れていった。二人は両端に腰をおろした。「家柄もよく、財産もたっぷりあり、爵位も申し分なく、戦争での武勲もすばらしい。名誉を重んじる人間で、資産家。どんな父親もこれ以上は望めまい」

ハロルド卿はローリーと目を合わせた。「さっき娘について言っていたことを誤解しないでもらいたい。パンドラをふさわしくない男に渡すつもりはないだけだ。トレント伯はすばらしい人だよ」

ハロルド卿はグラスを持ちあげてゆっくりとすすった。「それに、きみがかかわったあの一件は、たとえうちの娘がそそのかしたわけではないにしても、あの子のせいでもっとまずいことになったわけだね。そうだろう？」

ローリーはうなずいた。

「今度のことで、トレント伯にばかり責任を負わせるわけにはいかない」ハロルド卿はグラスを揺すり、ローリーをじっと見た。「聞いてもいいかな。きみ自身はパンドラを望んでいないのなら――」

「望んでません」ローリーはすぐさま答えた。

ハロルド卿は片方の眉を上げた。「よくわかった。もしきみがあの子を望んでいないのなら、なぜトレント伯があの子と結婚するのにそれほど反対するのかね？」

「トレントはぼくのいちばんの親友だからです」ローリーの声は悲しげだった。

「わかった」ハロルド卿は笑い、それからまじめな顔になった。「わたしがこの結婚に反対しない理由をもうひとつ教えよう」彼はしばらくブランデーを見つめてからローリーと目を合わせた。「あの子はトレント伯が好きだと思う。好きどころではないだろう」

「どうしてわかるのですか？」ローリーはそっけなく言った。「パンドラはトレントを苦しめています」

「だがあの子は取り引きに同意した。以前は結婚する羽目になるような危険は絶対に冒さなかった。きみとのばかげたことは若気の至りにすぎない。トレント伯に対する気持ちは、パンドラ自身思いもよらないほど強いのだろう」ハロルド卿は肩をすくめた。

「ピーターズでさえわたしと同じ意見だと思うよ」

「ピーターズ？」ローリーは眉を寄せた。「誰なのですか、ピーター――」

鋭いノックの音がしてドアがあいた。

「ハリー、お話があるの。グレースとはじめて会ったとき、どうして――」じゃじゃ馬が部屋へ入ってきて、立ちどまった。「まあ、ごめんなさい、ハリー、ひとりだと思ったものだから」

ハリーだって？

ローリーとハロルド卿は、テーブルのそれぞれの端にグラスを置いて立ちあがった。パンドラは愛想よく微笑み、二人のほうへやってきた。ローリーは彼女が本当に美人だと認めないわけにはいかなかった。

ローリーを見ると、パンドラは手を差しだした。「トレント伯のお友だちでしたわね？」

ローリーはパンドラの手を取って唇へ持っていきながら、彼女から目を離さなかった。このいまいましい女はまだぼくのことを思い出さないのか。「そのとおりです」

「許してくださいね。お顔は見おぼえがあるんですけれど」パンドラは首を振り、下唇を噛んだ。「どなたかはっきり覚えていなくて」

ハロルド卿が、くぐもったようなおかしな音をさせて鼻を鳴らした。ローリーはパンドラの手をおろした。

「パンドラ」ハロルド卿はちょっとおもしろがっているらしい。「ローレンスを覚えているはずだがね、ボルトン子爵の？」

しばらくなにごとも起きなかった。そのあとパンドラが目を見ひらき、息をのんだ。

「まあ、あなたがあのおばかさんなのね！」


いったいあの人はどこなのかしら？

シンシアは広いテラスの階段に立っていた。召使いからトレント伯は外にいるかもしれないと教えられたが、まだ見つからなかった。いま、庭園を捜すか、めんどうな迷路へ思いきって入るか思案しているところだった。両腕でしっかりつかんでいるこの大きな紙包みがじゃまでなければ、ためらわず捜しつづけるのだが。それはいやになるほど重く、衣類のあいだに隠してあったのを取りだしてきてから、一歩踏みだすごとにますます重さを増しているようだった。

トレント伯と話をすることについては、まったく不安がなかった。このあいだ会ったときに得た自信は、どちらかというとさらに増していた。なにかに積極的にかかわるのは、巻きこまれるのを待つよりもおもしろかった。

大勢の人が外に出ているらしかった。庭をぶらついている人もいれば、テラスの椅子に座って新鮮な空気とすてきな春の日を楽しんでいる人もかなりいた。

「ミス・ウェザリー」

シンシアは肩ごしに目をやった。マックスがテラスを横切ってやってきて、にっこり笑ってあいさつした。

「召使いからあなたがわたしと話をしたがっていると聞きましたが」マックスはシンシアが持っている包みに目を移した。「それを持ちましょうか？」

「お願いします」シンシアはほっとし、包みをマックスに渡した。

マックスは両手で持ち、片方の眉を上げた。「これはなんですか？」

「しばらくしたらお見せしますわ」シンシアはテラスを見やり、それから庭園に目を走らせてパンドラがどこにもいないのを確かめた。「庭園までご一緒してくださるかしら？」

マックスは微笑んだ。「喜んで」

二人は階段を下り、きちんと手入れされた木立のほうへ歩いていった。それはテラスとエフィントン・ホールからいちばんよく見えるように植えられていた。

「いいえ、ここはだめよ。庭は人目につきすぎるわ」シンシアは、庭園の右手にある正方形の迷路との境になっている背の高いツゲの生垣《いけがき》を顎で示した。「あの迷路のほうがずっと都合がいいわ」彼女はしっかりした足取りでそこへ向かった。「誰からも見られないのがいちばんですもの」

「いったいなにをするつもりですか、ミス・ウェザリー？」マックスはおもしろがっていた。

シンシアは横目でさっとマックスを見た。「このあいだお話ししたとおりのことよ。あなたの力になるつもりですわ」

「あなたがですか？」マックスは笑った。「どうやって？」

「邸からわたしたちが見えなくなったら説明するわ。このあたりは人が大勢いるから」

「かなり混雑しているようですね」

「まあ、まだたいしたことはないわ。日ごとに人が多くなるの。ほんの一日か二日だけ来るという人もいるから。いまここにいるのはほとんどがエフィントン一族です。ものすごく大所帯なのよ」

「そう聞いてます」マックスはそっけなく言った。

シンシアはにっこりした。「慣れていないとかなり圧倒されるでしょうね。でも、わたしはこの二年のあいだここへ招待されているけれど、一族のほとんどの人たちはとっても魅力的よ」

「たぶんそうなんでしょう」シンシアの言うことを信じていないかのような口ぶりだ。

「それじゃぼくがとくに気にしなければならない人はいないわけですね」

「トレント伯、あなたは全員のことを気にかける必要があるのよ」何歩か踏みだしてから、シンシアはマックスがついてきていないのに気づき、立ちどまってうしろを見た。

マックスは不安げな顔でじっと動かずに立っていた。「どういうことかな、はっきり言ってください」

　なんてことかしら、この人は本気で心配しているわ。シンシアは笑った。「本当に心配することなんかないのよ。それほどひどいことにはならないでしょう。さあ、一緒に来てくださる？」

「もちろん」マックスはうなずいて足を踏みだし、迷路のほうへ向かった。

「エフィントン一族の人たちはとても感じがいいの。ああ、公爵未亡人は少し扱いにくいけれど、それはたぶんお歳のせいと女家長としての立場のためでしょう。公爵はハロルド卿の一番上のお兄さまで、魅力的なかたよ。でも、その、もったいぶったところがあって、ちょっとこわい感じがする。今年はここへいらしていないようだけど、公爵夫人はおみえになっているわ。とても美しくて感じのいいかたなのに、相手をじっと見る癖があるんです。その人がどういう人かをみきわめ、エフィントン家の基準に合うかどうか決めようとしているみたい。

　それから、ハロルド卿のまんなかのお兄さまのエドワード卿とウィリアム卿、その奥さまとお子さまたち――パンドラのお気に入りのいとこたちはまだ来ていないけど。それにさまざまな遠縁の親戚と――」シンシアは横に目をやり、マックスがいないのに気づいた。ため息をついて振りむくと、彼はまたも地面に根が生えたように突っ立っていた。

「なにも心配いらないというのはたしかなんですか?」

「ばかなことを言わないで。あなたはどんな一族にも喜んで迎えられる人だと思うわ。前にお話ししたように、あなたはパンドラにぴったりの結婚相手よ」

「でも一族の人たちはそう思うかな?」

「どんな愚か者でもわかるわ。一族のなかに愚か者はいないはずよ。それに」シンシアはいらだたしげに息を吐きだした。「誰もが、パンドラはとっくに結婚しているべきだったと考えているわ。いまとなってはどうにか見苦しくない人なら、一族はパンドラの腰にリボンを結び、ウィンクしながら多額の持参金をつけて、彼女をその人に渡すでしょう」

マックスはくすくす笑った。

シンシアも笑い、マックスと並んで歩きだした。「それでもさっき心配しなくてもいいと言ったのは本気よ」

「どうなるか見てみないと」マックスはつぶやいた。

二人は迷路の入り口で立ちどまった。生垣の高さは八フィート近くある。

シンシアは右へ向かい、一度曲がった。「これでいいでしょう。さあ」シンシアは期待をこめて両手を握りしめた。「包みをあけてください」

マックスはしばらくシンシアを興味深げに見つめたあと、包みのひもをほどいて紙を取った。

「盃《さかずき》よ。それにしてはずっと大きいように見えるって、パンドラが言って――盃にまちがいないわ」

「ギリシャのものだね？」マックスは盃を調べた。鉢ほどの大きさで、直径はたっぷり一フィートほど。両側に取っ手があり、円形の底まで朝顔形に広がる足がついている。赤茶色の幅広い縞《しま》になった部分に、様式化された人物像が黒く描かれていた。「それにとても古い」

「ええ、古代のものよ。デザインをごらんになって」シンシアは熱をこめて言った。

「興味深いな」マックスはつぶやいた。

「まあ、興味深いなんてものじゃないわ」シンシアはさらに近づき、指で人物の姿をなぞった。「これが見えます？　この紳士が――名前を思い出せない。テーセなんとかといったけれど、そんなことはどうでもいいわ――戦っている相手を見てください」

「牡牛のようだが」マックスは眉を寄せて集中した。

「牡牛よ。でもただの牡牛じゃない。これはクレタの牡牛よ」シンシアは勝ちほこって言った。

「クレタの牡牛」マックスはゆっくりとそう言うと、シンシアと目を合わせてにやりとした。「クレタの牡牛か」

「おめでとうございます」シンシアは微笑んだ。「もう一点、獲得したわね」

マックスの顔から笑みが消えた。「これは受けとれないな」

「いったいどうしてなの?」シンシアは驚いてマックスをじっと見た。

「フェアだとは言えないからだよ」マックスは首を振った。「ゲームの精神にも反する」

「ゲームの精神に反するですって?」シンシアは、あきらかにレディらしからぬやりかたで鼻を鳴らした。「金の角を買ったり長年の知りあいの女性からシュミーズをもらうのは、ゲームの精神に合っているのかしら?」

「それは話が別だ」マックスは額にしわを寄せた。

シンシアはばかにしたように笑った。「ばかばかしいわ。それにクレタの牡牛はものすごく見つけにくいのよ」

「これをどこで手に入れたのかな?」

シンシアは一瞬考えこんだ。レディ・ハロルドはわたしがトレントに渡すのを十分承知のうえでそれをくださった。パンドラは怒るにきまってる。トレントになにも教えないほど、秘密を明かす恐れも少なくなるわ。「贈りものよ。わたしがいただいたのをあなたに差しあげるわ」

「これで五点取ったことになる」マックスは小声で言い、両手で盃を引っくりかえした。「それでも……」

なんて頑固な人なのかしら。「本当にこのつまらないものを、ばかげたゲームの精神に反するからといってわたしから贈られる気になれないのなら――」

シンシアはマックスの手から盃をひったくり、何歩か歩いてそれを地面に置くと、向きなおって両手で頰をたたいた。「ほら！　見てちょうだい！」シンシアは芝居がかった仕草で盃を指さした。「牡牛よ！　まちがいなくクレタの牡牛だわ！　誰かが捕まえてくれればいいのに！」

マックスはとがめるような顔でシンシアを見た。

シンシアはむっとし、両手を握って腰に当てた。「もう一度言うわ、誰かこの動物を捕まえてくれない？」シンシアは声を張りあげた。「この牡牛よ。クレタの」

「捕まえる……」マックスは目を見ひらいて笑い声を上げた。盃のところへ行き、これみよがしに持ちあげた。

「よくやったわ、伯爵さま」シンシアは拍手した。「牡牛を捕まえるところは見たことがないの。とくにクレタの牡牛をそんなにうまく捕まえるのはね」

「ありがとう、ミス・ウェザリー。おほめにあずかってうれしいね。でもこれまで考えたことはないかな？」――マックスの唇に皮肉な笑みが浮かんだ――「ミス・エフィントンと長いこと一緒に過ごしすぎたと？」

第十四章　頼りない同盟

パンドラは驚き、しばらく相手を見つめているしかなかった。

このつまらない男との結婚を思いなおしてからもう何年にもなる。そのときでさえ、どうにかしてこの世から消えてくれないものかと思っていた。

ローリーはゆっくりと仰々しいお辞儀をした。「どうぞよろしく、ミス・エフィントン」

「よろしくなんて言わないでちょうだい。どんなこともしてほしくないの。なによりも、ここにいてもらいたくないわ。いったいなにをしているの？」

「招待されたんですよ」ボルトンは答えた。

「招待？　へえ！　いったい誰に招待されたっていうの？」

「きみの母上に」

「お母さまが？」パンドラは激しい怒りを感じた。「最初はトレント、今度はあなた？　お母さまはどういうつもりなのかしら？」

ボルトンは肩をすくめた。

お父さまに会いにきて、過去と向きあうことになるなんて思いもよらなかった、とパンドラは思った。さしあたってマックスのことだけで頭がいっぱいなのに？　わたしの人生は、もう複雑すぎるほどだというのに？

パンドラの父親は咳ばらいした。「いろいろと話すことがあるだろうが、きみたちを二人きりにしておくつもりはない。召使いたちはカーペットに血がついていると、いつも文句を言うんだよ。この部屋はとてつもなく広いな」ハロルド卿は図書室の向こうの端に向かってうなずいた。「たしかあそこの机でやることがあったはずだ」

ハロルド卿は深紅のソファの横に置かれたテーブルへ行き、ブランデーのグラスを取ると、パンドラに励ますような笑みを投げかけて立ちさった。

パンドラは胸のところで腕を組み、ローリーをじっと見た。ふたたび彼に会い、昔どれほどハンサムにみえたか思いだした。五年という歳月がボルトンにうまく働いたのを認めないわけにはいかなかった。歳を重ねて自信が備わり、昔より魅力的になったみたい。もちろんまだおばかさんだけど。

「なぜここにいるの？」

「言ったでしょう、招待されて――」

「そうじゃなくて。あなたがなぜ来たかはわかったけど、どういうわけで招待されたかわからないの。わたしが知りたいのはなぜあなたが招待を受けたかよ」

「ほかにそれよりましな用事がなかったからさ」ローリーは肩をいからせてソファの横にあるテーブルへ歩いていき、ハロルド卿がさっき取ったのと対になったグラスを取りあげた。「おもしろそうだったからね」

「おもしろそう?」

「そうだ」ローリーは思いにふけりながらひと口すすった。「きみがマックスと取りきめた契約のことはよくわかっているよ。マックスもここへ来るから、あいつが試練をやりとげようとするのを見るのはおもしろいと思ったんだ」

「あの人はここにいるあいだ、そんなことはしないと思うけれど」そうだろうか? ここはマックスにとってもっとも都合のいい場所かもしれない。あの人はそれをわかっているのだろうか?

「それじゃ、これで失礼することにしよう」

「よかった」パンドラは開いたままになっているドアのほうへ堂々と歩いていき、先に出るようローリーに合図した。「喜んで門まで誰かに送らせるわ」

ローリーは残念そうなふりをして、首を振った。「だけど、それはできない。そんなことをしたらひどく失礼になる。礼儀正しいのがぼくの取りえでね」

「へえ、あなたはおばかさんじゃないの!」

「そうかもしれない」ローリーは乾杯するようにグラスを上げた。「だがものすごく礼儀正しいおばかさんだ」

「そうは思わないわ」パンドラはぴしゃりと言いかえした。「礼儀正しいおばかさんなら、そもそもここへは来ないはずよ」

ローリーは含み笑いをした。「頭がいいとは言ってない、礼儀正しいだけだ」

「それじゃ正直でもあるわけ？」

ローリーは眉をひそめた。「正直にならないわけにはいかないときはね」

「それじゃいまがそのときよ。本当のことを話して」パンドラはローリーの目を見すえた。「本当はなぜここにいるの？」

ローリーは言葉を選んでいるかのように静かにパンドラを見つめた。「きみはトレントとのゲームにどれほど勝ちたいと思っているのかな？」

「わたしは勝ちたくないゲームなんてしないわ」

「マックスもだ。だが」――ローリーはもう一度、息を吸いこんだ――「ぼくはあいつに負けてほしいと思っている」

パンドラは困惑して眉を寄せた。「まさかあなたは、わたしとあなたが――」

ローリーはそっけなく笑った。「どんなおぞましい悪夢のなかでも、そんなことを考えたことはないよ」

「よかった。それじゃ、その点ではわたしたちは意見が一致してるわね」パンドラは相手を注意深く見つめた。「でもあなたはマックスのお友だちだと思ったけど」

「そうだ。いちばん古い、いちばん大切な友人さ。それだからこそ、マックスに負けてほしいんだ」

パンドラは首を振った。「まだよくわからないわ」

「とても簡単なことだよ。きみがマックスの心をずたずたにするのを見たくないのさ」

ローリーはまっすぐパンドラの目を見つめた。「きみがぼくにしたようにね」

「なんてことを言うの！」パンドラはショックを受け、思わずローリーのほうへ進みでた。「そんなこと信じられない」

「ぼくのことはともかくとして」ローリーはさりげなく肩をすくめた。「それは避けようのない真実だ」

パンドラは相手を見つめるしかなかった。罪悪感と恥ずかしさが湧いてきた。両腕で自分の体を抱えてボルトンから目をそらした。頭のなかにさまざまな疑問や非難の言葉が浮かび、思い出があれこれとよみがえってきた。パンドラはツゲの迷路を見晴らす高い窓のほうへ行き、ガラス越しにぼんやりと外を眺めた。

いったいこの人になんと言ったらいいのかしら？　自分でわかっているかぎり、誰かの心をずたずたにしたことなんかない。ああ、たしかに不滅の愛を誓った求婚者は大勢いたけど、わたしは誰も信じなかった。それに断わるときは穏やかにしてきたつもりだし、みなとは言わないけれど、たいていの人は、心惹かれたのはきみだけだと言いながら、ちゃんと立ちなおって一年もしないうちにほかの人と結婚した。

だがローリーに関しては、穏やかに断わったわけではまったくない。パンドラは彼の気持ちにまったく気づいていなかった。「知らなかったのよ。わたし――」

ローリーは不信感のこもった声で言った。「どうして知らなかったなんてことがあるんだ?」

パンドラは窓の外を見つめていたが、春の花が庭を彩っているのにほとんど気づかず、ただずっと昔のことのように思われるさまざまな出来事を思い浮かべていた。

「あれは悪ふざけだったのよ。グレトナ・グリーンへ行ったのは、気晴らしのためだわ。ほかの人たちが結婚するのを見るためにね。それだけよ。あなたが真剣だったとは思いもしなかった」

「たぶん最初は真剣じゃなかった」ボルトンは恨みがましく認めた。「だがあのちょっとした冒険は、しばらくするとなにもかもおかしくなった。馬車の事故や――」

「あのぞっとする宿屋」パンドラは、ならず者で溢れた暗くじめじめした場所を思い出して身ぶるいした。連中はパンドラを娼婦《しょうふ》だと思っているかのように流し目をくれた。

「ほんの数分しかそこにいなかったのを、いまでもありがたいと思っているわ」

「父親が三人、ぼくたちを必死に追ってきたな」ボルトンは笑い声で言った。

パンドラは首を振った。「なんて夜だったのかしら！」

ローリーはまじめな声で言った。「親族たちが、スキャンダルを避けるには結婚するしかないと主張したとき、ぼくはそうしようと思った。でもきみははっきり言ったよ。なんと言ったかな？」

パンドラはうんざりした。「覚えてないわ」

「ああ、ぼくと結婚するくらいなら、ローマのコロセウムで飢えたライオンにむさぼり食われるほうがましだ、というようなことを言ったんだ。がっかりしたよ。わかっていると思うが」ローリーは言いよどんだ。「ぼくはきみに恋をしていたんだ」

「本当にごめんなさい」パンドラは振りむいてローリーと向きあった。「知らなかったの」

ローリーは真剣な目でパンドラをみつめた。「知っていたらぼくと結婚したかな？」

「もちろんしなかったわ」パンドラは即答したのをすぐに後悔した。「だってわたしたちは互いをほとんど知らなかったもの。何度かダンスをし、二、三回ばかげた会話をしただけ」

「それなのにぼくは恋をしてしまった」

「わたしは本当に……」パンドラはふと思いついた。「あなたは恋をした人にしては、簡単にあきらめたじゃないの」

「きみのお父上に話しにいったよ」ボルトンは胸を張って言った。

「それで」パンドラは促した。

「それでって……」ボルトンははじめて不安そうにした。「それだけだよ」

「それだけ?」いらだちが罪悪感を消しさった。「恋をして心をずたずたにされたっていうのに、わたしを取りもどすためにお父さまに話をしただけなんて」

「それは……」ローリーは穴があったら入りたいような顔をした。「あのときはそうするしかないように思えたんだ」

「そうでしょうね。あなたはおばかさんだもの」

「きみはぼくをばかにした」ローリーはグラスをパンドラのほうへ向けた。「ロンドンの社交界の人たちみんなの前で恥をかかせたんだ。ぼくを嘲笑《ちょうしょう》の的にした。ぼくはまだ、あのスキャンダルでこうむった汚名をそそごうとしているんだよ」

「まあ!」パンドラは笑い声を上げた。「スキャンダルが聞いてあきれるわ。ほとんど忘れられてるじゃないの。誰かが思い出したとしても」パンドラは不快そうに目を細めて非難するように指をさした。「あなたの名前はあの事件と結びつけられはしないわ。矢面に立つのはグローヴナー・スクエアのじゃじゃ馬よ。礼儀作法にかなっているかどうか、一挙一動を見張られているんだわ。毎日気が重いのは、あの事件のせいじゃない

――さっき言ったようにもうほとんど忘れられているんだから――どこかのおばかさんがつけたあだ名のせいなのよ！」

パンドラはローリーの胸を強く突いた。

「そうなったのは誰のせい？」パンドラはふたたびローリーを突いた。「そのおばかさんは誰なの？」パンドラはさらに突いた。

「やめてくれ」ローリーはグラスを持っていないほうの手で胸をなでた。

「なんですって？」

「ちょっと考えさせてくれ――」

「ボルトン！」

「わかった。ぼくがそのおばかさんだ」

「もうひとつ教えてちょうだい」パンドラはローリーをにらみつけた。「あなたのずたずたになった心が癒《い》えるのにどれくらいかかったの？　わたしに抱いたような恋心を、誰かほかの人に感じるまでになったのはいつ？」

「はっきりとは覚えていない。昔のことだから――」

パンドラは歯を食いしばった。「ボルトン」

「わかったよ。たしか、奇跡的に回復したと思う。きみをじゃじゃ馬と呼んでから――」ボルトンは弁解がましく肩をすくめた。「ずいぶん憂さが晴れたよ」

「ボルトン！」

「記憶がひどくあいまいで……」ローリーは負けたというようにため息をついた。「はっきり覚えていないんだ。少なくとも一ヵ月かな」

「一ヵ月？」パンドラは喉がつかえそうになった。

「そのくらいだと思うよ」ローリーは弱々しく微笑んだ。

「一ヵ月なのね」パンドラはうしろを向くと、部屋の奥へゆっくりと歩いていった。

「そうとわかったら、いくぶん罪の意識が軽くなっただろう」ローリーは期待をこめて言った。

パンドラは振りむいた。「罪の意識？　そんなものまったく感じてないわ。ほんの一瞬ちょっと後悔したけど、ディナーのメニューを選びそこなったときと同じ気持ちになっただけ。罪の意識とはねえ！　それにわたしがずたずたにしたのはあなたの心じゃない。あなたのプライドでしょ」

「それでも傷ついたよ」ローリーはつぶやいた。

いやな考えが頭をよぎった。ローリーが何年もずっと恨みを持ちつづけていたとすれば……。「マックスは、わたしたちのことを知っているの？」

「いや」ローリーはブランデーの残りを飲みほした。「あの頃あいつはちょっとおかしかった。一年のほとんどを領地で過ごしていた。最初は気まずい感じがしてぼくたちのことについてなにも話さなかったが、それからは単に話題にならなくなった」

「わかったわ」パンドラはつぶやいた。

「いいかい」ローリーはブランデーがしまってある戸棚に目をやったが、おかわりを頼むのはあまりに無作法だった。「ぼくはこの何年もそれについて話したことはない。考えるたびに記憶が少しばかり、そう、歪《ゆが》められてきたらしい」

パンドラは片方の眉を上げた。「少しばかり?」

「少しどころじゃない。いまはじめて、きみが正しいのかもしれないとわかったよ。きみが傷つけたのはぼくのプライドかもしれない、とね。喜んできみを許すことにしよう」

「わたしを許すですって?」パンドラは驚いて言った。

「そのとおりだ」ローリーは度量のあるところを見せて微笑んだ。「それにあれこれ考えてみると、きみは本当に過去の出来事についてずっと非難されてきたらしいね。もしかするとぼくのせいかもしれない」

パンドラは不快そうに目を細めてローリーをじっと見た。「もしかすると?」

「そうだ」ローリーは、いまは満面の笑みを浮かべていた。

これまでずっとローリーのせいでつらい思いをしてきたのを考えると、パンドラは快く許す気にはまったくなれなかった。ディナーでまちがったフォークを使ったのを大目にみるのとは違う。それなのにローリーへのいらだちは弱まっていた。くやしいことに、彼の笑顔は友人のと同じように抵抗しがたいほど魅力的だった。「あなたをすっかり信じることはできないわ」

「そのことでは意見が一致したな」ボルトンは微笑みながら言った。「ぼくもきみをすっかり信じているわけじゃない」

「それなのにわたしを許し、わたしの非難を受けいれたっていうの——」

「たぶん」

「たぶんねえ」パンドラは注意深く言葉を選んだ。「そうすると、わたしとマックスとのゲームはどうなるのかしら？」

「ああ、それについてはなにも変わらない」ローリーはそっけなく答えた。「ぼくはまだ、あいつに負けてほしいと思っている」

「わたしがあの人の心をずたずたにすると思うから？」

ローリーは手に持った空《から》のグラスを見つめた。「ライオンだのコロセウムだのとわけのわからないことをわめいているあいだ、きみはほかになにを言ったか覚えているかな？」

「いいえ」パンドラは突然、不安に駆られた。

ローリーはパンドラと目を合わせた。「きみは愛のない結婚など絶対にしないと言った」

「まちがいなくそう言ったよ」ボルトンはうなずいた。「ぼくはきみたちのゲームが、胸の張りさけるような悲しみをもたらすに違いないと思っている」

パンドラははっとした。「マックスはわたしを愛しているの?」

「わからない。あいつが自分でわかっているかどうかも。きみはマックスを愛しているのか?」

「わからないわ」

「ああ、そういうことなら、少なくともきみたちは互いにふさわしい相手というわけだ」

それじゃマックスは愛のことについて話をしていたんだわ、とパンドラは思った。なんて興味深いのかしら。パンドラは思いにふけりながら戸棚のところへ行き、ブランデーのデカンターを選んで戻ってきた。ローリーがグラスを差しだしたので、快く注いでやった。

「愛が結婚で果たす役割をそれほど重視しているなら、どんな結婚でもしないよりはましだと心を決めないかぎり――」

「そんな決心はしていないわ」パンドラはぴしゃりと言った。

「わかった。そうなるとたとえきみが勝っても、きみの選ぶ人との結婚をトレントに承知させることはとてもできないかもしれない。だがもしあいつが勝てば、二人とも約束を守らないわけにはいかないから、きみは結婚することになる」ローリーはグラスを上げた。「きみたちがそれぞれどう思っているかにかかわらず」ローリーは堂々と酒を飲んだ。

「わかったわ」パンドラはゆっくりと言った。「わたしが勝ったら選択肢が残される保証があるけれど、トレントが勝ったら結婚するしかないわけね」

「そのとおり。そこできみに提案がある」

「はあ?」

「二人で協力したらどうかな」

部屋の反対側から、驚いて鼻を鳴らす音がした。

「一緒にやれば、勝つのはまちがいない」

「たしかに勝ちたいけど」パンドラはつぶやいた。勝者としてマックスと結婚することもできるともうわかったはずじゃないの?　もしわたしが望めば、そしてマックスが望んでいるとわたしが思えば?　でもこのおばかさんと協力するのはどうなのかしら?　当てにならない休戦協定がいいところだわ。「まだあなたを信じたわけじゃないわよ」

「同盟がいちばんうまくいくのは、互いをすっかり信じてはいない者どうしで結んだ場合だ。さあ、ぼくの提案を受けいれるか？」

「このことは二人だけの秘密にしておきましょう。マックスには言わないで。ふさわしくないと思うかも――」

「ゲームの精神にかい？」

「そうよ」

「その点は、まったくきみの言うとおりだ。ああ。マックスは決して――」

開いたとびらのところで笑い声が聞こえた。シンシアが図書館へ入ってきて、そのあとからマックスが古代ギリシャの盃のようなものを運んできた。

「パンドラ、わたしたち――」シンシアはローリーに目をとめると不意に立ちどまった。「まあ、あのわからず屋ね」

「おばかさんよ」パンドラは小声で言った。

「ローリー？」マックスは額にしわを寄せた。「いったいここでなにをやってるんだ？」

「招待されたのよ」パンドラとシンシアは声を揃えて言った。シンシアは目を見ひらき、パンドラはいぶかしげに横目でシンシアを見た。「どうして知ってるの？」

「招待されなければここにいるわけがないと思っただけよ」シンシアはあきらかにうろたえているようだった。

パンドラは不快そうに目を細めた。「この人を知っているの？」

「ええと……」シンシアはまごついた。

「こんなチャーミングな顔は絶対に忘れないと思うよ」ローリーはすらすらと言った。

シンシアは顔を赤らめた。

「ローリー、ここでなにをしてるんだ？」マックスが尋ねた。

「二人が言ったように、招待されたのさ」

パンドラはため息をついた。「お母さまがそうしたらしいけど、どうしてかはわからない。でも、ちゃんと理由を見つけるつもりよ」

「招待を受けることはよくあるんだ」ローリーは自慢げに言った。「ぼくをひとり加えるだけで、どんな集まりも格が上がるからね。独身で、裕福で、立派な爵位があって、しかもいつも礼儀正しいときては」

マックスはローリーをじっと見た。「きみはエフィントン一族を知りもしないじゃないか」

「言わなかったかな？」ローリーはブランデーをひと口すると、パンドラに目をやった。その目はいたずらっぽく輝いていた。「何年も前からの知り合いなんだ」

シンシアはとまどったような顔でパンドラを見た。

「ええ、あまり古くて、ほとんど忘れかけたような知り合いよ」パンドラはそう答え、そっけなく手を振った。「たいしたことじゃないわ」

マックスのまなざしはパンドラからローリーへ移り、またパンドラに戻った。やっかいな問題を解こうとしているかのようだ。

「まだわからないが――」マックスは言った。

「それはなにかしら？」パンドラはすばやくさえぎり、マックスが持っている盃に向かってうなずいてみせた。もしマックスがローリーとの昔の関係について知ることになるなら、自分の選んだときに明かしたかった。いまはそれにふさわしいときではない。

「これで五点目だ」マックスはパンドラのほうへ進みでると、これみよがしに盃を渡した。「クレタの牡牛だ」

パンドラは盃を受けとってじっと見た。なんとなく見おぼえがあるような気がした。いらだたしい思いが湧きあがり、眉をひそめてマックスを見やった。「これをどこで手に入れたの？」

「贈られたのさ」マックスはさらに顔をほころばせた。

「贈られた？　グレースがそっくり同じものを持っているわ――」パンドラはにらみつけた。「お母さまがあなたにこれをくれたの？」

「違うよ」マックスは否定した。

「それじゃ誰から――」

「わたしが差しあげたのよ」シンシアは顎を上げ、前に進みでた。「わたしがいただいたのを今度はトレントに贈ったの」

「でもどうして……」答えが稲妻のようにひらめいた。シンシアは全面的にマックスに肩入れするだけでは足りず、彼を助けるためにできるだけのことをしているに違いない。なぜそんなことができるの？　敵と親しくするなんて。いちばんの親友なのに。パンドラはきびしい目でローリーを見た。「承知したわ」

ローリーはあいさつするようにグラスを掲げた。

「承知したってなにを？」マックスはいぶかしげに尋ねた。

「きみが一点、獲得するということをだよ、もちろん」ローリーは答えた。「だがちょっと甘いように思いますけどね、ミス・エフィントン。このことでマックスに一点与えてもいいのか、ぼくにはよくわからない。なんといっても、本ものの牡牛というわけじゃないんだから。いや、そもそもこれは――」

「ボルトン卿」シンシアが呼びかけた。声は少し震えていたが、その目は毅然としていた。「お庭をもうごらんになった？　わたしとご一緒してくださるかしら？」

ローリーは好奇心をそそられたように眉を上げた。「いいですよ、ミス・ウェザリー――そういうお名前でしたね？」

シンシアはうなずいた。

「ぜひご一緒しましょう」ローリーはパンドラにグラスを渡してシンシアのほうへ行

き、彼女の腕を取った。シンシアが積極的にマックスの手助けをしているかどうかはともかく、パンドラはなんの警告もせずに友人をおばかさんと出ていかせるわけにはいかなかった。マックスが悪党なら、彼に知恵をつけたのはあのおばかさんに違いない。

「シンシア、わたしは本当に――」

「すてきな日ね、パンドラ」シンシアはさっと微笑みかけるとローリーの腕を取った。

「とても気持ちがいいと思うわ」

「まったくだ」ローリーはそうつぶやいてシンシアに目を向けた。二人はゆっくりと部屋から出ていった。

パンドラはしばらく二人を目で追うしかなかった。いったいシンシアはどうしたのかしら? いつもなら紳士に礼儀正しくあいさつできるように、わたしがうしろに立って背中を押してあげなきゃいけないのに。あんなまぬけな男に近づいちゃだめだわ。二人のあとを追わないと。

マックスは含み笑いをした。「興味深い組みあわせだな」

「そんなことないわ。あの人の評判はあなたと変わりないもの」パンドラはマックスを見やり、不意に手に持った盃の重さに気づいた。「でもあの人は正しいわ。これは――」

パンドラは盃を持ちあげた。「――クレタの牡牛とは言えないでしょう」

「もちろん言えるさ」マックスは近寄って赤地に描かれた黒い人物の姿を手でなぞっ

た。「ほら、これは戦っている牡牛だ。ぼくが思うに相手はテーセ——」

「テーセウス」

マックスの手がかかっていて、その人物像はよく見えなかった。「ヘラクレスはクレタの牡牛を捕まえると、ギリシャへ連れてきたんだ」

マックスの指はゆっくりと愛撫するようにその人物像をなぞった。パンドラは胃のあたりが落ちつかない感じがした。部屋がさっきより暖かくなったのだろうか？「それは解きはなたれて田園に大混乱をもたらした」

「そうなの？」パンドラはもちろんその神話を知っていた。

「牡牛をまた捕まえたのはテーセウスだ」マックスの声を聞くとパンドラはうっとりし、その手の動きを見ていると催眠術にかかったようになった。

「それでも」パンドラは落ちつきのない声で言い、マックスに目をやった。グレーの瞳でじっと見つめられると、息ができなくなりそうだ。「これがフェアかどうかわからないの」

「フェア？」マックスは静かに言った。「なにもかもフェアだと言ったはずだ」

「そうかしら？」パンドラは頭を上げ、視線をマックスの唇から瞳へ移した。それは嵐の前の空のような色をしていた。

「そうさ」以前マックスといるときに感じた奇妙な熱い思いが、パンドラの体を駆けぬけた。マックスに触れずに、どうやってこの甘美な痛みに耐えられるというのだろう。パンドラはマックスの唇がかすめるのを待ちかまえた。彼がさらに身を傾けてきた。

「一点と考えていいと思うが」ハリーの声が部屋の向こう側から聞こえてきた。

パンドラとマックスはさっと体を離した。パンドラは理性を取りもどそうとした。わたし、どうしたのかしら？　お父さまがまだいるのをすっかり忘れていたわ。

「トレント伯」ハリーはゆっくりとマックスのほうへ歩いてきた。

マックスはパンドラのほうへ身を寄せ、耳元で低い声でささやいた。「きみの父上がここにいるとは知らなかった。初対面がこんなふうになるとは思わなかったよ」

パンドラはすまなそうに肩をすくめた。

「ハロルド卿」マックスは前へ出た。「ようやくお会いできてうれしいです。ここにいるあいだにお話しするつもりでいたのですが」

「そうですか」ハリーは値ぶみするようにマックスをじろじろ見た。彼の度量を見さだめているに違いない。

「さてと、ドーラ」ハリーはパンドラに目を向けた。「残念ながらこの人は、生きているクレタの牡牛を捕えることなどできない。その盃はおまえの試練には十分だと思うよ」

マックスは勝ちほこったようにパンドラに笑ってみせた。

「でもハリー」パンドラはいらだたしげに答えた。「これはまったくフェアじゃないわ。だって贈りものなんですもの」

「あのシュミーズも贈り物だが、きみはそれを受けいれた」マックスは小声で言った。

「これは点をお金で買うのとほとんど違わないわ」

「ああ、でもきみはあの黄金の角を受けとった」マックスはつぶやいた。

「前例があるわけか」ハリーは含み笑いをしながら口をはさんだ。「うまく仕組まれたな」

「そうだとしても、おかしいわ――」

「ゲームの精神に反するか?」マックスは首を振った。「ぼくはそうは思わない。このゲームはもともとむずかしいものだから、うまく手に入れた有利な立場はなんであれ利用しなくちゃならない。ぼくらのゲームの本当の精神にのっとれば、そこにあるチャンスを必ずものにする覚悟でいないと。あなたはどう思われますか?」

「まさにそのとおりだ」ハリーはパンドラに慰めるような視線を投げた。「トレント伯に点を差しあげなさい、ドーラ、そしてこのことについては、もう言い争いなど聞きたくない。さあ、これで何点になったかね、トレント伯?」

「いままでのところは五点です」

「ほぼ半分だな。きみはとてもよくやっている」ハリーは含み笑いをして首を振った。

「きみがここまでやってこられるとは思わなかった。ともかく無事でいるんだからな」

「これからは、どうなるかわからないわ」パンドラはつぶやいた。

「ところでトレント伯、あちこち見てまわる機会はありましたかな?」ハリーの目が輝いた。「ひょっとして、ビリヤードなどおやりにならんでしょうね?」

「ときどきはやりますよ」マックスはうなずいた。「なかなかおもしろいものですね」

ハリーの眉が上がった。「得意なのかな?」

パンドラはそっとうめいた。お父さまにとって古代の廃墟《はいきょ》を調査するより好きなことがあるとすれば、それはビリヤードだわ。

「それはいい。ここには見事なビリヤード用の部屋がある。ドーラ、ディナーで会おう」ハロルド卿はドアのほうへ歩いていった。「ビリヤードは人に良識をつけさせるのにうってつけだとわかったよ」ハロルドは言葉を切ってうしろをちらと見た。「一緒に来るかね、トレント伯?」

「ええ、わかりました」マックスはパンドラのほうへ身をかがめた。「ディナーが楽しみだな」そう言って言葉を切った。「ドーラ」マックスはパンドラがなにか言いかえす前に、ハロルド卿と連れだって廊下を歩いていった。

パンドラは二人のあとを目で追ったが、マックスに盃を投げつけたくてたまらなかった。あの男はわたしをいらだたせるためにこの世に生まれてきたのかしら、それともいらつくのは単にわたしたちの気性のせいで、どうしようもないことなの？　結婚したときには……。

　わたしたちが結婚したときには？

　パンドラはあえいだ。いつもしからときに変わったのだろう？　シンシアは正しいのかしら？　わたしは本当にマックスと結婚したいのだろうか？　昼も夜も残りの一生をマックスと二人だけで過ごしたいの？　あの人の子供を産んで、あの人と手をたずさえて歳を重ねていきたいのだろうか？

　そしてもしそうしたいのなら、それはわたしがマックスを愛しているということなのだろうか？　マックスを負かそうと手を尽くすことに気を取られているうちに、愛はわたしの人生に、わたしの心に忍びこんだのだろうか？　嵐のような色の瞳で見つめられ、不思議な笑顔を向けられ、情熱的なキスをされるうち、気づかないまま愛はその姿を現わしはじめたのかしら？

　いきなり答えがひらめき、パンドラは盃をさらにしっかり抱えこんだ。

　マックスのいない人生なんて、まったく生きていないのも同じだわ。

第十五章　応援団現わる

ディナーの席でパンドラは微笑み、その場にふさわしい会話を交わしていたが、隣に座っている紳士のことなど少しも考えていなかった。ウィルトシャー卿は遠縁にあたる。彼が本人だけにしか興味のないことを延々としゃべればしゃべるほど、パンドラはますます相手がうとましくなった。この人もボルトンと同じようにおばかさんだわ。

四十人近い人がいたけれど、パンドラの祖母の目からみるとこれは一族の内輪のディナーだった。公爵が出席していないので、先代の公爵の未亡人であるパンドラの祖母がテーブルの上座につき、その右手にはいまの公爵夫人でパンドラの伯母のキャサリンが座った。驚いたことにトレントは未亡人の左手の賓客用の席にいた。

席次についての細かいルールからすれば正しくないのかもしれないが、エフィントン一族は、内輪ではいつも自分たちのやりたいようにしていた。伯父のエドワード卿、ウィリアム卿、それぞれの妻のアビゲール、ジョージナ、それにパンドラの両親も上座に座った。そのほかの人たちはみな、会話がはずむように、また未婚の男女なら結婚相手が見つかるように配慮して席が決められていた。

パンドラは、誰であれ自分をウィルトシャー卿と顔色の悪い若者のあいだに入れると決めた伯母と、今夜の席の配置について話し合わなければならないと思った。その若者には、すきあらばパンドラのボディスをのぞきこもうとする不愉快な癖があった。

「もちろん、それはなにもかも問題のレディのせいなのですが、でもわたしは……」

パンドラは興味のあるふりをしてうなずいた。こういうごまかしのテクニックは上手なので、この紳士が、食事のあいだずっとパンドラを虜にしていたと満足して席を立つのはよくわかっていた。パンドラは真向かいに座っているシンシアとボルトンを横目で見た。

驚いたことに、シンシアは積極的にあのおばかさんを夢中にさせていた。ボルトンはどの言葉も聞きのがすまいとしている。どういうことだろう？　これは絶対にパンドラが知っているシンシアではなかった。目はきらめき、頬は紅く染まり、媚びるようにボルトンを見つめて水晶の鈴のような笑い声を上げている。いまのシンシアは美しく自信に溢れ、パンドラがつねづね期待していたとおりの女性になっていた。

シンシアがマックスじゃなくボルトンの隣だったのは、幸運だったわ。

なんてことを考えてるの？　シンシアはわたしの親友だし、喜んでマックスと結婚するとは言ったけど、本当はマックスがわたしから結婚の承諾を得られるよう願っているのよ。そのことを疑ったことはない。パンドラは心をかき乱すようなことを考えないことにした。ただの嫉妬にすぎないのだから。

嫉妬？

いままで誰にも嫉妬なんかしたことがない。わたしはパンドラ・エフィントン、公爵の孫娘。その名に値するかどうかはともかく、グローヴナー・スクエアのじゃじゃ馬として知られている。どうして嫉妬なんかしないといけないの。こうなるのも愛のせいなのかしら？

「そう思いませんか、ミス・エフィントン？」

パンドラはウィルトシャー卿を見つめた。いったいこの人はなんと言ったの？　パンドラはあいまいな笑みを浮かべた。「ええ、そうね」

「わたしもまったく同じ考えです」ウィルトシャー卿は勢いよくうなずいた。「そのとおりのことを言ったんですよ……」

愛ねえ。

いますぐ負けを認めたほうがいいのかもしれない。本当にマックスを愛しているのだから。黒い眉が上がるのも、笑い声が体を包みこみ、心を温かくさせるのも大好きだった。自信に溢れ、傲慢で、力強く、頭がいいのも気に入っている。両親の研究に心から興味を持ってくれているのも、喜んでパンドラとのゲームに取りくんでいるのも。ドーラと呼ぶのさえも、いや、じゃじゃ馬と呼ぶのだって。マックスの唇から発せられると、それは愛情のこもった言葉になった。

でもマックスはわたしを愛しているのだろうか？

パンドラは長いテーブルをすばやく見まわした。マックスは約束したとおりに振るまっている。パンドラの一族、ことに女性陣を惹きつけていた。みんな、まちがいなくマックスの魅力の虜になっているわ、とパンドラは思った。でも誰に責めることができる？　マックスはろくでなしの遊び人で悪党で、おまけにけだものなのよ。まともな頭の女性ならその組み合わせに抵抗できるわけがない。それがわかるのに、なぜこんなに長いことかかったのかしら？

でもボルトンの言ったとおりだ。わたしはマックスを愛しているかもしれないけれど、それだけじゃ足りない。マックスから愛されなければいやだし、愛情がなければ絶対に結婚なんてできやしない。はっきりしているのは、マックスに勝たせてはならないということ。

ボルトンはもうひとつ正しいことを言った。マックスとの契約で、誰かがひどく傷つくかもしれない、と。

その誰かがわたしじゃなければいいのだけれど。

「さあ、トレント伯、不安はいくぶんやわらぎましたか?」先代公爵の未亡人はマックスのほうへ身をかがめ、青い瞳を輝かせた。「わたくしたちはものすごく大所帯ですが、たぶん噂に聞くほど手ごわくはないでしょう」

マックスは笑った。「そうですね。予想していたほどじゃありませんでした。それでも、不安を感じているのをそんなに簡単に気づかれてしまうのは、誰だっていやですよ」

「トレント伯、あなたも遊び人でしょう。わたくしはいつも遊び人が好きですよ。夫も若い頃はそうでした。四人の息子たちもみな、もちろん結婚する前ですが、遊び人でしたね」先代公爵の未亡人は考え深げにマックスにじっと目を向けた。「いちばんいい夫になれるのは、改心した放蕩者です。あなたにはおおいに期待していますよ」

未亡人が立ちあがったので、マックスもわずかに遅れて立った。それがディナーの終わりの合図だった。未亡人はパンドラと同じくらいの背の高さで、もう八十歳に近かったが、ゆうに十歳は若くみえた。くつろいだ様子をしていて、マックスはそれほどの歳で身分もある人がそういうふうに振るまうのをめったに見たことがなかった。

「それじゃ殿方はビリヤード室へ、ご婦人方は音楽室へお入りください」先代公爵の未亡人はテーブルに目をやった。「ミス・ウェザリー、あとでわたくしたちのためにピアノを弾いていただけるかしら? あなたはとても上手だから」

ミス・ウェザリーは頬を赤らめた。「喜んでそういたしますわ」

「みんな楽しみにしていますよ」未亡人はマックスのほうへ頭を傾け、彼にだけ聞こえるような声でささやいた。「あの人は若くてきれいだし、ピアノがとても上手なのよ。わたくしの孫娘たちに、音楽の才能をほんの少しでも持っている者がいないのをずっと残念に思ってきました」

「それでもほかの分野で得意なことがおありでしょう」

未亡人はため息をついた。「孫娘たちはエフィントン一族なのですよ。みんなそろって頑固で自立心に富んでいます。そうなったのはわたくしのせいで、ほかに誰も責めることはできません。それでも考えかたというのは時代とともに変わっていくものですからね」

「よくわかりますよ」マックスはつぶやいた。

先代公爵の未亡人はドアのほうへ体を向けた。「あなたにお話があります。客間まで付きあってくださるかしら？」

「喜んで」マックスが腕を差しだすと、未亡人はそこに軽く手を置いた。マックスはパンドラに目をやった。パンドラは驚いて目を丸くし、彼を見かえした。マックスは満足げな笑みを見せると未亡人をエスコートしてドアを通り、少し離れたところにある大きな客間へ行った。おしゃれな部屋だったが、家族がくつろげるよう考えてデザインされていた。

そのときはじめてマックスは、先代公爵の未亡人と二人きりではないと気づいた。パンドラの伯母たちとパンドラの母親がうしろからついてきた。ディナーの席でエフィントン家の女性たちとうまく打ちとけられたものの、マックスはだんだん不安になった。未亡人はダマスク織りのソファの端に腰をおろし、マックスに一緒に座るよううながした。ほかのレディたちはその部屋の別のところに座った。みなそろって美しい。未亡人の息子たちが、そのうちの誰に惹かれたとしてもおかしくなかっただろう。おもしろそうな尋問はいったいどういうふうに行なわれるのだろうか。その尋問こそ、この集まりの目的だということに疑問の余地はなかった。

先代公爵の未亡人の視線がマックスを捕えた。「トレント伯、わたしたちはみなあなたがパンドラと交わした契約のことをよく承知しています」

「そんなに早く伝わるとは思いませんでした」マックスは顔をしかめながら答えた。

「こうした噂は注目を集めますからね」未亡人は含み笑いをして公爵夫人にうなずいた。「お母さまはたいていここにいらっしゃるけれど、わたしたちは一年のほとんどをロンドンで過ごしますから」公爵夫人はかすかに微笑んだ。その目はおもしろがっているようにきらめいた。「あなたと姪《めい》がやっているゲームはロンドンで話題になっているわ。アビゲールとジョージナもそれについて聞いてるでしょう」

「ええ」レディ・ウィリアムが笑って言った。「おもしろそうだわ」

「わたしとしては、あなたがたのどちらが勝つか身を引きしめて見守っているところよ」レディ・エドワードが言った。

「それに財布の紐も引きしめておかないと」先代公爵の未亡人が言った。「わたくしの娘たちはおもしろいゲームが何より好きなの。キャサリンはゲームの結果にかなりの金額を賭けていると思うし、アビゲールとジョージナもそうでしょう。わたくしたちのなかでお金を賭けていないのはグレースだけですよ」

「そんなことできるわけがないでしょう。パンドラが聞いたら……」レディ・ハロルドは弁解がましく肩をすくめた。

「もちろんですよ」未亡人はそのとおりだというようにうなずいた。「わたくし自身はご近所のかたと一緒に数ポンド賭けました。ほとんどをあなたに賭けたと白状しておきましょう。そんなことより、いちばん心配なのはパンドラの将来です。あの子はとっくに結婚していなければならなかったのよ」

「わたしたちはパンドラの年齢のときにはもう結婚していたわ」レディ・エドワードが言うと、レディ・ウィリアムもそのとおりというようにうなずいてみせた。

「それでも、わたしたちの誰も、パンドラを無理やり結婚させるつもりはなかったわ」

未亡人の言葉に同意する声がいっせいに上がった。「これまで、パンドラが結婚する羽目になる危険を冒すのを見たことはありませんよ」

「ええ、あのことがあって——」レディ・ウィリアムが言いはじめた。

レディ・エドワードはそれをさえぎった。「あのとんでもない人は、よくも図々しく来られたものね——」

「アビゲール」レディ・ハロルドはぴしゃりと言った。

「まあ」レディ・エドワードは喉元を手でたたいた。「なんでもありませんわ」

「わたくしがお話ししたように」未亡人は続けた。「パンドラはこれまでけっして、結婚する羽目になるようなことをわざわざしたりはしなかった。これはかなり見こみがありますよ。わたしたちは話し合って意見の一致をみました」未亡人は真顔でマックスを見た。「パンドラはすばらしい選択をしたとね」

マックスはなにを期待していたのか自分でもよくわからなかったが、こういうことになるとは思ってもいなかった。「そう思っていただいてうれしいですね」

「でもまちがえないでちょうだい。パンドラの態度とあなたの文句なしに魅力的な容姿だけをもとに、そう考えたわけじゃありませんからね。あなたの財力についてはもう調べてあります——」

「財産がとても大事だというわけじゃないのよ」レディ・エドワードがすばやく言った。「わたしたちはそれほど浅はかじゃありません。ただ、考えておかなければならないことだから」

「――あなたの一族については――」

「あなたは古い立派な爵位をお持ちね」レディ・ウィリアムは感心したように言った。「お母さまはちょっと俗物で、わたしたちを好きにはなれないでしょうけれど、それはたいしたことじゃないわ」

「――あなたの評判は――」

「女性に関しては、いろいろと噂があるわね」レディ・ハロルドは微笑んだ。「でもスキャンダルにはなっていないし、普通のゴシップ程度のものでしょう」

「――あなたの経歴は――」

「代々のロクスボロー公爵とエフィントン家には、王と国家のために軍務についてきた長い伝統があるのよ。わたしの娘の夫はナポレオンと戦って亡くなりました」公爵夫人はため息をついて首を振った。「わたしたちは、王国のために命を懸けて軍務につく人をとても尊敬しています」

「なんと言っていいかわかりません」マックスはプライバシーに立ち入られたことにいらだっていた。「いままでこれほど徹底的に調べられたことはありませんからね」

「どうか怒らないでください」未亡人は眉を寄せた。「わかっていただきたいのだけれど、パンドラは父親のただひとりの相続人で、あの子自身もかなりの財産を持っているんですよ」未亡人は魅力的な天井のしつらえを熱心に見ているレディ・ハロルドにとがめるような視線を投げた。「財産だけを目あてに結婚したがるような男を引きよせてしまうかもしれないでしょう。わたしたちは、あの子にいちばんよかれと思ってしているだけです。いつかあなたも娘を持ったら――」

何人かの首が振られ、天井に目が向けられた。

「――わかりますよ」

「いまだって、よくわかります」マックスはゆっくりと言った。「パンドラを守ろうとしたからといって、あなたがたを責めることはできません。むしろほめて差しあげたいくらいです」

みながほっとしてため息をついた。

未亡人は長いあいだマックスを見つめていた。「あなたは一本筋が通っているわ。なんて魅力的な遊び人でしょう」未亡人は満足げな笑みを浮かべてマックスのほうへ身を傾けた。「もう一つか二つ若ければ、わたくし自身があなたとゲームをしたでしょうね」

マックスは笑って未亡人の手を取り、唇でそっと触れた。「それはなによりうれしいですね」

未亡人は笑い声を上げた。「わたしたちは、心からあなたを応援することにしますよ」

「もしあなたが勝たなければ、それはなんの役にも立ちませんからね」レディ・エドワードがはっきり言った。

「でも」と公爵夫人が言った。「お気づきかどうかはわからないけれど、ここには残りの試練をやりとげるための秘密のチャンスがいろいろあるのよ」

すぐにレディたちのおしゃべりがはじまった。

「池には、あのいやなガチョウたちがいるわ」

「厩はいつも掃除する必要があるし」

「牛もいたんじゃない？　どこかに？」

「ときには猪も出るわ」

笑い声とおしゃべりが部屋に溢れ、マックスは次々に出てくる話をさばくのに苦労した。しばらくすると、ようやく部屋は静かになった。

「人を食う雌馬についてですが」先代公爵の未亡人はそう言って、とりすました様子で両手をひざのところで組んだ。「あなたはわたしたちを手なずけたと考えてけっこうよ」

「シンシアはとてもピアノが上手だね」ローリーがパンドラの耳元でささやいた。

「そうね」パンドラは自慢げに答えた。シンシアのピアノ演奏を聞くのはいつも楽しかった。まるでシンシアの心と魂が指先から流れだしているようだ。

でもいまは、美しい曲なのに、パンドラはマックスのことで頭がいっぱいで集中できなかった。

マックスったら、おばあさまの隣に立って取りいろうとがんばってるじゃない。あのけだものは森のなかの鳥を夢中にさせることだってできるんだわ。かよわい老婦人は、あいつの意のままにされるしかないのね。だが、そんなふうに考えるのがどれほどばかげているかわかり、パンドラは笑いを嚙みころした。ロクスボロー公爵の未亡人をか弱い老婦人などと言う者は、ひとりとしていない。意のままにされるしかないのはマックスのほうかもしれなかった。

いったい客間でなにがあったのだろう？　ディナーのすぐあとでマックスが勝ちほこったように微笑んでみせたとき、パンドラはなにか投げつけてやりたくなった。それから彼は先代公爵の未亡人をエスコートして部屋から出ていき、パンドラの伯母たちと母親があとに続いた。パンドラははじめは少し心配だったが、ふたたび姿を見せたとき、マックスは生き生きしていて満足げにみえた。シンシアの独奏会がその数分後に始まったので、パンドラはマックスと話す機会がなかった。

けれどもパンドラはマックスがどうにかうまくやったのを喜んでもいた。エフィントン家の女たちは、おとなしくてかよわい花ではない。パンドラのなかに誇り高い気持ちがこみあげてきた。わたしはエフィントン家の女なのよ。もっとも頑固で、もっとも意志が強く、もっとも——。

パンドラははっとして身をこわばらせた。

ローリーはいぶかしげにパンドラに目を向け、彼女だけに聞こえる声で尋ねた。「いったいどうしたんだ?」

「人を食う雌馬よ」パンドラは小声で言った。「マックスは人を食う雌馬を手なずけたわ」

「どうしてわかる?」ローリーがささやいた。

パンドラはローリーを肘で突き、マックスと先代公爵の未亡人のほうへうなずいてみせた。マックスが身をかがめたところに未亡人が体を寄せ、耳元でなにか言っている。マックスはそれに答えて身を起こし、楽しげな笑みを浮かべていた。

「ずいぶん手なずけられたようだな」ローリーは考えこみながら小声で答えた。

「ええそうよ」パンドラは歯を食いしばった。マックスがもう一点取ったのはまちがいなかった。シンシアとパンドラの両親を味方につけただけでは足らず、いまやエフィントン家の女たちすべての支持を受けているらしい。

シンシアが演奏を終えると、みな盛んに拍手をした。エフィントン一族は、パンドラも含めて音楽の才能に恵まれていない。それでもときおり楽器を演奏したり、あろうことか歌ったりできると勘ちがいしている人たちもいて、一族の集まりでその努力の成果に礼儀正しく耐えるしかなかったことが一度ならずあった。

余興が終わるとまたおしゃべりが始まり、人々は少人数のグループに分かれた。パンドラはくだらないおしゃべりをする気にはなれなかった。

マックスはピアノのそばに立ってシンシアと話をしていた。マックスがなにか言い、シンシアが笑い声を上げた。パンドラはそこへ行こうとして、はっとした。マックスもシンシアも背が高く――ひとりは色白で、もうひとりは浅黒いが――互いを引きたてあっている。完璧に絵になっていた。パンドラは心が凍りつくのを感じた。

ローリーが話に加わると、マックスは部屋のなかを見まわしてパンドラを見つけた。彼が優しい目を向けてにっこりすると、パンドラはお返しに作り笑いを浮かべたが、ひどく落ちつかなかった。

「ミス・エフィントン？」右手でウィルトシャー卿の声がし、パンドラはありがたくそちらを向いた。その男と話すのは、ディナーの席と同じように頭を使わずにすんだ。パンドラは失礼にならない程度で切りあげてわびを言うと、温室へ通じるドアを抜けてテラスへ出た。

ここから逃げなければ。パンドラはテラスを横切り、庭園と迷路へ続く散歩道をたどっていった。

逃げだす？

パンドラ・エフィントンは、これまでどんなものからでも決して逃げたことはない。

こんなことを考えるなんて、ばかげているのはわかっている。シンシアはマックスにはなんの興味もない。マックスがパンドラと結婚するのを見たいというほかは。

パンドラは歩をゆるめた。もちろんシンシアはわたしがマックスを愛しているのを知らない。でも、本当にマックスと結婚する気がなければ、わたしが契約に同意したはずがないことはちゃんとわかっていると思う。それでも、わたしはマックスの妻になる気はないと言いつづけてきたじゃないの？　シンシアがとうとうわたしの言葉を信じたとしたら？

マックスはどうなのだろう？　はじめて言葉を交わしてからいままで、彼に好意を持っていると思わせるようなことはまったくなにもしていない。失敗するに決まっている試練をいくつも与えたし、ロンドンの社交界の噂になるようなゲームに巻きこんだし。あの人がさんざん殴られ、打ち身をこしらえたのはわたしのせいだ。たとえいまマックスがシンシアに関心を持ち、好意を寄せるようになったとしても、どうして責めることができる？

そう思うと、すぐにパンドラの足は止まった。

違う！　マックスがシンシアに、あるいはシンシアがマックスに好意を持っている証拠はなかった。パンドラは、本当はなんでもないことを根拠に、おかしな想像をしたのだ。心が乱れて苦しい思いをしていなかったら、そもそもばかげたことなど考えもしなかっただろう。

パンドラは回れ右をして館へ戻りはじめた。いつも自分を戦士だと思ってきたが、これまで本当になにかと戦ったことはなかった。

もし戦わねばならないのなら、相手が誰であれ、エフィントン家の一員としてやらなければならない。エフィントンは「敗北」という言葉の意味を知らない一族だ。もはやゲームに勝つだけでは十分ではなく、パンドラはマックスの愛も獲得しなければならなかった。

愛ねえ。パンドラはばかにしたように鼻を鳴らした。たしかにそれは、詩人たちが描くようなうっとりする感情ではなかった。これまでのところ愛は嫉妬、疑念、不安、苦痛しかもたらしていない。

愛は言われていることとはまったく違っている。それは恋に落ちた人によって伝えられてきた嘘にすぎない。彼らはこの疫病の本当の姿を知っていて、ほかの人たちも同じようにみじめになればいいと願ったに違いない。不幸なことに本当のことを知るときには、すでに望みはなくなっている。残念ながら、真実はこうだ。

愛は悪臭を放つ。

第十六章　風向きが変わる

「パンドラはきょうはいつもと違うようだね」マックスはそう言って自分の馬を落ちつかせ、シンシアのずっとおとなしい灰色の雌馬の隣につけた。「どうかしたのかな?」

「わからないわ」シンシアは考えこんだ。「いつもに似合わずもの静かよ。あんなに控えめなのをいままで見たことがないわ。パンドラはこの乗馬会が大好きで、いつもならとても生き生きしているのに」

マックスは、大勢の乗り手と馬のなかにパンドラを見つけて目をこらした。自信に溢れた様子で女性用の片鞍に足を揃えて座っている。マックスは、パンドラが馬にまたがりたいのではないかと思ったが、彼女は社交界のルールをよくわきまえていて、公の場でそれをおろそかにはしなかった。マックスは含み笑いをした。結婚したら、パンドラはこうしたルールをどれほど無視することだろう?

パンドラが目を向けてきたので、マックスは帽子に軽く触れてにっこりした。パンドラはちょっとした知り合いにでもするように、そっけなく微笑んだ。

ぼくがいったいなにをしたというんだろう？　マックスは昨夜の出来事を思いかえしてみた。

パンドラにとがめられるようなことはなにもしなかったはずだ。彼女のおばあさまを喜ばせようとしたことのほかは。でもそれはゲームの精神に反しないばかりか、ぼくたちの将来にとってなによりもためになるはずだ。あの未亡人のことはとても気に入ったし、あの人の精神がぼくたちの子供の血のなかに流れると思うと、うれしくなる。

それでもなにかがあったに違いない。パンドラを最後に見たのはミス・ウェザリーの演奏会のすぐあとだ。ぼくはミス・ウェザリーに話しかけ、ローリーも加わった、それから……。

「ミス・ウェザリー、パンドラはひょっとしたら、その、嫉妬してるんじゃないかな？」

シンシアは額にしわを寄せた。「嫉妬ってなにに？」

「ぼくとあなたにですよ」

シンシアは目を見ひらいた。「ばかばかしい。パンドラには理由がないわ……」シンシアは言葉を切った。「まあ、そんな」

「どうしました？」マックスはあまり真剣だと思われないようにした。

「あの、以前に言ったことがあるの。もしパンドラがあなたと結婚するつもりがないのなら」シンシアの顔がぱっと赤くなった。「わたしがするって」

マックスはにやついた。「それはうれしいな」

シンシアはため息をついた。「うれしがることはないわ。怒った勢いで思わず口にしただけで、そんなことをするつもりはまったくないんですから」

マックスは片方の眉を上げた。

「ごめんなさい。あなたを傷つけたのでなければいいけど」

「傷ついたのはぼくのプライドだけですよ」マックスは意地悪く言った。

「パンドラを安心させるために、わたしたちいったいなにをしたらいいのかしら?」

マックスはパンドラにまた注意を向けた。彼女は片鞍にきちんと座り、非の打ちどころのない令嬢に見えた。

「わたしたちのあいだになにかがあったとパンドラに思わせてはだめだわ」

非の打ちどころのないエフィントンの一員。

「そのことをちゃんとパンドラにわかってもらわないと」

非の打ちどころのないトレント伯爵夫人。

「トレント伯」シンシアはじれったそうに言った。「わたしの話を聞いてますか?」

「もちろんです」

「それじゃ、わたしたちはどうしたらいいのかしら?」

「どうするって、ミス・ウェザリー？」浮きたつような奇妙な思いが湧きあがり、マックスは満面の笑みを抑えられなかった。嫉妬のみなもとはただひとつなのだから。「もちろん、なにもしないんですよ」

「すばらしい朝だと思わないか？」マックスは馬を横に歩かせてパンドラのほうへ寄っていった。

「すてきだわ」パンドラは礼儀正しく微笑んだ。どうしたらいいのだろう。なにを言ったらいいのかわからないし、どう振るまったらいいのかもわからない。自分には男性を惹きつける力があると知ったときから、男性の前でぎこちない思いをしたことなどなかった。いままでは。

「こんなに大勢の人がいるとは思わなかったよ」マックスはあちこちに目をやり、何人くらいいるか見当をつけた。「百人くらいかな」

「それくらいはいるわね。エフィントン一族、招待客、それに近くの人たち」顔にはまだ完璧な微笑が浮かんでいたが、パンドラの態度はぎこちなかった。「かなり重要な行事なのよ」

「本当かい？」マックスの瞳がおもしろそうにきらめいた。なにがそんなにおもしろいのだろうか？　とパンドラは思った。わたしの気持ちなんか知らないはずなのに。けだものめ。「乗馬会のことを話してくれ」

「ロクスボローの乗馬会は、昔、公爵夫人がキツネ狩りは野蛮だと考えたときから始まったの。少なくともキツネにとってはそうよね。それで公爵夫人はエフィントンの土地ではもうキツネを狩ってはならないと命じたのよ」

「わかった。その公爵夫人は例のたぐいまれなるエフィントン一族の女性のひとりだから、誰も反対できなかったわけか」

「そうは思わないわ」たぐいまれなる？　わたしもその評価に含まれるのかしら？

「それに公爵夫人は、ほかのところで狩りに参加するのは禁止しなかったの。それでも、狩りをする人たちにとっていちばんおもしろいのは、本当はキツネを追いかけるところではなく、競争で狩場を駆けまわったり、生垣や塀を飛びこえたり、水しぶきを上げて小川を渡ったりするところじゃないかと思ったんでしょうね」

マックスは微笑んだ。「だが、かなりくせものだな。キツネのいないキツネ狩りなんて」

「そうね。それに方角も目的地もわからずに、あてもなく野原を駆けまわるのは、ちょっととまどうわ」話すにつれて、パンドラはおかしな緊張感がやわらぐのを感じた。

「それでコースが決められ、何年もかけて障害物が付けくわえられて点数の仕組みが整えられたの。そうやってロクスボローの狩りはロクスボローの乗馬会になったのよ」

パンドラは乗り手に指示している男にうなずいてみせた。「厩番頭が乗馬会を取り仕切るの。前もってコースの手配をし、この大勢の人たちを、たいていはそれぞれ二十人ほどの組に分けるのよ」

「ぼくたちは一緒の組になりたいものだな」マックスが言った。「手ごわいチームになると思うよ」

「まあ、そう思う?」マックスの言葉を聞いて、パンドラはうれしくてたまらなくなった。シンシアのことで心配する理由などまったくないんだわ。「たぶん手ごわすぎるんじゃないかしら」

「そのとおりかどうか、わかるのが待ち遠しいな」さりげない言いかただったが、言葉に隠されたマックスの気持ちを考えると、パンドラはうれしくて体が震えるほどだった。

厩番頭が乗り手たちに注目するよう告げたので、みなそちらを向いた。パンドラはマックスのほうへ身を傾け、小声で言った。「これまではシンシアをわたしのチームに入れるよう頼んでいたけれど、今年は厩番頭に話す機会がなかったの」ありもしないことをいろいろ想像するのに忙しかったからだ。パンドラは後悔の念に駆られた。「シンシアはピアノ演奏ほどには、乗馬に自信がないのよ。もしあなたのチームに入ったら、気をつけていてくれる?」

「喜んでそうするよ」マックスは礼儀正しく答えた。

パンドラはシンシアに目を向け、ローリーが馬に乗ってシンシアの隣にいるのに気づいていらだたしげにため息をついた。「あなたのお友だちはいつもシンシアのそばにいるわね」

「そのようだ」

「わたし、あの人を信用できないわ」

「ぼくもだ」マックスはシンシアのことを気づかっているのだろうか？　彼女の乗馬の腕を心配しているようにはみえなかったのに。ボルトンがシンシアに関心を寄せているから不安になっているのだろうか？

パンドラはその疑問を頭から追いはらった。わたしはまたも、なにもないところから結論を導きだそうとしているのかしら？　こんなばかげたことを二度と考えないようにしようと心に決め、厩番頭の話に注意を戻した。

シンシアが自分と同じ、五つある組の三つ目に入り、パンドラはほっとした。マックスとボルトンは四組目になった。

マックスはパンドラにがんばれと声をかけて自分の組のほうへ向かったが、馬を止めて肩ごしに彼女を見た。「ところで、ぼくがもう一点取ったのはわかっているね？」

「人を食う雌馬？」パンドラはしぶしぶ言った。

「決まってるじゃないか」マックスはにやりと笑うと、彼の組の集合場所へ馬を向けた。パンドラはうしろ姿を見つめながら、がっかりして大声で叫びたいのか、魅力的なほどの強引さに笑いだしたいのか、自分でもわからずにいた。

ほどなくパンドラは馬を進めてシンシアのそばへ来た。

「おはよう」シンシアはためらいがちに笑みを浮かべた。かわいそうに、もう不安になっているらしい。

「すばらしい日じゃない?」パンドラは楽しげに言い、マックスとおしゃべりしてから、ずっとすてきな気分になったことに気がついた。パンドラはにっこり笑うと、身を乗りだしてシンシアの手を軽くたたき、手綱をしっかりつかんだ。「気を楽にして。馬は乗り手が不安に思っているとわかるみたいよ」

「でもわたしは不安になんかなってないわ」

パンドラは片方の眉を上げた。

「まあ、ほんの少しはね」シンシアは眉をひそめ、鞍の上でもぞもぞした。「いつもここからすべり落ちる気がするの。地面までとても遠いんですもの」

シンシアが何度か本当にそうなったときのことがパンドラの頭に浮かんだ。「気を楽にして。逆らおうとしないで、馬の動きに合わせるのよ」

「やってみるわ」シンシアは不安そうだった。昨夜の自信に溢れたシンシアはどこへ行ったのだろう？

「でもあなたは以前の二回の乗馬大会をうまく切りぬけてきたから、今度もうまくやれるわ。すべてのコースに挑戦する必要はないのよ」

「どこもやらずにおくのがいちばんいいんだけど」シンシアはつぶやいた。

パンドラは笑った。少しでも不安のある乗り手は、特定の障害物を避けてもいいことになっていた。

最初の組がスタートの合図を受け、大騒ぎしながらいっせいに出ていった。安全のためにスタートがずらしてあり、新しい組が出ていく前にそれぞれの組はひとつのコースを終えて次のところへ移動するようになっていた。パンドラとシンシアは最初の組を眺めながら、乗り手のフォームや、誰がいちばんうまく障害物を切りぬけたかあれこれ意見を言いあった。わずか三十分かそこらで二人の番がきた。

パンドラは最後にシンシアに励ましの言葉をかけ、二人でスタートした。最初のコースはいつもいちばん簡単だった。もっとも低いジャンプでよく、障害物ももっともやさしいのでシンシアでさえなんの問題もなくできた。

朝は飛ぶように過ぎていった。ペガサスの子孫のように田園のなかを速足で駆け、生垣や塀や急ごしらえの柵《さく》を飛びこえる馬たちの姿は、もやのなかにかすんでいた。乗馬会の中頃までは大きな事故もなく、おもしろく進んだ。シンシアでさえリラックスして楽しんでいた。

ときおりパンドラは、うしろの組にいるマックスに目をやった。彼は乗馬も上手だった。このいまいましい男は本当に英雄の生まれ変わりね。マックスの勝利は近いかもしれない。次はどうまくこじつけて一点取ろうとするのかしら？　それをどうやって止めればいいのだろう？

勝った人は記念の品をもらえるだけなのに、いつものように組どうしの競争は意地悪したりはしないものの、激しかった。勝者には花とリボン、厩番や馬丁には昔からのしきたりでそれぞれ二ポンドが与えられる。最後に湖の岸で豪華なピクニックのごちそうを食べて、乗馬会はお開きになる。

五つ目のコースに近づき、シンシアは馬を止めた。「去年はここまでしか来られなかったわ。先へ進みたいけど」シンシアは自然の障害物と人の手になるものが複雑に配置されているのに目をとめた。「これはちょっとわたしの能力を超えているわ」

パンドラは、少しでも疑念を持っている人に続けるよう励ますのはよくないとわかっていた。勝つためには、馬や乗り手の技術だけでなく互いの信頼関係が大切になってくる。

「きっとあなただけじゃないわよ」二人の組の女性の半数と男性の数人がすでに負けを認め、まだ続けている人たちを見ながらコースの横で馬を進めていた。「この前より先へは進めなかったかもしれないけれど、あなたは今年はとても落ちついていたわ。もう少しのあいだわたしの一族のところにいれば、本当に乗馬がすごく上手になるのに」

シンシアは笑った。「この世では上達する時間はないでしょうね。あなたと取り引きしたいんだけど、パンドラ」

パンドラは片方の眉を上げた。「もうひとつ取り引きが必要かどうかわからないわ」

「わたしがピアノを弾いてあなたが拍手する。あなたが馬に乗って、わたしが応援するというのはどう」

パンドラは笑いだした。「いいわよ」

シンシアはほかの脱落者と一緒になり、パンドラは自分の組を追いかけた。

みなが最後のコースにたどりつくまでには、パンドラは今年の大会が以前より少しばかりむずかしいと認めないわけにはいかなくなった。乗馬の腕はたしかに前よりにぶっていた。ロンドンではおとなしい乗りかたしかできず、それでは腕を磨くことができない。それでもパンドラは自分が最後まで乗れると確信していた。すばやくジャンプし、狭いところをやすやすと回るとまた自信が湧いてきた。パンドラは遅いメンバーが終わるのを待っていた、組のほかの人たちに合流した。マックスとのゲームが始まってから、こんなに満ちたりた喜ばしい気持ちになったことはなかった。彼女は愛想よく微笑みながら、みなから賞賛の言葉を受けた。

湖は最後のコースのすぐ向こうにあった。うれしいことにテントが日陰を作り、食べ物の置かれたテーブルがいくつも並んでいた。パンドラはいつもと同じように、乗馬会に出るとひどくおなかがすくことがわかって驚いた。最後のコースを終えた人たちはすでに馬を厩番に渡し、これまで食べ物を見たことがないかのように昼下がりの宴《うたげ》に殺到していた。パンドラはその人たちの仲間に入るのが待ちきれなかった。

横手から叫び声が聞こえ、パンドラは鞍の上で身をひねった。

競争をやめた人たちが自分たちの馬をコントロールしようと奮闘していた。一匹のウサギが低木の茂みから飛びだし、馬たちを驚かせたらしい。暴れる馬たちと動揺する乗り手たちが入り乱れて大混乱になっていた。後ろ足で立つ馬がいるかと思えば、コースを横切って走りだす馬もいた。

パンドラは心臓が喉元までせり上がってきたような気がした。

シンシアだわ!

大混乱になっている乗り手と馬たちから、自分の馬をどうにか引きはなそうとしたが、逃れるのは無理だった。向きを変える余地はほとんどなく、まったく身動きがとれない。

「ほら! 誰かが追っていったぞ!」パンドラの左にいた紳士が叫んだ。

シンシアが青白い顔をして馬にしがみついているのと、別の組の二人の乗り手がそれを追いかけているのが見えた。ひとりがもうひとりのわずかに前にいる。

マックス？　それにボルトン？

二人はシンシアの葦毛《あしげ》の雌馬よりずっといい馬に乗っていたが、シンシアの馬は恐怖のためにものすごい速さで走った。そのおびえた馬はまっすぐに塀へ向かっていた。パンドラは恐ろしくて息をのみ、拳を握りしめた。馬は障害物をうまくよけたが、パンドラはシンシアがどうにかしがみついているのが信じられなかった。マックスはもう少しで追いつきそうなところまで迫り、ボルトンがわずかにうしろにいた。ほんの数秒のことだったが、パンドラには夢のなかの出来事のようにゆっくりにみえた。

マックスは手を伸ばし、外れて馬の首のうしろにぶらさがった手綱《たづな》をつかもうとしたが、その革紐はまるで生きているかのように彼の手から離れた。

「しっかり、マックス」パンドラは張りつめた声で言い、鞍の上で身を乗りだした。マックスにがんばってもらうよう祈るしかない。パンドラはこれほど自分をふがいなく思ったことはなかった。

マックスが手綱を探っていると、ローリーが追いついた。一頭の馬がつまずき、別の馬がよろけた。このままでは三頭がもつれあって倒れ、乗り手は投げだされてしまう。パンドラはかたずをのんだ。

次の瞬間マックスは手綱をつかみ、馬を止めた。人々に賞賛のつぶやきが広がった。

パンドラはほっとしてため息を漏らした。

マックスは鞍から下り、シンシアのところへ行って下りるのに手を貸した。パンドラのいるところからでも、シンシアは顔が真っ青で疲れきっているようにみえた。マックスはシンシアの腰に腕を回していたが、馬の手綱をボルトンに渡すと、湖のまわりに設置されたテントとテーブルのほうへ歩きだした。しばらくすると彼はシンシアを腕に抱えて運んだ。

「まあ」伯母のアビゲールが速足で駆けてきて、パンドラの右手に馬をつけた。「伯爵はたしかにすばらしい腕をお持ちね、馬の扱いについては」伯母は馬という言葉を強調した。

たしかにそうするしかないじゃないの。シンシアはいまにも倒れそうにみえるわ。

ジョージナ伯母が左側に来た。「本当にそうよ。とてもすばらしかったわ、伯爵がなんとか」伯母は一息入れ、次の言葉を強く言った。「あの馬を捕まえたところは」

それだからあの人はシンシアを腕に抱いたに決まっているじゃないの。

「パンドラ、わたしたちの話を聞いているの?」

「もちろんよ」パンドラは小声で言い、伯母たちに順に目を向けた。二人とも同じようにすました顔で微笑んでいた。パンドラは眉を寄せた。「なんて言ったの?」

「あの伯爵はまさに英雄ね」ジョージナがさらりと言った。

「本当にそうだわ」アビゲールがうなずいた。「伝説の英雄と言ってもいいくらい。ああ、あのかたを見ていて頭に思い浮かぶのは――ヘラクレスよ」

「わたしもだわ」ジョージナが目を大きく見ひらいた。「ことにあの馬を捕まえたところなんかね」

「馬を捕まえた?」パンドラはゆっくりと言った。伯母たちがそろって口元をほころばせているのに目をやったとき、すぐに二人がなにを言おうとしているか理解した。「絶対にだめよ」パンドラはきっぱりと首を振った。「馬と牛とじゃ大違いだもの、点数にはならないわ」

「ばかばかしい」ジョージナがうすら笑いを浮かべた。「もちろん点数になるわ」

「当たり前よ」アビゲールが満足げに言った。「それに公爵夫人もきっと同じ意見でしょうね」

「先代の公爵夫人もね」ジョージナが付けくわえた。

「でもわたしはそうは思わない」パンドラはぴしゃりと言った。

「それでも、これで七点目になるわ」ジョージナが言いかえした。

「よく考えもせず、トレントに将来を委《ゆだ》ねるのをためらうのはわたしだけなの?」パンドラは二人の伯母を順ににらみつけた。「あの人はうちの一族の女性たちみんなの支持を取りつけたってわけ?」

伯母たちは目配せしあった。「あなたのお母さまのほかはみんなね」

「あの人は中立でしょう」

パンドラは信じられなかった。ギリシャの盃が頭に浮かんだ。「そんなはずはないわ」

「いいえ」ジョージナが首を振った。「あの人は一ペニーだって賭けてません」

アビゲールがうなずいた。「まちがいなく中立だと思うわ」

「わたしはそうは思わないけど」パンドラは小声で言い、できるだけ早く母親と話をしようと心に決めた。

「さあ、いらっしゃい、パンドラ。わたしはおなかがぺこぺこだわ」アビゲールは馬を湖のほうへ向けた。

「わたしもよ。それにトレント伯がもう一点取ったとわかっているか確かめないと」ジョージナはうれしそうに目を輝かせ、馬を操って義理の姉に続いた。「気がついていないといけないから」

パンドラはマックスがシンシアを抱えているのをちらと見て、不愉快そうに目を細めた。「まあ、あの人はなんでもよく気がつくと思うけど」

パンドラは伯母たちのあとを追って湖へ向かいはじめたが、横目でずっとマックスの様子を見ていた。マックスはとても紳士的だった。まさにヒーローね。マックスがシンシアにあんなことをしているからといって、心配なんかしていないわ。まったくなんでもないんだから。

それでも、マックスが七点目を取ったとわかっても、シンシアが彼の腕に抱かれているのを見るほど心がかき乱されないのはどうしてだろう。


「おい、マックス、その人を降ろせよ。それともぼくが代わってやろうか」ローリーのいらだった声がうしろから聞こえた。「きみがいまいましい馬たちを引きうけてくれたら、ぼくがミス・ウェザリーを運ぶよ」

「そう言ってくれるのはありがたいがね」マックスは大股で歩きつづけた。「でもぼくはだいじょうぶだよ、ありがとう」

「ちゃんと歩けますから」シンシアが怒ったように言った。

「申しわけないがミス・ウェザリー、もしあなたを歩かせたらぼくはきちんと義務を果たしていないことになる。あの恐ろしい出来事のあと、あなたは立つこともできなかったじゃないですか」

「そうかもしれないけれど、いまはずっとよくなりました」シンシアはマックスをにらんだ。「わたしを降ろそうとしないのは本当はどうしてなのか、わかっているわ」

マックスは口をつぐみ、シンシアの非難が正しいともまちがっているとも言わなかった。

「ぼくがミス・ウェザリーを運んでもまったくかまわないよ」ローリーが呼びかけた。

「向こうにパンドラがいるのが見える？　わたしたちをじっと見ているわ」シンシアはうめいた。「あの人がどう思っているかわかるでしょう？」

「いや、ミス・ウェザリー、あなたがなにを言おうとしているのかぼくにはわからないが」

「いや、トレント伯」シンシアはマックスの言葉をまねして言った。「あなたの言うことはまったく信じられないわ」

マックスはにやついた。

「正直言って、わたしにはわからない」シンシアは額にしわを寄せた。「なぜパンドラにやきもちをやかせたいの？」

「とくにそうしたいわけじゃない。ただそれをうまく利用しようとしているだけだ。ちょっと考えてごらん、ミス・ウェザリー、なぜやきもちをやくと思う？」

「こんなところを見れば、誰でも嫉妬すると思うわ」シンシアはぴしゃりと言いかえした。「親友が気になる男性の腕に抱かれているんですもの……」シンシアはわかったというように目を見ひらいた。「ああ、わかったわ。それじゃやきもちをやくのはいいしるしなのね」

「とてもいいしるしだ」

「おい」ローリーはいらだっているらしく、大きな声で呼びかけた。「ミス・ウェザリーを運ぶのはいやじゃないんだが」

シンシアは密かに笑みを浮かべた。「ボルトン卿の言いかたには、ちょっとやきもちが入っているのかしら?」

やはりそういうことか、とマックスは悟った。そんなことだろうとは思っていた。

「ちょっとどころじゃないと思うよ」

シンシアはますます顔をほころばせた。「なんてすてきなしるしかしら」

マックスは笑って湖のほうへ歩きつづけた。はじめはそれほど遠いと思わなかったが、ひどく重いわけではないにしても、ミス・ウェザリーが負担になってきたのを認めないわけにはいかなかった。ローリーに渡してもよかったのだが、そんなことをしても誰のためにもならないのはわかっていた。いや、パンドラの嫉妬心をかきたてるこのチャンスをふいにするくらいなら、体のどこかが痛くなるくらいなんでもない。

なにもかもまちがっているかもしれない。マックスはふとそう思った。パンドラがあんな反応をしたのは、気があるからではなく、いつも自分が関心の的になっていなければ気がすまないからなのではないか。

パンドラの本心を知るには、いったいどれほどの時間がかかることだろう?

第十七章　卑怯な手を使って

「あの人たちをずいぶんうまく手なずけたようね？」パンドラはそう言って、エフィントン家の女性たちのほうへうなずいてみせた。

乗馬会が終わってもまだ残っている人たちのほとんどは、クロスがかけられた長いテーブルに広げられた、よだれの出そうなごちそうをつまんでいた。大会のことを思い出して楽しげに話し合っている人もいる。またパンドラとマックスも含めてかなりの人たちが、湖を一周する小道を散歩していた。

「正直言うと、たいして苦労はしなかったよ」マックスは含み笑いをした。

「それほど疲れていないのを知って、うれしいわ」パンドラは意地悪く言った。

マックスは笑った。「まったく疲れてないさ。でも客間へ歩いていって、きみの伯母さまや母上があとからついてきたのを知ったときは、ぼくの運命は決まったかと思ったよ」

「たぶんあの人たちは、わたしが運命の人に会って心を決めるのを大喜びで手助けするでしょうよ」パンドラはそうつぶやいて、ピクニックのテーブルのあるあたりに目をやった。母親と伯母たちはそろってそこにいて、パンドラのほうをこっそりうかがっていた。会話の話題のほとんどは、パンドラとマックスのことに違いない。

「二人の伯母さまがわたしの組にいて、公爵夫人とお母さまがあなたの組だったのは、ただの偶然じゃないとわかっていてもよさそうなものだったのに。わたしたち二人を見張り、あなたの取るにたりない行動を無理やり点数にするのに、それ以上いい方法があるかしら？」

マックスはにやつかないようにしようとしたが、だめだった。

「そんなことだろうと思ったわ」パンドラはこわい顔をした。「伯母さまたちはあなたを認めたばかりか、積極的に力を貸しているのね。あなたは牛の代わりに馬を捕まえたのよ」パンドラはばかにした。「伯母さまたちはあなたのために、森から猪も駆りだすつもりかしら？」

「そう願うしかないね」マックスはいたずらっぽく目を輝かせてつぶやいた。

「ねえ、ゲームに関係のない人からそんなにいろいろと助けてもらうのは、フェアじゃないわ」

「そんなことはない。なんでもありだよ。言っておくが、ぼくは与えられたどんな有利な立場も利用するつもりだ。もしきみの一族からの援助なら、断わるのは失礼だろう」

「きっと許してくれると思うわ」

「そうかもしれないが、賭けてみるつもりはないね。だが」マックスはためらった。「フェアにするために、次のことを認めよう。きみも、どんなときでも援助を受けていいことにする」

「それはご親切に」

マックスは余裕たっぷりだった。パンドラの一族の女性陣をすべて味方にしたのだから。マックスの紋章とトレント伯爵夫人という称号を受け入れ、あとの面倒を避けたほうがましかもしれない。

パンドラはため息をついた。「なんにせよ、あなたはあの人たちを気に入ったみたいね」

「そうじゃないわけがないじゃないか。でも大切なのはあのかたたちがぼくを気に入ったかどうかだ」

「それはもう確かめたじゃない」

「みなさんそろってとても魅力的で、それにかなり頭がいい。見ているときみのことが思い浮かぶよ」

「そうなの?」

「みなさん、ぼくがきみと結婚するのに反対じゃないのを別にすればね」マックスは鋭く言った。

「伯母さまたちは、わたしのようにあなたを知っているわけじゃないから」パンドラはとりすまして答えた。

「もっと知ってもらえば、印象がよくなると思うよ。ぼくのことがわかればわかるほど、ますますぼくを愛するようになるのさ」

「愛する？」パンドラは声を上げて笑おうとしたが、喉をしめつけられたようなおかしな音が出ただけだった。「愛はわたしたちの契約に入っていなかったと思うけど」

「そうかな？」

「わたしは本当に、愛のことなんてあまり考えていなかったわ」パンドラは嘘をついた。なんて奇妙なのだろう。ボルトンには愛がなければ結婚しないと進んで認めたのに、マックスの前では愛という言葉をほとんど口にすることができないなんて。

一羽のガチョウが二人の前をよたよたと横切った。

「考えるべきじゃないかな？」

「なんのために？」

マックスは額にしわを寄せて深く考えこんでいるようだったが、ようやく長いため息をついた。「ぼくにはわからない」

パンドラの心は沈んだ。でも、いったいなにを期待していたのだろう？　マックスからの燃えるような愛の告白？　永遠にきみに身を捧げると言ってもらうこと？　マックスに課した難業を思うと、きらわれても文句は言えなかった。それでもマックスはかなり熱心にゲームを続けている。理由はどうあれ、まだ彼女と結婚するつもりらしい。

もちろんマックスがただ勝ちたいと思っているだけで、褒美はどうでもいいと思っているなら話は別だが。

「ぼくたちがはじめて会ったとき、きみは夫などいらないと言ったね。どうしてそんなにかたくなに結婚をいやがるんだ？」

「結婚が悪いというわけじゃないのよ、進んで結婚したいのなら、そして……たがいに親愛の情があればね」

「ぼくが勝つと、そういうことになるわけだろう？」

「い、いいもしもあなたが勝てばね」

「ぼくが勝つとだろう」

「わたしは契約の条件には同意してるわ」

「それは進んで結婚するということに関してだ。親愛の情についてはどうなのかな？」

親愛の情？　パグ犬を見つめる年配の婦人たちの顔に浮かんでいるようなもののことを言っているの？　それとも話題がまた愛情に戻ったのかしら？　永遠に続く不滅の愛について話しているのだろうか？

一瞬パンドラは自分の気持ちを告白してしまいたくなった——警戒心を捨て、こわいほどの喜びのなかへためらわず身を投げだしたいと。パンドラには、その無上の幸福感こそ愛だと思われた。マックスはそういう言葉を期待しているのかしら？　どうして？　彼もこの悲惨な病にかかっているから？　それともわたしの手を握る努力を続ける一方で、わたしの心もつかみたいというだけ？　パンドラは不安になり、プライドが傷つくのを恐れてなにも言えなかった。

「ねえ、マックス、あなたは人を食う雌馬を手なずけたでしょ」パンドラは陽気な声で言った。「女なら、あなたを好きにならないはずがないわ」

マックスは、その言葉の裏に隠された思いを読みとろうとするかのように、長いあいだパンドラを見つめていた。彼が視線を外すと、二人は気づまりな様子でおしだまったまま歩きつづけた。

「ミス・ウェザリーは結婚についてきみと同じように考えているのかな？」

シンシアですって？　なぜこの人は、結婚に対するシンシアの気持ちなんかに関心があるの？

「シンシアはわたしよりもっと結婚に興味を持っているわ」

「わかった」マックスはつぶやいた。

いったいなにがわかったというのだろう？　別にマックスに尋ねられて、いらついたわけじゃない。だって、いらいらしたら嫉妬していることになるもの。そんなの絶対に認めないわ。

さらに三羽のカモが、よたよたと道を横切った。

パンドラは母親のほうに目をやった。グレースはまだアビゲールとしゃべっていたが、公爵夫人とジョージナは、すでにいなくなっていた。マックスとパンドラのこと以外の話題を見つけてくれたのだろう。

「結婚に興味がない、もしくはぼくとの結婚に興味がないとすれば」マックスは口元に意地の悪い笑みを浮かべた。「万が一ぼくが負けたら、いや、負けるつもりはないが――」

「あなたは負けるわ」

「いや、負けはしないが、きみは残りの人生をどう過ごすことになると思う?」

「わたしの人生?」パンドラはそんなことを聞かれて驚いた。いつも愛のない結婚はしたくないと思ってきたが、もし本当に結婚できなかったらどうするか、とくに考えたことはなかった。

もう毎年毎年、のんきに社交シーズンを過ごすわけにはいかないのはよくわかっていた。どんなパーティに行っても、パンドラはすでにもっとも歳のいった未婚女性のひとりになっている。もう一年か二年したら、いくら自立心があってもそれは魅力ではなくなるだろう。美しく、生き生きしているところが気に入ってパンドラと結婚したがっていた紳士たちも、彼女の財産にしか魅力を感じなくなるはずだ。そうなれば愛情を得る見こみはすっかりなくなってしまう。

老けたじゃじゃ馬ほど哀れなものがあるだろうか?

ほかの見こみはほとんどなかった。家庭教師になどなれるはずがない。たとえなりたいと思ったとしても、とくに技術を持っているわけではなかった。売春婦や高級娼婦などのいかがわしい仕事ならもう少し魅力的だが、そうした方面によく通じていることもない。そういう立場の女性に必要な才能は、もっと若いうちに伸ばしておかねばならないだろう。

両親の研究については一緒にやれるほどよく知っていて、自分がすぐれているのはまちがいないと思っていたが、それでもとくにその仕事がやりたいわけではなかった。

わたしはいったいなにを望んでいるの?

パンドラはヒーローを望んでいた。マックスがほしかった。でも自分の条件に合うかたちでなければいやだった。愛してくれない夫を持つよりは、孤独でみじめなお婆さんになったほうがましだ。独立心と冒険心がありすぎて結婚できなければ、悲惨な運命が待っていると若い娘に教えるたとえにされたほうがいい。

「パンドラ?」

パンドラはマックスと目が合い、しかたなく微笑んだ。「わからないわ」

「心配する必要はないさ」マックスはパンドラに笑いかけた。「ぼくが勝てば――」

パンドラは笑った。沈んだ気分はそよ風と共に消えた。「もしあなたが勝てばでしょ」

「乗馬会は楽しかったかしら、トレント伯？」

パンドラとマックスは振り向いて公爵夫人とジョージナにあいさつした。

「ええとても楽しませていただきました」マックスはうなずいた。「ぼくの組が勝てなかったのが残念ですが」

「まあ、でもあなたがミス・ウェザリーを助けたのは、いちばん印象に残ったわ」と公爵夫人が答えた。「それにまた来年がありますからね」

「来年？」パンドラは片方の眉を上げた。

ジョージナは相手にしなかった。「ご一緒してもいいかしら？」

「もちろんです」マックスは答えた。

「とてもすばらしい日ね。湖のそばをぶらぶら歩くのはとても楽しいわ。でも残念ながら」公爵夫人は湖のほうへ手を振った。「あんなのがいては台無しね」

「誰のこと？」パンドラは額にしわを寄せた。

「ほら、あのガチョウよ、もちろん」公爵夫人は答えた。

「今年はひどくたくさんいるみたいね」パンドラはいままで、どれくらいいるか注意して見たことはなかった。ガチョウたちは湖のかなりの部分を覆っていて、うるさく鳴く声が絶えず聞こえていた。ほかのことで頭がいっぱいだったから、気にならなかったに違いない。

ジョージナは胸の前で腕を組んだ。「誰かがガチョウをどうにかしないと」

公爵夫人がうなずいた。「ガチョウたちは馬をこわがらせ、犬たちを脅かしているわ」

パンドラは、乗馬会に出た馬たちがのどかに草を食んでいるあたりに目をやった。

「馬はとくにこわがっているようにはみえないけど。犬は見あたらないわね」

「それでも」と公爵夫人きっぱり言った。「ガチョウは危険だわ」

「本当にそうよ」ジョージナは頭を振って熱心にうなずいた。「たしかにスティム……ステム……」

「ステュムパリデスよ」公爵夫人が代わって言った。

「ステュムパリデス?」パンドラは笑い声を上げた。どういうことかすぐにわかった。

「まあ、そんなこと思いもしなかった――」

「ステュムパリデス。あのガチョウたちはまさにそうよ」ジョージナは次の言葉を強調した。「誰かがどうにかしなければ」

「そのとおりだわ。誰かがやらないと」公爵夫人はきびしい目でマックスを見つめた。

「そうは思わない?」

「いいえ」パンドラはぴしゃりと答えた。

「ぼくは思うよ」マックスはゆっくりと言い、なるほどそうか、という顔で口元をほころばせた。「その誰かはどうしたらいいか、なにか考えがおありですか?」

パンドラの伯母たちは困ったように互いに目配せした。

公爵夫人は肩をすくめた。「ガチョウを追いたてたらどうかしら」

「叫び声を上げて腕を振りまわすとか?」ジョージナが付けくわえた。

「とにかく、そんなことをしちゃだめよ――」パンドラはぎくりとした。

「土手から追いはらうだけでいいと思いますか?」マックスは考えこみながら言った。

「それともその誰かは実際、湖に入らないといけないんでしょうか?」

「そんなことをしなくてもいいと思うけど」ジョージナが答えた。

「そのとおりよ」公爵夫人もうなずいた。

「ああ、でもそれが本当にステュムパリデスの鳥なら……」パンドラはいらだたしげに言った。自分がどんなに文句を言っても無駄なのはわかっていた。でもマックスがそんなばかげたことをして一点取ろうとしているなら、ぜひ成功してもらいたかった。「誰かさんが鳥を追いはらおうとするなら、濡れないわけにはいかないでしょうね」

「よくわかったよ」マックスは楽しげにパンドラの目を見つめた。やっぱりけだものだわ、とパンドラは思った。マックスは上着を脱いでパンドラに渡そうとしたが、考えなおしたらしい。「レディ・ウィリアム?」

ジョージナはマックスの服を受けとった。「喜んで持っていますわ」

パンドラは胸のところで腕を組み、マックスをにらみつけた。

マックスはパンドラのほうへさらに身をかがめると、耳元でそっと言った。「これで八点目がもらえるな」

「溺れなければね」

「そうなるかもしれないよ」マックスは芝居がかったため息をついた。

「まあ!」パンドラはばかにして笑った。「とても浅い湖なのよ。溺れるには逆立ちしないとだめだわ」

「ステュムパリデスの鳥たちとの戦いに向かう前に、幸運を祈ってくれないのか?」

「あれはガチョウよ」パンドラは軽蔑したように言った。「鳥たちこそ、幸運を祈ってやらないと」

「ガチョウは手ごわいかもしれないぞ」

「それじゃ、あなたと共通点があるわけね!」

「たとえぼくが戻らなくても」マックスはパンドラの手をつかんで唇に持っていった。

「きみの顔はぼくの記憶に残る。きみの声は天国への道連れになってくれるが、それを聞くと天使でさえ顔色を失うだろう。そしてきみの名はぼくの唇から発せられる最後の言葉になるはずだ」

「やめてちょうだい！」パンドラは手を引っこめて笑いを噛みころした。いまいましい人。頭にきているのに、笑いたくなってしまうのはなぜ？　マックスの妻におさまることになるなら、少なくともおもしろいことが待っているとは思うわ。

マックスはにやりと笑ってパンドラの伯母たちのほうを向き、おおげさにおじぎをした。「レディのみなさま」

伯母たちは、パンドラと同じようにいまにも噴きだしそうになっていた。

マックスは小道を数メートル歩き、ガチョウたちが土手や水のなかに群れあつまっているところへやってきた。パンドラに笑ってみせると、肩をいからせて両腕を上げ、わけのわからないことを叫びながら鳥たちのほうへ走っていった。

マックスは腕をばたばたさせ、ひらりと身をかわした。すぐに飛びたつ鳥もいれば、マックスの動きに驚いている鳥もいた。彼はなおも叫び、腕をばたつかせながら湖のなかへ入っていった。

「ガチョウたちは、トレント伯を羽のない大きな仲間だと思っているわけじゃないでしょうね」ジョージナがつぶやいた。

「まったくばかみたいにみえるわ」パンドラは怒った。

「本当に」公爵夫人が思いにふけりながら答えた。「あのかたは恋する男にみえるわ」

「まさか」パンドラは言った。「勝とうと決心しているだけよ。愛情はなんの関係もないわ」

公爵夫人はおもしろがっているように、横目でパンドラを見た。「恋する男も愚か者も、やることにほとんど違いはないのよ」

マックスは腰までの深さの水のなかでしぶきを上げ、休みなく叫びながら激しい動作を繰りかえした。

数分すると、ほとんどのガチョウが湖からいなくなった。たぶんどこかで、自分たちの縄張りに侵入してきたばかげた生き物のことを笑いあっているのだろう。まわりにいた人たちはみな土手に集まってその光景を見つめていたが、つりこまれて笑い声を上げた。

マックスはパンドラのほうを向き、両腕を広げて尋ねるようなしぐさをしながら叫んだ。「これでいいかな?」

公爵夫人は手を上げて拍手した。ジョージナも加わり、すぐにパンドラ以外の全員が喝采した。マックスは芝居がかった大げさな身ぶりでおじぎした。

「ガチョウは戻ってくるわ。たぶんマックスが去ったとたんにね」パンドラの声はきびしかった。

「わたしは、ガチョウを追いはらうだけでいいと思うけど」公爵夫人が明るく言った。

「ずっと寄せつけないという約束はしなかったでしょう。ねえ？」

パンドラは首を振り、あきらめたように答えた。「そうよ」

「それじゃ、いいわね」公爵夫人はジョージナにうなずき、一緒にマックスのところへ歩きだした。彼は、笑いながら祝福する人の群れのなかへ入っていくところだった。

「わたしはとてもあのかたが気に入ったわ」ジョージナの声は、歩くにつれて消えていった。「あなたもそう思う？」

パンドラは答えることができなかった。マックスのことはもちろん気に入っていた。気に入るどころではない。問題はマックスも同じかどうかだった。

「水に濡れていても、あのかたはとても魅力的だわ」パンドラのうしろから声がした。パンドラは振りむいた。「ジリアン」彼女は大好きないとこを抱きしめた。「いつ着いたの？」

「昨夜遅くにね。今朝は乗馬会に参加したわ」ジリアンは満足そうな笑みを浮かべてマックスを見た。「あなたが気づかなかったとしても、驚きはしないけど」

パンドラはジリアンの視線をたどった。「かなり忙しかったから」

「そうでしょうね」レディ・ジリアンは公爵の娘で、パンドラより五つ年上だった。金髪で碧眼《へきがん》の典型的なイングランド美人で、いまは未亡人になっている。彼女の主催するパーティには、知識人、政治家、芸術家、作家がよく集まるとして、ロンドンの有力者たちのあいだで有名だった。

「あなたはなにもかも知っていると思うけど？」

「ええ、ロンドンの社交界の人はみな、あなたとトレント伯の契約について知っているわ。今シーズンのいちばんの話題ですもの。ホワイトなんかの賭け金帳には、どちらの側にも多額の賭け金がびっしり書きこまれているんでしょうね」

「きっと、うちの一族の人たちのも載っているんでしょうよ」パンドラの言いかたはそっけなかった。「ほとんどマックスに賭けてるんだわ」

「マックス？」ジリアンは片方の眉を上げた。

「あの人の名前なのよ」パンドラには、あまりにもなれなれしい呼びかたをしたのを恥じるたしなみは十分あった。

「もちろんそうでしょう」ジリアンはマックスに目を戻した。彼は、まだ拍手している人たちに取りかこまれていた。「伯爵はどこまで進んでいるの？」

「八点目を取ったところよ」

「まだそれだけ？　あと四点残っているの？」

パンドラはうなずいた。

「あのかたを愛しているの？」

パンドラは話してしまおうかと思ったが、ジリアンにさえ言いだせなかった。ジリアンならわかってくれるだろう。彼女も愛のために結婚したのだから。それでも……パンドラは肩をすくめた。「愛ってやっかいなものよね」

ジリアンは笑った。「だんだんそんなことなくなるわよ。それで伯爵のほうはどうなの？」

誰かがマックスにワインのグラスを渡し、毛布で両肩を包んだ。パンドラは長いあいだ背の高い彼の姿を見つめ、例の熱い思いが体のなかに湧いてくるのを感じた。「それがわかればいいんだけど」

「さっきのことでわかるんじゃないの？　伯爵はみんなの前でばかげたことをやったのよ」

「あの人はひどく競争心が強いの。勝ちたいと思ってるだけでしょ」

「伯爵が勝ちとりたいのはあなたなのよ」

「それはわかってる」パンドラはそっけなく言った。「わからないのはその理由よ。わたしは勝利のご褒美なの？　それともあの人は本当にわたしが好きなのかしら？」

「尋ねてごらんなさいよ」ジリアンはさりげなく言った。

「やってみたわ」

「そうなの？」

「ええ、ちゃんと〝わたしを愛してる？〟って聞いたわけじゃないけど。自分の気持ちを伝えるチャンスを十分あげたわ。それがどんなものであったとしてもね」

「パンドラ」ジリアンは訳知り顔で言った。「男の人たちというのは、馬や上等のブランデーを選ぶのは得意だわ。でも恋愛となると、自分の気持ちがわかっていることなんてめったにないものよ」ジリアンはパンドラの腕に片手を置いた。「トレント伯に尋ねてごらんなさい。正直に答えてくださるわよ。男女のあいだで正直さというのは信頼と同じくらい重要だわ。愛情も大切だけどね」

「無理よ」パンドラはきっぱりと首を振った。

「答えを知るのがこわいから？」

そうだろうか？　パンドラは胃のあたりがおかしくなった。「そうかもしれない。それにあの人がその気にならないのに無理に白状させたくないの。自分の気持ちを話してほしいだけよ」

「かわいそうなトレント伯。エフィントン一族の頑固さは、いつも侮りがたいからね」

パンドラは片方の眉を上げた。「あなただって人のことは言えないでしょ」

ジリアンは笑った。「それはそうね」

パンドラはまたマックスに目を戻した。「それじゃどうすればいいのかしら？　マックスの気持ちを知るにはなにをしたらいいの？」

ジリアンは眉を寄せ、しばらく黙っていた。「いつも思うんだけれど、男女のあいだは猟犬とキツネの関係によく似ているわね」

パンドラはうめくように言った。「わたしもそう聞いてるわ」

「すばらしい猟犬はキツネが疲れて倒れるまで追いかけるものよ。だめな猟犬は狩りに集中していないから、獲物に興味を失うわ。だけど本当にキツネを捕まえようとする犬は、どんなことがあってもやめはしない。どこまでも、いつまでも追いつづけるでしょう」ジリアンは考えにふけりながらマックスを見つめた。「あのかたはかなり優秀な猟犬のようね」

パンドラはジリアンの視線をたどり、マックスがびしょ濡れのまま笑い声を上げているのを見つけた。「今日みたいに、マックスがゲームに勝つ可能性はとても高いけど、わたしを愛していないのなら、結婚するつもりはないわ」

ジリアンはパンドラに目を向けた。「どうしてなの？」

「わからない。でもいまわたしはキツネで、猟犬の追いかけるスピードは増してる。犬から逃げるだけじゃなく……」マックスがパンドラのほうを向いてにっこりし、グラスを上げた。

「犬の気持ちが本当に狩りに集中しているのか、見きわめる方法を探さないといけないわ」

第十八章　芝居の幕間《まくあい》

「ここでなにをしてるの？」パンドラは両手を腰に当ててにらみつけた。

マックスはのんきそうに馬小屋の仕切りにもたれていた。

「きみを待ってたのさ。でも驚いたな」マックスは、いらだたしいと同時にわくわくさせるあのおなじみのそぶりで、パンドラをしげしげと見た。「きみはまた男のかっこうをしてるね。三日のうちに二度というのはかなり驚きだな。〝一度もしたことがない〟と言ってたくせに」

「あなたには感謝してるわよ。この服を用意したのはあなた。着るよう勧めたのも、返してくれと言わなかったのもあなたでしょう」

「どうしてぼくはそんなに軽率だったんだろう？　きみを破滅と堕落に導くなんて。償う方法はあるのか？　もちろんあるに決まっている」マックスの目は悪戯《いたずら》っぽく輝いた。彼はパンドラのほうへやってきて手を伸ばした。「ぼくの服を返してくれ。さあ。いますぐ。文句なんて言うなよ。黙って言うとおりにすればいいんだ」

パンドラはマックスの手を払いのけ、噴きださないようにした。「エフィントン家の女性陣はみんなあなたを気に入ったようだけど、あなたが本もののけだものだって知ってるのかしら?」

マックスは額にしわを寄せた。「ちょっと待ってくれよ。ああ、そうだな、きっと知ってると思う。改心した放蕩者は最高の夫になると言われたからね。ぼくもそろそろ年貢の納めどきだと思われているんじゃないかな」

「おばあさまたちは、自分たちでその役目を果たすつもりはないでしょうけど」

「その栄誉はきみに与えるつもりだろう」

「なんて思いやりがあるのかしら! お礼を言うの忘れないようにしないと。あなたは、わたしが今朝ここへ来るとどうしてわかったの?」英雄や、身を焦がすような抱擁や、ときにはガチョウまで出てくる落ちつかない夢ばかり見て長い不安な夜を過ごすまで、パンドラだって厩へ来ることになるとは思わなかった。穏やかに眠るのをあきらめ、馬の背で夜明けを迎えたほうがましだと決めたからここへ来たのに。

「ほかにどこにいるって言うんだ? 昨日は社交界の決まりごとに従わされ、乗馬会のあいだずっと片鞍でがまんしただろう――」

「最初の乗馬会のときから片鞍を使っていたわ」パンドラは言ってやった。

「気の毒に。ご婦人たちがなぜあんなものに座っていられるのかわからないよ。ひどく乗りごこちが悪いだろう」

「かなりね。でも慣れなければだめなのよ」

「それでもきみみたいな乗馬の上手な人は、そんな制約があってがっかりしたに決まってるさ。とくに昨日の競技会は腕前を見せるチャンスだったのに」

マックスの予想は当たっていた。パンドラは落ちつかない気がしたが、ちょっとうれしくもあった。

「ええ、今朝は馬に乗りにここへ来たのよ」パンドラは背筋を伸ばすと、次々に仕切りに目をやりながら通路を歩きはじめた。「マックス」パンドラはなおも仕切りを見てまわった。「どうしてここには馬が一頭もいないのかしら？」

「どうしてって？」マックスは無邪気に答えた。

「マックス」パンドラはいぶかしげに言った。「厩番たちはどこへ行ったの？　朝早いのはわかっているけど、先日でもここに何人かいたわ。あの人たちはどこにいるのかしら、マックス？」

「馬と一緒にいるんだろうね。それとも台所かな。村へ行っているのかもしれない。それとも——」

「マックス」パンドラは歯を食いしばった。マックスの話はまったく気に入らなかった。「あの人たちをどうしたの？」

マックスの黒い眉がつり上がった。「まるでぼくが連中の喉をかき切り、死体を切りきざんで捨てたような言いかただな――」

「厩番たちはどこ？　それに馬も？　朝早いうちに馬に乗りたいのよ。わんぱく小僧みたいなかっこうをしてるのを誰にも見つからずにすむでしょう」

「これから数時間のあいだ、厩番たちにほかのところへ行っていてもらうのがいちばんいいと思ったんだ。連中は誰かが起きだす前には戻ってくるだろうさ」

「質問の意味をわかっていないのかしら？」パンドラはマックスにしっかり目をすえた。「わたしが尋ねたのはどこにいるかじゃなくて、なぜいなくなったかよ……そうでしょ？　さあ、質問に答えてちょうだい。どんな質問にもよ」

「わかった」マックスは馬小屋の仕切りのなかへぶらぶら歩いていき、肩越しに呼びかけた。「馬たちは東側の牧草地のどこかにいるよ。厩番たちはいまのところ散り散りになっているが、昼前には戻ってくるだろう」

「なぜなの？」パンドラは、どうにか金切り声にならないようにした。

「連中がいないほうがやりやすいと思ったのさ」マックスは仕切りから出ると、それぞれの手にピッチフォークを持って引きかえしてきた。

パンドラはすぐにわかった。「まあ、だめよ、マックス」彼女は後ずさりし、両手を突きだしてマックスをかわそうとした。「そんなこと、絶対にやらないわ」

マックスはパンドラのほうへ行き、ピッチフォークを差しだした。「選択の余地はないよ」

「あるに決まってるでしょう」パンドラは両手を後ろに隠してもう一歩マックスから離れた。「それを受けとるなんて一瞬でも考えないで。あなたを手伝うなんて全然言わなかったわ」

「そのとおりだ。でもぼくが試練に取りくむときには付きあうと言ったね」

「わかったわよ。喜んでここに立って見ているわ」

「だめだ」マックスは悔しがるふりをして首を振った。「そんなことは絶対させない」

「なんの問題もないと思うけど」パンドラはぴしゃりと言いかえした。

「きみの父上なら、もう先例があるとおっしゃるだろうな」

「先例？」パンドラは疑わしげにマックスをにらみつけた。「どういうこと？」

「ほら、〈獅子と蛇〉でぼくを助けたじゃないか」

「それは話が別だわ」

「きみのおばあさまなら、そうはおっしゃらないだろうね。ぼくを助けるのがいやだというのは、ゲームの精神に反すると思われるんじゃないかな――」

「ゲームの精神？」パンドラは吐きだすように言った。

「実際にゲームの条件に違反したわけじゃなくても、おばあさまはきみを失格にし、ぼく、この勝ちを宣言するだろう。それに伯母さまたちは驚くべきすばやさで許可証を取って、今週のうちにぼくたちを結婚させようとすると思うよ」

「そんなこと絶対にしないわよ」パンドラはきっぱりと言った。

「確かめてみたいかい？」

マックスがシンシアを助けたところや、ガチョウに腕を振りまわしている光景が頭に浮かんだ。「こんなの全然フェアじゃないわ」パンドラはマックスの手からピッチフォークをひったくった。「あなたがわたしの一族をたぶらかしてうまく取りいっていなかったら、ただじゃすまないわよ」

「そのとおり。でもいったん人を食う雌馬を手なずければ、ほかはすべてうまくいくように思えるな」マックスはあたりに目をやった。「アウゲイアスの家畜小屋の掃除も含めてね」

「やるつもりなら、さっさと始めましょうよ」パンドラは数歩進んで立ちどまった。

「いったいどうしたらいいの？　いままで厩の掃除なんかしたことないわ」

「これは驚きだ」マックスは意地悪く言った。

「トレントの伯爵は、さぞ厩掃除の経験がおありなんでしょうね？」

「そういうわけじゃないが、やりかたは教えてもらったよ。汚れた藁《わら》を新しいものと取りかえるのが主な仕事だ」

「汚れた藁ですって？」パンドラはいちばん近くの仕切りをじっと見た。ただの泥は藁を汚す最悪のものではなさそうだった。

「こんなことはやめて、ぼくに一点くれるだけでいいんだが」マックスは期待をこめて提案した。「こういう仕事に取りくもうとするぼくのやる気を買ってさ」

「あなたはもう、点数をもらいすぎてるわ。今度は自分で勝ちとらなきゃだめよ」

「お望みならそうするが、ガチョウに関しては、ぼくが自分で点を取ったと思うけどね」マックスは小声で言った。

パンドラはさもいやそうに鼻にしわを寄せた。「あなたが点を取るのに協力しなければならないなんて」

マックスはにやにやしながら、どうやって掃除するかきちんと説明した。とくにむずかしくはなさそうだった。けれども、それはパンドラが思っていたよりきつかった。まずマックスは、それぞれの仕切りの藁をフォーク四すくい分ひっくりかえして取りかえた。最初の十五分はパンドラは仕事が遅く、マックスの半分しかこなせなかった。しばらくするとどうにか一定のリズムでできるようになってきた。それでも、なぜこんなにへとへとになってまでマックスを助けなければならないのか、よくわからなかった。

二人は別々の場所で作業をし、ほとんどしゃべらなかった。それでもパンドラはマックスの様子が気になっていた。

仕事はたいしてはかどっているようには思えなかった。パンドラは厩をかなり狭いと思っていたが、今日はウィンザー城ほどもあるようにみえた。彼女は体を伸ばし、長いため息をついた。「ねえ、マックス、あなたはもう終わったの?」

マックスはまわりに目をやったが、藁をすくう作業を続けた。「まだだけど、終わるかどうかはきみしだいじゃないかな」彼はにやりとした。「ぼくが点数を取ったときみが思ったら、いつでもやめられるよ」

パンドラはため息をついてピッチフォークの柄に体をもたせかけ、マックスが働いているのを見つめた。フォークを使うたびに背中にシャツが張りつき、引きしまった体の線をきわだたせた。袖は肘までたくしあげられ、腕の筋肉のせいで服地がぴんと張っている。その腕でまた抱きしめてくれるのはいつなのだろう。まさにヒーローの腕だわ。わたしのヒーロー。

「どうして軍隊に入ったの?」パンドラは、はじめて会ったときから頭のなかにあった疑問を不意に口に出した。

「よけいなお世話だと言いたいが、いまここで尋ねるのにふさわしい質問かもしれないな」マックスは手を休めず、パンドラを見ようともしなかった。「イギリス軍での生活は、華やかな軍服や栄光ある歴史にもかかわらず、この仕事が天国での夜会に思えるほどのものだった。それは貴族の長男が軍隊に入ろうとしないさまざまな理由の一つだ」

「それじゃなぜあなたは入ったの？」

「義務と名誉の観念をまちがって教えられたからだと思うよ。ぼくの父によってね」

「お父さまは思いとどまるよう説得なさらなかったの？」

マックスは首を振った。「奇妙なことだが、人というものが王と自分の国に負っている義務について、父もぼくと同じ意見を持っていた。せめて、進んで命を差しだすくらいのことはしなければ、というわけだ」

マックスが命を懸けて戦ったと思うと、パンドラは胃が締めつけられる気がした。

「だが母は、父とは意見が違っていた」彼は含み笑いをした。「母はぼくともいろいろと見解が異なっているけどね」

「まあ？」パンドラの胃はさらに締めつけられたが、無理に明るい調子で言った。「わたし、いつかはお母さまとお会いするわけでしょう」

「それは避けられないだろうね」

マックスは黙りこんだ。パンドラはしばらく彼を見つめていた。

「本当にひどかったの？」パンドラは尋ねた。答えを聞くのが恐ろしくもあり、知りたくてたまらなくもあった。

マックスは肩をすくめた。「母は結局あきらめたよ」

「あなたのお母さまのことじゃないわ」パンドラは笑った。「戦争のことよ」

マックスは手を休め、パンドラに目をすえた。「本当に知りたいのか？」

パンドラはうなずいた。マックスをいまのような人間にしたものはなにか、どうしても知りたかった。

「わかったよ」マックスは仕事を再開したが、どうやって話すか言葉を選んでいるようだった。「ぼくの部隊はタラヴェラでの戦いの直前にウェリントンの軍に加わった」

「それは大勝利じゃなかったの？」

「そういうことになるんだろうが、前線にいると、自分のまわりのことにしか目が向かないからね」マックスは言葉を切った。「ぼくたちは二人の将軍を含めて、五千人以上を失った。兵卒と士官とのあいだには差があるが、命令を下す者が、戦場で兵卒よりすぐれているとはかぎらない。それでも指揮をとる者を失うのは、たとえどれほど無能でもつらいことだ」

「無能ですって？」

「たいていの場合、士官はその地位を金で買う。戦いの指揮をとる士官が、どうしたらいいかまったくわかっていないというのは珍しいことじゃない」マックスは顎をこわばらせた。「戦いに破れ、自分を頼りにしている者たちを見捨てることになるのは、しばしば避けられないことだった」

「だからあなたにとって勝つことはとても重要なのね？」パンドラはゆっくりと言っ

た。

マックスは苦い顔をし、眉をひそめて考えこんだ。「たぶんね。学ぶのがつらい教訓だったよ。指揮官が非常にすぐれた戦略家だろうと、なんの能力もない愚か者だろうと、率いられる人たちは生きのびるためにその者を頼りにする。指揮をとる者が失敗すると、兵士たちは死ぬことになるかもしれない。良心のある者なら誰にとっても、それだけで失敗は受けいれがたいものになる」

「あなたは失敗したの?」パンドラは静かな声で尋ねた。

マックスはパンドラの目を見つめた。さまざまなことを思い出したらしく、彼のグレーの瞳は曇っていた。「いや、そのことを毎日神に感謝したさ。自分がいつも正しいわけじゃないと悟り、得た経験を生かそうとするだけの頭は持ちあわせていたよ。どんな経験であってもね」

「でも勲章をもらったじゃない。あなたはヒーローだわ」

マックスはたいしたことじゃないというように微笑んだが、パンドラは彼が立派な手柄を立てたに違いないと思った。「ヒーローというのは相対的な言葉だ。ぼくは期待された以上のことをしたわけじゃない。かなりの士官を含めて、どうにか部下たちを死なせずにすんだだけだ。それで将軍たちの印象がよかったんじゃないかな」

「こんな話をするのはいやかしら?」

マックスは首を振った。「ずっと昔のことだ。別の人生で起きたことのように思えるよ」彼は話を続けるかどうか考えているかのように口ごもった。「父が亡くなってその称号を継いだが、そのときぼくのような立場になった者には軍の慣例とウェリントン将軍の計らいで、退役することが許されていた。それでぼくは軍をやめた。一族に対する責任があったからそう決意したんだ。領地やなんかの面倒をみる人間がほかにいないからね。それでも……」マックスは額にしわを寄せた。「軍を去るとき、部下たちを見捨てたと感じずにはいられなかった。見殺しにしたも同然だよ。部下たちが直面している危険やみじめな状況をわかっていたんだから。食料や医薬品はいつも十分ではなく、給料の支払いは遅れてばかり、暑さはしばしば耐えがたく、病気も蔓延《まんえん》している……」

マックスは長いため息をついた。「とにかくぼくは故郷へ戻り、すべてを頭から締めだそうとした。ローリーはできるかぎりのことをして助けてくれた」彼は含み笑いをした。「あの男の助けがどういうものか想像できるはずだね」

「もちろん」パンドラはつぶやいた。マックスをはじめて見たのは社交シーズンの一年目で、彼のことはぼんやりと覚えていた。向こう見ずで傲慢な態度をした、肌が浅黒く、ハンサムな人だった。

「しばらくはうまくいったが、とうとう死んだ者や瀕死《ひんし》の者たちのさまざまな記憶がよみがえってきた。体がやられ、ついには魂までずたずたになった者たちの思い出がぼくを打ちまかした。ぼくは領地の邸に引きこもり、ローリーがたまに訪ねてくるほかは世間と交渉を断ち、大量の酒を友として一年近く過ごしたよ。自分の責任を果たすことなど、もううんざりだった。

見てきたことを受けいれて理解するには、長いことかかった。ぼくの頭がおかしくなったと思った人もいただろうね」マックスはパンドラの目を見つめた。「そう聞いて不安になったかい？」


パンドラはマックスを思って心が痛んだが、わざとからかうような口調で答えた。

「いま頭がおかしいかどうかによると思うけど」

「ああ、それなら疑問の余地はない」マックスはにやりとした。「ぼくはグローヴナー・スクエアのじゃじゃ馬と勝負し、彼女の出したやりとげるのが不可能な試練に挑戦している。まともな頭の男がそんなことをすると思うかい？」

「でもあなたは負けるつもりはないんでしょう」

「ああ」マックスはきっぱりと答えた。「そのつもりでいるよ」彼は横を向き、また仕事を始めた。


パンドラはマックスに長いあいだじっと目を向け、もしこのばかげた契約を結ばなかったら、自分たちのあいだはどうなっていたのだろうと思った。マックスはもっと型どおりのやりかたで求婚をしてきたかしら？　それでもわたしは彼に恋をしただろうか？　おそらくは。でもこんなにわくわくしなかったでしょうね。

パンドラはとりあえずやるべき仕事に注意を戻し、まったく気乗りのしない様子でいいかげんに藁を扱った。ただひとつの疑問がパンドラの心を苦しめていた。マックスはわたしを愛しているのかしら？

マックスは藁をピッチフォークですくいあげ、横に放りなげた。休みなく手を動かしてはいたが、頭のなかではパンドラとの会話に思いをめぐらせていた。

これまで軍にいた頃のことを誰かに話したことはない。一度も。だが年月を経るうち、それに対する見方が変わった。マックスはずっと以前に目にした悲惨な状況とうまく折りあいをつけられるようになっていた。それでも、いまその頃のことを苦しまずに話せるとわかって驚いた。マックスは回復し、苦痛に満ちた心と精神の旅を生きのびてより強くなった。

それにパンドラはわかってくれているように思えた。世間から逃れ、本当に頭がおかしくなっていたかもしれない時期の話をしたときでさえ、パンドラの瞳にはマックスへの同情と心配しか宿っていなかった。彼女は思っていたよりはるかにすばらしい女性だった。

マックスは恐れも不足も知らないこの女性と、人生でもっとも暗かったときを共有する気になっていた。それだけではない。人生の残りの日々をパンドラと過ごすつもりだった。愛する女性と。

ぼくが愛する女性？

せめて自分自身にだけは認めたほうがいいのかもしれない。

そう考えるとすべてが変わった。ただ敗北の代償として、無理やりパンドラをぼくと結婚させることなど本当にできるだろうか？　契約があろうがなかろうが、パンドラが愛してくれないのに彼女と結婚したいのか？　だめだ。冷たい手がマックスの心臓をつかんだ。パンドラの愛情を勝ちとれないのは、最大の失敗になるだろう。

パンドラはぼくを愛してくれるだろうか？　やきもちをやくのはとてもいい徴候だが、ぼくを愛しているためかどうかは、はっきりしない。愛を告白するなら、パンドラも同じ気持ちだと期待するしかない。

だがもしそうでないとしたら？　真実を知ることに耐え、ゲームを続けていけるだろうか？　いや、自分の気持ちを知らせる前に、パンドラがぼくをどう思っているか確認してみるほうがずっといい。

「もうたくさんよ」パンドラはピッチフォークを放りなげ、清潔な藁の山にうしろ向きに倒れこむと、目を閉じて頭の上で腕を組んだ。「おばあさまの舞踏会は今夜なのに、もうくたくただわ」

「きみはへたばっているようにはみえないよ」マックスは小屋のすみにピッチフォークを立てかけると、パンドラのそばの藁束の上に腰をおろした。「きみはとても魅力的だ」

「そんなわけないわ。なにもかもあなたのせいよ」パンドラは目をあけずに微笑んだ。「こんなことしなきゃよかった」

マックスは、パンドラのシャツの襟元からのぞく首筋に、ひと房の藁がついているのを見つけて払いのけた。思わず体を傾け、脈を打っているところにそっとキスをした。

パンドラは息をのんだ。「なにやってるの？」

「藁を取っただけさ」マックスは上の空で言い、唇で温かな肌を探りつづけた。まずいことをしているのはよくわかっていたが、どうしようもなかった。

「マックス」パンドラは身を硬くした。

「ああ？」マックスは首筋に沿ってキスを続けた。もう一度だけ。そうしたらやめる。

「これはルール違反よ」

「すまない」マックスは深く息を吸った。「一瞬、ルールを忘れてしまった」そう言って起きあがろうと体を動かした。

「マックス」パンドラは相手のシャツの袖をつかみ、目を合わせた。「前にもルールを破ったじゃないの」

マックスは胃が締めつけられる気がした。「あのときは――」

「マックス。もう一度破ってちょうだい」パンドラは相手の体を引きよせた。「キスして」

マックスはパンドラをじっと見た。頬は上気し、髪は藁のなかでもつれ、欲望をそそる体は神々への捧げもののように目の前に投げだされている。「一度キスしたら、もう一度したくなるよ」

「そうかしら?」パンドラはそっとささやいて、さらにマックスを引きよせた。「確かめてみなければ」

マックスはパンドラのそばで横になり、彼女を腕に抱いてその温かく柔らかな唇に自分の唇を重ねた。体のなかでふくれあがる激しい欲望にあらがって感情を抑えながら、そっとパンドラの唇に触れていた。パンドラはため息をつき、かすかに口を開いた。マックスは彼女の唇の内側の縁からさらに奥へと舌を這わせた。パンドラの舌がためらいがちに触れると、体に衝撃が走った。さらに抱きよせると、パンドラの熱い体はマックスの身を焦がした。

パンドラがマックスの首に両腕を回した。マックスの手はゆっくりと円を描きながら背中をなで、腰まで下りていった。パンドラが身を震わせてマックスに強く唇を押しつけた。彼の手はわき腹をたどり、シャツの縁からなかへすべりこんでむきだしの肌に触れ、胸の下をそっとかすめた。パンドラはあえぎ声をもらして身を硬くしたが、唇を離そうとはしなかった。マックスはパンドラの胸を両手で包みこんだ。引きしまった豊かな膨らみを手のなかに感じ、さらに欲望をかきたてられた。親指の腹でパンドラのすでにつんと立った乳首にそっと触れると、さらに硬くなった。彼女にシャツを引っぱられたのにぼんやりと気づき、朝の冷たい空気が背中に触れるのを感じた。

マックスはパンドラから唇を離して起き上がり、自分のシャツを頭から脱いでわきへ放った。パンドラは欲望にかられて目をうるませた。

「やめたほうがいい、じゃじゃ馬。さあ」マックスはそっけない、怒ったような声でささやいた。

「そうかしら?」パンドラはため息をつき、それから微笑を浮かべた。「どうして?」

「これ以上続けたら、やめられなくなりそうだからさ」

「わかったわ」パンドラはつぶやいた。

マックスは目を閉じ、手におえない自分の体をうまくコントロールできればと思った。パンドラは大きく円を描きながら、彼の腹部に指先を這わせた。マックスが気づくと、それは半ズボンの上のところまで下りてきていた。マックスはわれを忘れた。

パンドラに覆いかぶさるようにして、両膝で脚を押しひろげた。短い激しい息づかいに合わせて、パンドラの胸が上下している。マックスは脚を伸ばしてパンドラの脚に重ね、動かないようにした。彼女のシャツをまくりあげてなめらかで柔らかな肌をあらわにすると、あとどれほど自分を抑えていられるかわからなくなってきた。唇でそっと胸に触れ、舌でなぞった。パンドラがはっとして体を弓なりにそらせ、また静かになるのがわかった。硬くなった乳首をそっと歯でくわえてはじくと、パンドラはついにうめき声を上げて両手でマックスの背中をしっかりつかんだ。マックスは片方の胸からもう片方へささやくようにキスを続け、そのあと乳首を口に含んだ。

「マックス、ああ、マックス」パンドラがうめくと、マックスは隣に身を横たえ、キスをせがむように突きだされた唇をふさいだ。マックスがむさぼるように胸を愛撫すると、パンドラはさらに体を押しつけ、マックスの首と両肩に唇を当てた。彼女の指が胸をまさぐっておずおずと腹部へ下りてきた。マックスは息をのんだ。パンドラの手はさらに下へと動き、硬くなったところにそっと指が触れて止まった。まるでマックスがなにを望んでいるかも、自分がどうしたいのかもよくわかっていないかのように。

マックスも、半ズボンの布地で覆われたパンドラの平らな腹部に手を触れ、さらに腿《もも》の付け根までたどった。半ズボンのあいたところから、固く閉じられた両脚のあいだに指を差しいれて、じっとりした熱い肌を愛撫した。パンドラがうめき声を上げて脚を開いた。マックスの指が触れると、そこはいま濡れてなめらかになっていた。パンドラはマックスの手が触れるのに合わせて腰を動かした。

「パンドラ」マックスはあえぎながら体を離し、なんとか冷静さを取りもどそうとした。パンドラがじっと見つめている。その唇はかすかに腫《は》れ、髪は激しく乱れ、瞳は情熱的にきらめいていた。マックスはたまらなくパンドラがほしかった。これまでどんな女性にもそれほどの思いを抱いたことはない。なんということだろう。パンドラのヒーローになるのは、いまいましいほどむずかしい。ヒーローにふさわしいことをするのにこれほど努力しなければならないとは、夢にも思わなかった。それでも、ヒーローなら愛する女性につけこむような卑怯なまねはしないだろう。

「やめるのに遅すぎることはないさ」

第十九章　あやまちも駆け引きのうち

「やめるですって？　あなたは一度そう提案したわね」パンドラは肘をつき、信じられないというようにマックスを見つめた。「どうしてやめるなんて言うの？」

マックスは大きくため息をついた。

「やめたいわけじゃない。ただ――」

「このゲームに勝つつもりなんでしょう？」

「もちろんだ」

「そのときはわたしはあなたの妻になるのよね？」

マックスはゆっくりとうなずいた。「ぼくはそうなるのを望んでいる」

パンドラは長いあいだマックスを見つめていた。彼の髪は乱れ、むきだしの胸は呼吸するたびにふくらんだ。瞳の色は欲望を宿してさらに濃さを増し、溶けた鉛のようだ。そこには熱い期待がくすぶっている。ただの欲望によって、人の瞳がそんなふうになるなんて。パンドラの胸は高鳴った。違う。マックスのまなざしにこめられているのは、わたしの体への欲望だけじゃない。パンドラの心は舞いあがった。

「わたしの気持ちが知りたいのね、マックス？」

「きみの気持ち？」

「ええ」パンドラはマックスがほしかった。ゲームの結果はどうであれ、彼との未来を望んでいた。勝っても負けても、マックスを愛するように誰かを愛することはもうできないだろう。たとえまた恋をしたとしても。それに、マックスがパンドラを見るあの目つきは、たしかに恋する男のものだ。パンドラは前にかがみ、ハーフブーツを片方ずつ脱いだ。「わたしの本心が知りたいんでしょう？」

「本心？」

マックスはパンドラが差しだした手をつかんで立ちあがった。パンドラが体を押しつけて胸に手を当てると、マックスは両腕で抱きしめた。「覚えてる？　あなたに汚されるかと思ったけれど、そうじゃなかったときのことを？」

マックスはうなずいた。

パンドラは身をかがめ、マックスの平らな乳首を舌ではじいた。彼がぴくりとするのがわかった。「少しばかりがっかりしたわ」パンドラは落ちついた声を出そうとした。わたしったら、なんてふしだらなの？

マックスは喉をごくりとさせた。「そうなのか？」

「あなたは違うの？」

「いや、がっかりしたよ」マックスは、身震いしながら深く息を吸った。

「それじゃ……」パンドラはマックスの目をのぞきこみ、これ以上なにも言う必要はないと悟った。

マックスはパンドラのシャツを引きあげて頭から脱がせた。彼の両手はわき腹から胸をたどり、また腰のほうへおりていって足に触れた。パンドラは両手で体を隠したいという衝動をこらえ、じっと相手に目を向けていた。マックスは身をかがめてブーツを取り、すばやく半ズボンを脱いだ。パンドラは彼を、彼のすべてを見たかったが、そのまま相手の瞳をじっと見つめていた。抱きよせられると、両脚のあいだに硬く熱いものが感じられた。パンドラは膝が萎《な》えたようになり、マックスにぴったり体を合わせると頭をそらせて彼の唇を受けいれた。

マックスの貪《むさぼ》るようなキスはパンドラの疑いも恐れも消しさった。パンドラはマックスの飢えを満たし、自分も同じように満たされた。彼の唇を、喉を、両腕を味わいたい、どうしても。いま両手で触れている胸や背中や腰の筋肉を感じたい。たまらなくマックスがほしくて、パンドラはわれを忘れて激しく彼を味わい、彼に触れ、欲望を燃えたたせた。

マックスはパンドラをきつく抱きしめ、藁のところに寝かせた。彼の肌は焼けつくように熱かった。パンドラはわき腹から下腹部へ手を這わせ、さらに下へすべらせてマックスのものをつかんだ。それはヴェルヴェットのように柔らかく、鉄のように硬かった。

マックスがうめき声を上げた。「ああ、じゃじゃ馬」

彼の手はパンドラの両脚のあいだをすべるように動いた。パンドラが燃えあがるにつれて濡れてなめらかになったその指は、彼女を優しく愛撫した。パンドラは息をのみ、期待で身をこわばらせた。マックスの手の動きはさらに激しくなった。パンドラは唇を噛み、想像もできないほどの喜びにすすり泣きをもらさないようにした。まわりのすべては消え、ただマックスの愛撫がもたらす燃えるような感覚しか感じられなくなった。パンドラはこのうえもなくすばらしい、熱い欲望のもやに包まれていた。マックスに触れられるとぞくぞくし、この恐ろしい緊張状態に耐えられるだろうかと思った。

不意にマックスが手を止め、パンドラが不満の声を上げる前に体を起こして彼女に覆いかぶさった。マックスは自分のものに手を伸ばし、それでパンドラをそっと突いた。最初は優しく、それからゆっくりとパンドラのなかにすべりこませた。

パンドラはあえいだ。

「マックス？」

マックスは動きを止めた。

「どうした？」

「わたしがはじめてだってことを知ってる？」

マックスはパンドラの目を見つめた。

「ああ」

「それじゃ、あなたがわかっているなら……」

マックスはパンドラの首を鼻でくすぐり、顎の線に沿ってそっとキスした。さらにパンドラのなかへ入って彼女を満たし、不思議な、すばらしい感覚を味わった。さらに奥へ進み、ついにパンドラの処女のしるしに突きあたった。「じゃじゃ馬、ぼくは……きみを傷つけたくない」

パンドラはどうなるか知っていたし、それが避けがたいことだともわかっていたが、二人ともやめるにはもう遅すぎた。それにここでやめるのは、パンドラがいちばん望んでいないことだった。彼女は体をこわばらせた。「続けて、マックス。お願い」

マックスはゆっくりと動いてパンドラのなかへ入り、また外へ出た。パンドラの唇をふさぎ、舌でまさぐる。パンドラの興奮は高まった。不意にマックスが激しく突いてさらに深くパンドラのなかへ入ってきた。鋭い痛みに体を貫かれて、パンドラは叫び声を上げた。「マックス、だめよ！　やめて。いますぐ」

「待ってくれ、じゃじゃ馬」マックスはパンドラの首筋に唇をつけてささやいた。「がまんするんだ。ちょっと待ってくれ。痛みはすぐになくなるよ」

マックスはゆっくりと動き、すべるように慎重に突いた。パンドラは刺すような痛みに歯を食いしばった。この時点でやめたら、おそらくゲームの精神に反するだろうが、パンドラは一瞬、さっき感じた悦《よろこ》びだけでもう十分だと思った。それでも前ほどつらくはなくなってきた。それは快い感覚の混じったほろ苦いものだった。不安は和らぎ、しだいに緊張感がとってかわった。パンドラはためらいがちにマックスに合わせて腰を動かした。彼のリズムが速くなり、パンドラの悦びは高まった。

パンドラはマックスの肩をしっかりつかみ、体を弓なりにそらせて彼の動きに合わせた。想像もできなかった恍惚感にわれを忘れていた。マックスの心臓の鼓動が感じられる。パンドラの体はマックスの下で震えた。しだいに速くなるエクスタシーの渦にとらわれ、官能が目覚めていた。自分を包むこの無上の悦びに体が耐えられるかどうかわからなかったが、もうどうなってもかまわないと思った。いまこのとき、マックスとともにいられれば、ほかにはなにもいらなかった。

不意に体のなかでなにかが爆発し、パンドラはすばらしい悦びの波にさらわれた。マックスがパンドラを抱きしめた。彼の体は震えていた。二人はこの世ではないどこか別の世界にいるようだった。

パンドラはマックスの、マックスはパンドラのものだ。これからは、なにもかも以前と同じではなくなるだろう。

「想像もできなかったわ」パンドラはマックスの肩に頭をうずめてくすくす笑った。

「ああ、マックス、あれは……」

「完璧だった?」マックスはそうささやいて、パンドラを引きよせた。

「そうね」パンドラはため息をついた。マックスの心は舞いあがった。パンドラはぼくを愛している。まちがいなく。まなざしにもキスにもぼくに触れる様子にも、ぼくを愛しているのが感じられる。

「それなら」マックスはパンドラの肩に歯を当てた。「家畜小屋の掃除は終わったということになるのかな?」

パンドラは頭を上げて口元をほころばせた。輝くような瞳を見ると、マックスは心臓が止まりそうだった。「あなたはその一点を獲得しただけじゃないと思うわ」

マックスはパンドラの額に唇をつけた。

「マックス」パンドラは彼に身を寄せた。「なにを考えているの?」

「この藁はひどく座り心地が悪いなあ、と思っているのさ」

パンドラは笑った。「ほかには?」

「自分はなんて運のいい男だろうと考えているよ」マックスは優しく答えた。

「このゲームが終わってものすごくうれしいと思ってる」

「ほかには？」

パンドラはたじろぎ、額にしわを寄せた。「終わったって？」

「続ける意味がないだろう」

「意味がないですって？」パンドラの目には奇妙な表情が浮かんでいた。

「もちろんさ。きみはいますぐぼくと結婚しなきゃならない」

「あなたと結婚しなきゃいけないって？」パンドラはゆっくりと言った。

「そのとおりだ。ほかの選択肢はない」

パンドラは長いあいだ目を見ひらいていた。「それがあなたの考えていることなの？それだけを考えているっていうの？」

「ええと」マックスはすばやく頭をめぐらせた。ほかにどんなことを考えればいいというのか？　マックスは自分がまちがいを犯したと悟った。「そうだよ」

「わかったわ」パンドラはどうにか体を起こしてシャツをつかむと、体に当てた。その仕草はよそよそしく、冷たかった。「ねえ、マックス、どうしていますぐあなたと結婚しなくちゃいけないわけ？」

「きみは汚されたからさ」マックスは笑みを抑えられなかった。「ぼくによってね」

「とくに汚された感じはしないけど」

マックスは眉を寄せた。パンドラは愛の行為をしたらその結果どうなるか、ちゃんとわかっているんだろうか？「いや、そんなことはないよ。きみの名誉を守るには、結婚するしかないんだ」

「わたしの名誉なら大丈夫よ。お世話さま」パンドラはぴしゃりと言いかえした。「さあ、悪いけどあっちを向いてくれるかしら」

「わかったよ、だがそんなに慎みぶかくしても、もう手遅れだとは思わないか？」マックスは立ちあがってパンドラに背中を向けた。いったいこの女はどうなっているんだろうと思いながら。

「それと服を着てちょうだい」

マックスは自分の衣類を集め、半ズボンをはいた。うしろでパンドラが服を着るのが聞こえる。「パンドラ？」返事はなかった。「わかってるだろう、どうしてもすぐに結婚しなきゃならないんだ」

「そんなこと、ちっともわからないわ」パンドラの声は冷たくきびしかった。「馬小屋でちょっとふざけただけで、望みのものを手に入れられると思っているなら――」

「ふざけた？」マックスはシャツを頭からかぶると、パンドラに向きあった。「きみは、これをそんなふうに思ってるのか？」

「あなたはなんだと思うの？」

マックスは怒ると同時にとまどった。「いままで、きみが望んだのはああいうことだと思っていた。ぼくが望んだのもそうだ」

「たぶらかすのは――」

マックスは鼻を鳴らした。「たぶらかす? きみがたぶらかされたとは思えないね」

パンドラの青い目は、怒りで火花が散っているようだった。「――わたしの一族の女性たちをたぶらかして味方につけるのは、いえ、もっともばかげたやりかたで点数を稼ぐために伯母たちに協力させようとするのは、それとは話が別だわ」パンドラは大きく腕を振った。「つまりそれというのは――」

「なにかな?」マックスは不快そうに目を細めた。

「それはつまり……こうやって残りのゲームをやらずにすませ、無理にわたしをあなたと結婚させようとすることよ。信じられないわ」

マックスはパンドラを見つめ、慎重に言葉を選んだ。「ぼくは、いやぼくたちはそのためにこんなことをしたと思うのか?」

「違うとでも言うの?」

パンドラの言ったことは、頭に浮かばなかったわけじゃない。だがあんなことをする前は、考えもしなかった。マックスはほんの一瞬答えをためらっただけだが、それで十分だった。

「そんなことだろうと思ったわ」パンドラが怒って頭を振ると、黒い髪がうしろへなびいた。彼女はすっかり身支度を整えていて、うしろを向くとドアのほうへゆったりと歩いていった。「あなたに一点あげるけど、まだ三点残っているわ。それに制限時間も迫っているし。残りはこんなに簡単だとは思わないことね」

「簡単だって？　ほう！」マックスはパンドラのうしろ姿をにらみつけた。「ぼくはこの先ずっと、尻についた藁を取りつづけるはめになるかもしれないっていうのに」

「あなたにはそれがお似合いよ！」パンドラはマックスに向きあった。彼女の瞳は涙で光っていた。「契約だろうとなんだろうと、大きなワシにまだ動いている心臓をついばまれるほうがましよ。あなたと結婚するくらいならね！　それともうひとつ。あなたはキスがものすごく上手だって言ったけど、あれはまちがいだったわ」

「ちょっと前は喜んでいたように見えたけどね」マックスはぴしゃりと言った。

「ちょっと前はわたしはうぶな処女だった。いまは汚された女になったから、簡単に自分のまちがいに気づいたわ」パンドラは回れ右をして堂々と戸口から出ていった。

「これまで、キスのことで不満を言われたことはない。きみに言われるとはな、じゃじゃ馬」マックスはパンドラのうしろ姿に呼びかけた。「それにきみはまちがってる！」

なんといかれた女だろう。よりによってぼくのキスの技を侮辱するなんて。パンドラはまちがいなく、ぼくのキスや愛撫のすべてを楽しんでいたのに。女に関する技にかけては自信がある。キスだろうと愛を交わすことだろうとうまくやれるのはよくわかっている……。

愛？　マックスはそれとわかるほどのうめき声を上げた。そうだったのか。ぼくはパンドラに、愛していると言わなかった。今回は絶好のチャンスだったのに、すっかり忘れていた。

パンドラは傷ついたに違いない。どうして彼女を責められるだろう？　ぼくは本当に鈍感でいばりくさったけだものだ。パンドラに埋めあわせをしないと。今夜。パンドラの心をとらえ、愛しているときっぱり言おう。さっきの出来事のあとでは、どんな反応をされるか心配する必要はなさそうだった。マックスはパンドラも同じ気持ちでいると確信していた。

マックスは邸のほうへ歩きだしたが、左の臀部《でんぶ》のすぐ下に刺すような鋭い痛みを感じた。立ちどまって半ズボンの布地をずらしたが、突きさすような痛みは消えなかった。部屋へ戻るまでがまんしなければならないだろう。

なんてことだ。パンドラが別れぎわに呪《のろ》いの言葉を吐いたせいに違いない。

マックスは、永遠に臀部から藁を抜きつづけることになりそうだった。

「もちろん、あの人がまったくの愚か者だってことはお話ししましたわね……」

祖母の舞踏会でパンドラは適切な受けこたえをし、いつも礼儀正しく微笑んでいたが、いまなにを話しているかと誰かに尋ねられたら、答えられなかっただろう。パンドラがそこにいたのは、いわば身を守るためだ。ありふれた光景のなかに身をひそめるのは、隠れるのにいい方法だった。

これまでなにかから隠れたことなどなかったが、いまは身を隠していたかった。世間から、そしてなによりも自分自身から。パンドラは汚されてしまった。自分でそう感じたわけではないけれど、いつもと違う気分なのはたしかだった。頭が混乱し、感情を抑えられない。それでも、いまの状態はあんなことをしたせいというよりも、それが招いた結果のせいだった。

あれはパンドラにとっていままで最高にすばらしい経験だった。いや、これから先もあんなことは二度とないだろう。もっとも荒々しい夢のなかでさえ、パンドラはマックスの腕に抱かれるとどんな感じがするものか、想像もしていなかった。

「ミス・エフィントン?」

パンドラは、期待をこめて見つめている人々の顔に注意を向けた。ほかのときならすぐさま落ちつきを取りもどすのだが、今夜は取りつくろう気にもならなかった。

「ごめんなさいね」パンドラはすまなそうに微笑んだ。「ちょっと用事を思い出しましたの」

パンドラは丁寧に会釈し、意味ありげな表情を浮かべてその場を離れた。ジョージナの娘で、もっとも年の近いいとこのカサンドラとフィラデルフィアが話かけてきたが、丁寧に断わった。二人が話題にしたいのはマックスのことに決まっていたが、パンドラはたとえいま彼のことしか頭になくても、それについて誰かと話をしたくはなかった。

もっとわきまえているべきだった。マックスは勝ちたかっただけ。ほかのことはどうでもよかったんだわ。

そうわかるとパンドラは傷ついた。これほどつらいとは想像もしなかった。こんな苦しみに耐えてまだ生きていられるとは思えなかった。まるで本当に心臓をもぎとられたかのようだ。涙がこみあげて喉がうずいたが、泣きたいのをこらえた。一粒の涙もこぼすつもりはなかった。ここでは。人前では。化粧室に隠れ、涙が涸《か》れるかと思うほど泣いたのはたしかだけど。

この苦しみはどれだけ続くのだろう？　いつもの自分に戻るまでどれくらいかかるのかしら？　それとも、もう前と同じではいられないのだろうか？

パンドラは通りかかった給仕からシャンパンのグラスを受けとり、もの思いにふけりながらそれをすすった。泣いたのははじめてだった。いままで男性との問題で泣いたことはないし、最後に涙を流したのがいつだったかもまったく覚えていない。愛にはそれまでまったく知らなかったような、さまざまな不愉快な感情がついてまわることがわかった。気まずさ、恐れ、嫉妬、そして今度は苦しみ。

パンドラは混雑した舞踏室を見まわした。まだマックスは見つからなかった。名誉を重んじてロンドンへ帰ってくれればいいと思ったけれど、もちろん彼がそんなことをするはずはない。褒美を要求せずに去るとは思えなかった。

もうマックスと顔を合わせたくはなかったが、会わずにすますことはできないだろう。マックスはなんと言うだろうか？　わたしはどんな言葉をかければいいの？

それにほかの人たちはなんて言うだろう？　パンドラは自分が汚されたことについて、そこにいる人たちが誰もひそひそ声で話題にしていないのに驚いた。噂話の種にならないなんて、パンドラにとっては珍しいことだ。二人のあいだでなにがあったか、マックスが誰かに話すわけはない。それでもそこにいる人たちがみな、厩で二人が会ったのを知っているのではないかという不安をぬぐいさることはできなかった。わたしは前とは様子が違っているだろうか？　軽はずみなことをしたとみなにわかるようなところがどこかあるのかしら？

「ミス・エフィントン、ダンスをしていただけますか？」背の高い魅力的な紳士がパンドラの前に立っていた。まじめそうな、感じのいい目をした人だ。パンドラは乗馬会のときに見かけたのをぼんやりと思い出した。

「もちろんですわ」パンドラは小声で言うとグラスを召し使いに手わたし、新しいパートナーと一緒にフロアへ出た。曲がワルツではないのがありがたかった。祖母はワルツが大好きで、ダンスのほとんどをワルツにするよう言い張っている。いまパンドラにとっていちばんいやなのは、男性の腕に抱かれることだった。どんな男性でも。

パンドラはらくらくとカドリールのステップを踏み、人の群れに視線をさまよわせた。祖母、公爵夫人、パンドラの母親が一緒に座り、たわいのないおしゃべりをしている。ありふれた光景だったが、パンドラは一度ならず自分に視線が向けられるのを感じた。

体を回すと、伯母たちがシンシアに話しているのに気づいた。シンシアはパンドラをちらっと見たが、隠しごとでもあるかのようにすぐに目をそらした。それともシンシアはきまりが悪いのかしら？　恥ずかしく思っているの？　わたしのことを？　パンドラは頬が熱くなった。シンシアがうなずくと伯母たちはその場を離れた。シンシアは踊っている人たちをしばらくじっと見ていたが、それからすぐにテラスへ続くいくつものドアのほうへ歩いていき、外へ出ていった。

パンドラはあとをつけたかったが、このダンスの途中で抜けて不必要に注目されるのは、いちばん避けなければならなかった。そのときテラスへ通じるドアのひとつが開いて、マックスがなかへ入ってくるのが見えた。

パンドラははっとした。視界が狭くなり、頭がふらつくようなおかしな感じがして、一瞬そのまま床に倒れるかと思った。マックスが？　シンシアとテラスに？　これはなにもないところから、想像力が作りだしたものではない。隠しごとをする必要がないなら、抜けだして人目につかないところでこっそり会ったりはしないはずだ。

ようやくダンスが終わった。パンドラはパートナーに礼を言うとその場を離れた。もう一杯シャンパンのグラスを取り、なんとか頭を働かせようとした。論理的にかつ理性的に。

なにかうまい手を考えなければ。マックスがまだ結婚を望んでいるかどうかはわからない。それにたとえそうだとしても、愛しているからではないのははっきりしていた。マックスに勝たせるわけにはいかなかったが、彼はあと三点取ればいいだけだ。パンドラはそれをどうやったら止められるかわからなかった。いま自分にわかっていることはほとんどないように思えた。失望と無力感が湧きあがり、恐ろしさに打ちまかされそうになるのをどうにかこらえようとした。

「ぼくたちはいままでダンスをしたことがないのを知っているかい？」マックスの声がうしろから聞こえた。

パンドラは振りむき、首をかしげてマックスにとびきりあでやかな笑顔を見せた。最初のシーズンの前に練習し、いまでは自然にできるようになっている。えくぼがさらにきわだち、誰でも虜にせずにはいられないだろう。

マックスは目を見ひらき、うれしそうに微笑んだ。

パンドラはほかのことはともかく、これだけはわかっていた。胸の張りさける思いをさせられたことをマックスに知られては絶対にだめだと。

それに彼を愛しているのも知られるわけにはいかなかった。

第二十章　うまく一点取れた

パンドラは黒く豊かな睫毛のあいだからマックスを見つめ、ハスキーで刺激的な声で言った。「そうだったかしら?」

「ああ」マックスは不意に口がからからになり、かすれ声しか出なかった。「そうさ」

「いったいどうして、わたしたちがダンスをするのを避けてきたなんて思うのかしら? まるでほかのことはみな一緒にやってきたみたいじゃない」パンドラのまなざしも刺激的だった。

マックスはうっとりと見つめた。どうしてもパンドラがほしくなった。「今夜はとてもすてきだ」

「まあ、お上手を言って」パンドラはシャンパンをすすったが、その目はじっとマックスに注がれていた。

困ったことになった、とマックスは思った。パンドラのためならなんでもしてしまいそうだ。この人を手に入れるためならなんだってするさ。「きみはもうぼくのことを怒っていないようだね」

「まあ、トレント伯爵、まともな頭の女性なら、あなたに腹を立てたままでいるわけがないでしょう?」

「それはよかった」マックスはほっとしてため息をついた。パンドラは本当にマックスに会ってうれしそうだった。「今朝あんなふうに別れたあとだから、ちょとこわかったんだが――」

「こわい? トレント伯ともあろう人が?」パンドラは陽気な笑い声をたてた。「だってあなたはヒーローなのよ。こわいものがあるとは思えないわ」

「たぶん〝不安〟と言ったほうがいいのかもしれない。ぼくはきみが……」マックスはパンドラにじっと目を向けた。「きみがてっきり――」

「わたしがどうすると思ってたの?」パンドラは無邪気に目を見ひらいた。「あなたを無視すると? あなたを避けるとでも? シャンパンのびんをつかんであなたの頭にたたきつけるとでも思っていたの? 銃で撃つとか?」パンドラはマックスに輝くばかりの笑みを見せた。「そんなばかげたことは、もう二度と考えないつもりよ」

「そうなのか? どうして?」

パンドラはまた笑い声を上げた。「よくわかっていると思うけど、的をちゃんと狙えないからよ」パンドラはシャンパンを飲みおえ、給仕に手を振ってグラスを渡した。

「運のいいことに、わたしは射撃よりワルツを踊るほうがずっと得意なの」

「それはありがたい」マックスはそうつぶやいてパンドラに腕を差しだした。パンドラはマックスの肘に手をかけ、恋いこがれているとしか思えない目で見つめた。ちょっとやりすぎかしら。あまりにもわざとらしい。こんなことをするなんて、わたしにふさわしくないわ。それにマックスにも。

マックスはみぞおちのあたりが重たかった。パンドラをフロアまでエスコートして腕に抱きよせると、彼女の体がどれほど自分にぴったり合うかすぐに思い出した。マックスはさらにきつく抱きしめたい衝動をこらえた。そんなことをしてはまずいとわかっていた。いかにも好意を寄せているという態度にもかかわらず、パンドラはどんな愚か者でもわかるほどよそよそしかった。じゃじゃ馬は激しく怒っているらしい。

二人はまるでいつも一緒にダンスをしていたかのように、軽やかにフロアを踊りまわった。互いの体と魂が、相手にぴったり合うように作られているかのようだ。なぜパンドラにはそれがわからないのだろう、とマックスは思った。

「今朝あなたが言ったことについていろいろと考えたわ」パンドラは天気の話でもするようにさりげなく言った。

「ああ?」マックスは用心しながら答えた。「どんなことかな?」

「結婚しないわけにはいかないってことよ。わたしの名誉を守るためにはそうするしかないと言ったでしょう」

「そのことか」マックスはパンドラの考えを聞きたいのかどうか、よくわからなかった。「それで？」

「寛大なお申し出には感謝するけれど、お断わりするわ。そういうことは、その」マックスが目を向けたのに気づき、パンドラはにっこり笑った。「まちがいなくゲームの精神に反するわ」

「わかったよ」

「わかったですって？」パンドラは目を見ひらいた。「驚いたわ。わたしを堕落させたことについて、またあれこれ言いわけするかと思ったのに」

マックスはローリーがシンシアと踊っているのに目をとめ、あと何回かまわれば、ふたりはもっと体を寄せあうはずだと思った。彼はパンドラに笑いかけた。「堕落したきみも悪くないよ」

パンドラは挑みかかるように目を輝かせた。「よく考えてみれば、わたしもそう思うわ」

「なんだって？」このいまいましい女は今度はなにを企《たくら》んでいるのだろう？

「はじめて会ったとき、わたしが家庭教師にはなれないと教えてくれたでしょう。それに、別の道もあるかもしれないと言ってたじゃない。わたしはもう、あなたの言っていたことに必要なものを身につけたわ」

　パンドラが誰かの腕に抱かれると思うとマックスは激しく胸が痛み、思わずパンドラを抱きよせてその挑みかかるようなまなざしを受けとめた。「きみがそれを身につけたのはぼくと結婚するためだ」

「あなたが負けたら努力がむだになるわね」

「負けはしないさ」

　マックスの目の端に、シンシアがダンスフロアでローリーと向きあっているのが見えた。二人の目の前にはエフィントン家の女性たちがいた。

「あそこでなにが起きているのかしら？」パンドラがつぶやいた。

「見にいったほうがいいだろうね」マックスが答えた。二人は踊りの輪の外を回って、ローリーたちのほうへ近づいた。

　シンシアはマックスを一瞥《いちべつ》したあと、またローリーに目を向けた。肩をいからせて片手を上げ、ローリーの顔をひっぱたいた。

　パンドラは息をのんだ。「どうしたっていうの！」

「おお」マックスはショックを受けた。こんなことになるとは、思いもしなかった。

　ローリーは手を頬に当て、呆然としたまま口をあんぐりあけていた。

　音楽は止み、みながこの緊迫した光景に注目した。公爵の未亡人が楽士たちにさっと手を振るとまた演奏が始まった。踊っていた人たちはステップを踏みはじめたが、おもしろいスキャンダルになるかもしれない場面を一瞬たりとも見のがすまいとしているに違いなかった。

「あなたがそんな提案をするほど厚かましいとは思わなかったわ」シンシアの声は震えていたが、マックスは感心せずにはいられなかった。この娘はぼくが思っていたよりずっと度胸があるぞ。

「なんだって?」ローリーは目を見ひらいた。「ぼくがなにを言ったっていうんだ?」

「もしあの人がシンシアを傷つけるようなことをしたのなら」パンドラはつぶやいた。

彼女とマックスは公爵の未亡人のそばまで行き、そこで足を止めた。

「なにを言ったかちゃんとわかってるでしょう。自分がなにをほのめかしたか! あなたは……あなたは……」シンシアはにらみつけた。「わからず屋だわ!」

「おばかさんよ」パンドラはつぶやいた。

「つまらない男《ボア》、というのがふさわしいわ」レディ・エドワードが言った。

レディ・ウィリアムがうなずいた。「わたしはいつもそう言ってるでしょう」

「ちょっと待ってください」ローリーはむっとして口をはさんだ。「ぼくはいろいろ言われているけれど、決してつまらない男なんかじゃありませんよ。とても魅力的で人を楽しませるのがうまいんです。だっていろいろな集まりで——」

「退屈な男」レディ・ウィリアムはため息をついた。

「まちがいなくそうね」レディ・エドワードが首を振った。「この人は本当につまらない男《ボア》だわ」

「つまらない男ですって？」パンドラはマックスを見た。

マックスはローリーのほうへ行った。「さあローリー、ミス・ウェザリーにあやまれ。すぐに」

「なぜだ？」ローリーはシンシアに目を向けたが、彼女はさっと目をそらした。「あやまるようなことはなにもしてないよ」

「そうだとしてもだ」マックスの言いかたはきびしかった。「あやまったほうがいい。このことを噂にしたくなければな」

「いいとも」ローリーがゆっくりと言った。「噂になってけっこうだ」彼はテラスに続くドアのほうへ歩きだした。マックスはあとを追った。

「よくやりましたね、トレント伯」公爵の未亡人が言った。マックスは立ちどまってうなずき、にやつかないようにした。「見たでしょう、パンドラ？　トレント伯が、あのつまらない男《ボア》を言いまかすのを？」

「見逃すはずはないわ、おばあさま」パンドラの表情はうれしげだったが、その目を見ただけで、マックスは彼女がいまピストルを持っていないのをそっと天に感謝した。

「それがどういうことかわかるでしょう？」公爵の未亡人の言いかたには、口答えを許さない響きがあった。

「ええ、もちろんよ」パンドラが低い声でそう言うのを聞き、マックスはぞっとした。パンドラはマックスに身を寄せ、彼の腕に手をおいた。「おめでとう、猪《ボア》を退治したから一点、差しあげるわ。せいぜい喜ぶことね。明日わたしたちはロンドンへ戻るのよ。人を食う雌馬たちの助けを借りずに残りの二点を獲得するのは、思ったよりむずかしいでしょうよ」

「そうかな」マックスは不安を感じているのを隠すように言いかえした。「いままでは、べつにむずかしくはなかったってわけか」

「まあ。でもどんなゲームでも終わりに近づくほどむずかしくなるものでしょう？」口元は笑っていたが、目はそうではなかった。「おやすみなさい、トレント伯」

パンドラは祖母や伯母たちに会釈すると、向きを変えて歩きさった。マックスはしばらくそれを目で追っていたが、パンドラの怒りか彼女の頭のよさかどちらか一方でも忘れるのは、とんでもないまちがいだと思い知った。パンドラと契約をしてからはじめて、マックスは本当に自分が負けるかもしれないと思った。

マックスはその思いを振りはらい、急いでローリーを追った。部屋の奥の壁に並んでいるフレンチドアのひとつをあけて外へ出ると、テラスの陰になったところを捜した。

石造りのバラスターに置かれた豪華な飾りのある枝つき燭台《しょくだい》が、ドアの近くを明るく照らし、テラスの奥にも光の輪を投げかけていた。だがほかのところは星明かりしかなかった。

「ローリー?」

「ぼくはあの人になにも言ってないよ、マックス」ローリーはけわしい表情を浮かべながら前へ進みでた。

「ローリー、ぼくは——」

「まったくなにも言ってないんだ」ローリーは顔の横にそっと触れた。「少なくとも、こんなことをされるようなことはね」

「ローリー、それは——」

「それに言っておくがな、マックス、もしもう一点取るだけのためにぼくをひっぱたくつもりなら、仕返ししないわけにはいかないぞ」

「ローリー——」この男は、ぼくに口をはさませないつもりだろうか?

「わかった、白状しよう」ローリーは胸の前で腕を組んだ。「ミス・ウェザリーに、ぼくをリードしようとしているとそれとなく注意したかもしれない。でもあの生意気な娘は、いまいましいことに踊っているあいだずっとぼくを押してたんだよ」

マックスは笑いをこらえた。「ローリー——」

「だからって、こんな目にあわされるいわれはないと思うよ。ミス・ウェザリー本人を侮辱するようなことを言ったわけじゃない。じつはな、マックス」ローリーは信じられないというように続けた。「それどころか、ぼくはたぶん、ちょっと……」

「ミス・ウェザリーを好きになった？」

「おそらくね」ローリーはしぶしぶ答えた。「好きどころじゃないと思うよ」

そのときドアが開き、シンシアが現われた。彼女はマックスに目をやった。

マックスがにやりとすると、シンシアも声を立てて笑った。

ローリーは苦い顔をした。「おもしろくなんかないと思うが。ほんの少し前にきみはひどく腹を立てたじゃないか……」ローリーはマックスからシンシアへ視線を移し、不快そうに目を細めた。「それとも、あれはみな芝居だったのか？」

「すばらしい芝居だったよ」マックスはシンシアに大げさなほど深くおじぎをしてみせた。「見事な働きだったね。あなたには感謝してますよ」

シンシアは膝を曲げておじぎをした。「うれしいわ、トレント伯爵」

「そうなのか」ローリーがつぶやいた。

シンシアがローリーのところへやってきた。「言ったはずよ、トレント伯が必ず勝てるようになんでもするつもりだって。じつを言うと、あなたをここへ招待したのはわたしのアイディアなの。あなたから目を離さないでいるのがいちばんいいと思ったのよ、ローレンス」

　ローレンスだって？

「きみはみんなの前でぼくに恥をかかせた。ぼくをばかにしたんだ」ローリーの声から彼が傷ついているのがうかがえたが、マックスはどこまでが本心でどこまでが同情を求める芝居なのだろうと思った。「エフィントン一族に近づくなんてばかなことをするんじゃなかった。あの一族とかかわると、こんなことになるのはわかっていたのに」

　マックスは眉をひそめた。「きみはなにを――」

「さあさあ、ばかなことを言わないで」シンシアは両手を握って腰に当て、ローリーを見すえた。「まだわかっていないのなら教えてあげるわ。エフィントン一族は、少なくともエフィントンの女性たちは、これがすべてお芝居だってことをちゃんとわかってるのよ」

「いや、そんなふうには思えなかった」ローリーは顔の横をなでた。「痛かったよ」

「ごめんなさい」シンシアはローリーの頰に手のひらを当てた。不意にマックスは二人がどれほど魅力的なカップルか気がついた。ローリーはシンシアよりほんの数インチ背が高かった。ドアから漏れる光と星明かりを受けて、二人のブロンドの髪は金と銀に輝いた。長身の姿は、まるでシェークスピアのページから抜けだした妖精《ようせい》の王と女王のように、この世のものとは思えなかった。

「本当にすまなく思ってる?」ローリーは優しく言うと、ミス・ウェザリーの手を唇に持っていった。

「なあ、ローリー」マックスはそわそわと声をかけた。

「そうよ」シンシアの声には言葉以上の意味が含まれていた。「あなたを傷つけような んて、決して思わなかったわ」

ローリーはシンシアの腰に腕を回して抱きよせた。「それじゃ、二度とぼくに痛い思いをさせないと約束してくれるかい?」

「ミス・ウェザリー?」マックスの声が大きくなった。

ローリーがなにか尋ね、シンシアが小さな声で答えたが、マックスにはよく聞きとれなかった。ローリーが笑い声を上げた。なんの前触れもなく、シンシアの腕がローリーの首に回された。ローリーはシンシアに唇を重ね、燃えるようなキスをした。

「おお」マックスはつぶやいた。顔が熱くなり、すぐに二人に背を向けた。いくら大の親友だからといって、見てはならないことだってある。マックスはこれまでにローリーが女性とキスするのを見たことがあるが、それは、いまミス・ウェザリーにしているのとはまったく違っていた。

ミス・ウェザリー? マックスはうめいた。パンドラが、ぼくの犯したほかの罪をすべて許してくれたとしても――いや、今夜の様子からするとそれには長い時間がかかるだろうが——いま起きていることを知ったらにどんな反応をするだろう？　どういうわけかパンドラは会ったとたん、ローリーをきらいになったらしいからな。こんなふうになったのはぼくのせいだと言いつのるに違いない。

マックスは大げさに咳ばらいをした。

情熱的な音はやまなかった。

マックスはもう一度やってみた。

シンシアが含み笑いをした。ローリーはなにかつぶやき、笑い声を上げた。

「ローリー？」マックスはもう一度咳ばらいをした。「ミス・ウェザリー？」

「だいじょうぶだ、マックス」ローリーはうれしそうに言った。「もうこっちを見てもいいよ」

マックスは振りむいた。ローリーとシンシアはまだ向かいあって立ち、互いの手をしっかり握って寄りそっていたが、もう抱きあってはいなかった。二人ともひどく楽しげに口元をほころばせている。

「なかへ入ったほうがいいと思うわ」シンシアはそう言ってローリーを見つめた。

「ロンドンへ戻ったら、つまらないわからず屋はあなたを訪ねてもいいかな？」ローリーの言葉には真剣さがこもっていた。マックスは呆然として親友を見つめた。

「あなたがそうしないのなら、わたしがお訪ねしないといけないわね」

「ミス・ウェザリー！」マックスはシンシアがそんなことを言ったのにショックを受けた。

「あなたが言ったとおりだったわ。わたしはパンドラとの付き合いが長すぎたのね」シンシアは最後にローリーに微笑みかけると、向きを変えてドアのほうへ向かった。

ローリーはシンシアが舞踏室へ消えるまで、じっと彼女を見つめていた。マックスは片方の眉を上げた。「ぼくに言いたいことがあるかい？」

「あの人はうぶな女性にしてはものすごくキスが上手だったよ」ローリーの声には驚きがこめられていた。「燃えあがっていたせいかな……」

「ローリー」マックスはぴしゃりとさえぎった。「きみたちはどんなゲームをしてるんだ？」

「ゲーム？」ローリーは困惑したように言った。「ぼくはゲームなんかしてないぞ」

マックスはローリーに近づき、長いあいだじっと見つめていた。「ミス・ウェザリーに恋をしたわけじゃないだろうな？」

「恋だって？」ローリーは笑った。「ああ、考えもしなかった……」ローリーは心の底からため息をつき、髪を指ですいた。「わからないよ」

「きみにこんなことを言うとは思わなかったが、同好会へようこそ」

「そんな会に入ることになろうとはね」ローリーはいたずらっぽく言った。

「誰でもそうさ」マックスはにやりとした。「知らないうちに会員資格に当てはまるようになるんだ」

ローリーは不快そうに目を細めた。「それはつまり……？」

「きみの思っているとおりだろうな」マックスは肩をすくめた。

「きみはじゃじゃ——ミス・エフィントンに話したのか？」ローリーが尋ねた。

「今夜言うつもりだった」マックスはため息をついた。「彼女はもうわかっていると思ったが、どうもそうじゃないらしい」

「ぼくの思っているとおりでいいか確かめさせてくれ」ローリーはゆっくりと言った。「きみはミス・エフィントンを愛している。でもそのことを彼女に伝えてはいない。そしてきみは彼女の出したテストに合格するために、エフィントン一族をあげての協力と社交界からの援助を得て全力を尽くした。ミス・エフィントンのプライドを公にも個人的にも傷つけずにはおかないやりかたでね。それでも、きみはまだ自分の気持ちを彼女に伝えてはいない」

「そんなふうに考えたこともなかったよ」マックスの心は沈んだ。「かなり不愉快なことに思えるな」

マックスはパンドラの面目をつぶすつもりなどまったくなかった。二人のゲームの結果、思わしくないことになっただけだ。今朝のことも……マックスは長いため息をついた。あのことを、ゲームに勝ち、自分を結婚に追いこむための卑怯な手だとパンドラが考えたのもうなずけた。

「それじゃ、愛しているとミス・エフィントンに言えよ」

「だめだ」マックスはためらわずに答えた。「いまはまだな」

「なぜ?」

「彼女の気持ちがわからないからさ。わかっているつもりだったんだが――」マックスは首を振った。

これまではいつも、パンドラから本ものの微笑みを引きだすことができたが、今夜マックスはパンドラのわざとらしい態度の下に隠された本心を見抜けなかった。ぼくにプライドを傷つけられたから、愛情が失《う》せたのだろうか? ぼくが自分の気持ちを認めようとしないのは、傲慢だからなのか?

「このことをミス・ウェザリーには言わないでもらえるとありがたい」

「もちろんだ」ローリーの声には思いやりがこもっていた。「シンシアにはなにも言わないよ」

「シンシア?」

「あの人の名前さ」ローリーは恥ずかしそうに肩をすくめた。「ひどく無作法だが、名前を呼ぶのは、ぞくっとするほどすばらしいんだ。まさかきみはそれを噂にしたりはしないだろう。きみだってじゃじゃ――ミス・エフィントンをパンドラと呼んでいるものな。そして彼女はきみを――」

「マックスと呼ぶ」

〝まあ、トレント伯爵、まともな頭の女性なら、あなたに腹を立てたままでいるわけがないでしょう?〟

マックスは胃のあたりがさらに重苦しくなるのを感じた。

今夜は違う。今夜パンドラはぼくのことをマックスとは呼ばなかった。

第二十一章　やけを起こして

「それで?」パンドラは胸の前で腕を組み、ローリーをじっと見つめた。その目は不安そうでもあり、いらだっているようでもあった。「わたしを助けてくれるの、それともくれないの?」

「わからない」ローリーは考えながら答えた。彼はエフィントン家の客間の暖炉の前に立ち、炉棚を埋める雑多ながらくたを持ち上げたり戻したりしていた。意地悪そうな顔をしたオウムが古代の遺物の散らばっているなかにとまり、ローリーを見つめている。パンドラを守るガーゴイルのようだった。

「マックスには試練をやりとげるのに十分すぎる時間があるのよ、なんとかしないと」パンドラは不安げに両手を握りしめた。「ゲームは今日から六日後に終わるわ。マックスにはまだ二つ試練が残っている。どうやって三つの頭を持つけものを捕まえ、そのうえ黄金の林檎も見つけるのかわたしにはまったくわからないけど、あの人は恐ろしいほど頭がいいから、なにか考えだすのはまちがいないわね」

「そうだろうな」ローリーは今日すでにマックスの金の林檎を店で受けとっていた。とても精巧なもので、三つのチャームが金の鎖に一緒に通してある。その飾りは、いまローリーのチョッキのポケットに入っていた。彼は友人がゲームに勝つのを疑っていなかったし、そうなるとまずいとはもう言いきれなかった。パンドラが、男をたぶらかす邪悪な雌ギツネだとは思えなくなっていた。

パンドラは深く息を吸った。「もし、わたしがある紳士と一緒にロンドンを出たら――」

「場合によっては、あるおばかさんと」ローリーは持っていた陶器を元に戻した。

「おばかさんとねえ」パンドラは首を振ってにっこりした。思わず乗せられてしまっていた。「あなたにもうひとつ提案があるの、ボルトン。わたしをじゃじゃ馬と言うのをやめてくれたら、もうあなたをおばかさんとは呼ばないわ」

「でも、じゃじゃ馬《トゥイット》という語の響きはおもしろいんだが」ローリーはつぶやいた。

「わたしもおばかさんという語はなかなか気に入ってるの」

「もういい、わかったよ。きみの言うとおりにしよう」ローリーは腕を組んでパンドラを見つめた。「それじゃボルトン子爵とミス・エフィントンということでいいんだね？でも、一緒に逃げようというきみの提案から考えると、ローリーとパンドラにしたほうがいいような気がするが」

「いいわよ。あなたのお望みどおりに」パンドラは手を振った。「わたしが言ったように、一緒にロンドンを出て、グレトナ・グリーンへ行ったとマックスに思わせるなら——」

「過去の罪を繰りかえすのか」ローリーはゆっくりと言った。

「だからこそうまくいくと思うの」パンドラはうなずいた。「このままだとわたしは負けて、マックスが勝つわ。でもわたしが誰かと結婚してしまえば、マックスは要求しようにも褒美がないことになる。あの人はゲームが終わったとわかるはずよ。わたしたちのあとを追うことさえ無駄になるわ。

ピーターズにメモを残し、わたしたちが出発した翌日にマックスに届けるよう指示しておくつもりよ。そうすれば、わたしたちには十分すぎるほどの時間ができる。そのメモを見れば誰でも、わたしたちが以前に」パンドラは喉をごくりとさせた。「駆けおちしようとしたのを思い出し、焼けぼっくいに火がついたと思うでしょう……」パンドラはしかたがないというように手を振った。

ローリーはそのようすをじっと見つめ、ショックを受けた。じゃじゃ——いや、パンドラ・エフィントンともあろう者があきらめたような態度をとるとは思いもしなかった。

「マックスは信じると思うかい?」

「あの人はプライドが邪魔してなかなか認めようとはしないかもしれないけど、とにかく時間切れになるまでこちらが戻ってこなければいいんだから」

「それにきみを見つけられなければ、マックスは最後の点数をもらえない」

「そのとおりよ。それじゃ？」

ローリーは顔をしかめた。「悪く取らないでほしいんだがね、パンドラ。きみを怒らせるつもりはないし、結婚に対する自分の考えかたがすっかり変わった気もしてるんだが、それでもきみと結婚する気はないんだ」

「それは、ものすごく都合がいいわ」パンドラはそっけなく答えた。「わたしもあなたと結婚するつもりはないから」

「そうなのか？」

「まったくその気はないわ」

「そんなに強く言わなくてもいいじゃないか」ローリーはつぶやいた。

「この前はあなたより人を食うライオンのほうがいいって言ったのよ。それに比べたら『まったくその気はない』というのは、かなり穏やかな言いかただと思うけど」パンドラは軽やかに笑った。「わたしの計画では、結婚するつもりだと見せかけるだけなの」

「結婚するつもりだと見せかける……」おかしなことに、ローリーはパンドラがなにを言おうとしているか理解した。もっとおかしなことに、それはうまくいくように思えた。「だいたいは賛成だが、その結果どうなるか考えたのか？　ロンドンにいる人たちはみな、きみとマックスとのゲームを見守っている。ぼくたちが二人で逃げたら、すぐにばれるだろう。今回はべつの二組と一緒というわけじゃない。この前はそのことがあったから、きみは完全に破滅せずにすんだんじゃないか。今度の計画は、取りかえしがつかないほどきみの評判を傷つけるだろう」

「それはまちがいないわ」パンドラはそんなことはどうでもいいというように、肩をすくめた。「だって、わたしが結局そういう羽目になると予想していた人は、大勢いるんだもの。せめて期待にこたえてあげないと。グローヴナー・スクエアのじゃじゃ馬にふさわしい運命だとは思わない？」

ローリーは長いあいだパンドラを見つめていた。いま彼女はじゃじゃ馬にはとてもみえない。かよわく、傷つきやすく、とても悲しげだ。いったいマックスはこの人になにをしたのだろう？「その責任は、ほとんどぼくにある。もう手遅れだが、すまなく思っている」

「ありがとう、ローリー、でもあなたはあだ名をつけただけ。その名に恥じないよう全力を尽くしたのはわたしよ」パンドラは首を振り、両腕で体を抱えこんだ。つらい真実と向きあうのを避けているようにみえた。「これまでずっとやりすぎず、かといっておとなしく収まることもせずに生きてきたけれど、かなりたいへんだった。みんなに一挙一動を見られていて、いまにきっとスキャンダルになるぞと思われているのはちゃんとわかっていたわ。そして、おそらくみんな、そうなるのを期待しているということもね」

「それはわかるよ」

「そうかしら？　本心を隠して世間の期待に合わせるのがどんなにつらいかってことも？　どれほどがんばっても、評判は見かけだおしだったと思われはしないか、心配でたまらないってことも？」パンドラはローリーの目をじっと見つめた。「罪を犯したから、そういう罰を受けるのも当然よね」

「そんなことはない」ローリーはつぶやき、自分もパンドラと同じだと気づいた。自分が人前で見せる姿は、内面とひどく違っているのだろうか？　それは深く隠されていて、マックスですら見つけるのがむずかしいのかもしれない。

「それじゃ、わたしを助けてくれるの？」

「まだそうと決めたわけじゃない。話し合わなければならない細かい点がいくつもあるからね」ローリーは言葉を切った。「たとえば、マックスはたぶんぼくを殺すだろうね。本当だよ。夜明けにピストルで撃つかもしれないし、素手で絞め殺すかもしれない」

「そうは思えないわ。マックスはほっとするんじゃないかしら」パンドラは、自分に言いきかせるかのように答えた。

ローリーは驚いた。いったいなにがあったのだろうか？　こんなことを言うなんてまったくじゃじゃ馬――いや、パンドラらしくない――公爵の未亡人のパーティにいた女性とは別人のようだった。まるで、魂がこわれてしまったかのようだ。それとも心が砕けたのだろうか。

ローリーは、恐れていたとおりマックスがパンドラの心を傷つけたと悟った。だがなぜだろう？　マックスはパンドラを愛している。パンドラも同じ思いなのはまちがいない。もちろん、どちらも自分の気持ちを告白してはいないが……なんてやっかいなんだろう。

シンシアのことはどうなるのか？　駆けおちを知ったらどんな反応をするだろう？ローリーはシンシアが好きだったし、彼女がその気持ちに報いてくれるのを願っていた。事情を説明する手紙を送ることもできるが、そうなるとシンシアはマックスに本当のことを教えるだろう。マックスは全力でローリーたちを見つけようとするはずだ。

「わたしは今夜ロンドンを出るつもりよ」

「パンドラ」ローリーはパンドラにさらに近づき、悲しげに曇った美しいブルーの瞳をのぞきこんだ。「きみはマックスに恋をしているのかい？」

パンドラはローリーから目をそらしたが、ローリーはその前に彼女の瞳に深い苦悩の影がさすのを見てとった。「そんなことは、いまはどうでもいいわ。あなたが自分で言ったでしょう。マックスがゲームに勝てば、選択肢はなくなるって。だから彼に勝たせるわけにはいかないの。さあ」パンドラは深く息を吸った。「わたしたちは協力するってことでいいわね。わたしを助けてくれるの、くれないの？」

いまパンドラを助ければ、過去の借りは帳消しにできる。それにあのちょっとした策略に対して、マックスに十分な報いを受けさせることもできる。一点取るために、親友に人前で恥をかかせたのだから。

「今夜は無理だ」ローリーは長いため息をついた。「でも明日なら出発できる」

パンドラは心配そうに眉を寄せた。「それじゃ遅すぎるかもしれないわ。マックスはあと二点を取ってしまうかもしれない、そうしたら……」パンドラは鼻にしわを寄せた。「ごめんなさい。気が動転して口走っただけよ。わかったわ。それじゃ明日ね」パンドラはローリーの目を見つめた。「マックスにはなにも言わないと約束してくれる？」

「もちろんだ」ローリーは嘘をついた。自分の計画を考えだすのに二十四時間ある。もしパンドラとマックスが互いの気持ちを認めれば、このゲームの脇役たちは自分たちの人生に専念できる。ローリーはそれを心から望んでいた。ことにすらりとして優美で、とても魅力的なシンシアが脇役のひとりとあっては。

「それじゃ馬車の手配をしよう。最後にひとつ聞きたいんだが」自分の計画を練るには、パンドラの企みの詳細をなにもかも知っていなくてはならなかった。「本当に、マックスはぼくたちを追ってこないと思うかい？」

「ええ、もちろんよ。そんなことをしても意味がないと言ったばかりじゃない。あのね、北のスコットランドへ行くつもりはないわ」パンドラはにっこりした。ローリーがここへ来てからはじめて見た、心からの微笑みだった。

「南西へ向かいましょう。この時期のバースはすてきよ」


「……それで、二人のあいだにいったいなにがあったかはっきりさせるには、二人が力を合わせるように仕向けるのがいいと思うんですけど」シンシアはエフィントン家の居間をゆっくりと歩きながら言った。「協力するしかなかった場合のほかは、二人は互いに対抗しあっていたようにみえます。たとえば酒場で――」

「ええ、ハリーがそのちょっとした冒険の話をしていたわ」レディ・ハロルドはきびしい顔で言った。「そんな危険なことを考えているわけじゃないわね？」

「もちろんですわ。でもちょっと思いついたことがあるんです」シンシアは深く息を吸った。「誘拐というのはどうでしょう」

レディ・ハロルドは眉を上げた。「誰を誘拐するの？」

「いえ、わたしたちが誰かをさらうわけじゃなくて、被害者になるんです。パンドラはわたしたちが危険だと思えば、どんな手段を使っても助けようとするでしょう。そしてトレント伯は、パンドラがひとりでわたしたちを追うのを許すはずがありません」

「うまくいくかもしれないわね」レディ・ハロルドは考えながら答えた。「もちろん誰かがなにかしなければいけないのはたしかだし、それはできるだけ早いほうがいいわ。ゲームが終わるまであと数日しかないでしょう」

「それじゃ、明日にでも？」

「いいでしょう」レディ・ハロルドは額にしわを寄せた。「数日前なら、パンドラがトレント伯をとても気に入っているというのに大金を賭けたのに。いまはもう、あの子がどう思っているのかまったくわからないわ」

「パンドラはたしかにトレント伯を愛しています。そうでなければ道理に合わないわ。これまでパンドラがあんなおかしな振るまいをするのを見たことがありますか？」

「いいえ」

「いまだってわたしに話そうともしません」シンシアは首を振った。「ドア越しに気分が悪いと言うだけで。でも病気とは思えない声でした。わたしにあっちへ行ってと言うんです」

「パンドラは病気などしたことがないわ」

「わかってます。そんなこと考えただけでも心配です」

「運がよければうまくいくかもしれないわね。でも娘を幸せにするために、自分の誘拐を計画する羽目になるとは思いもしなかったわ」レディ・ハロルドは内緒話をするように声を低めた。「これはおもしろい冒険になるわね。もう何年も冒険なんてしたことがないわ。昔はかなり大胆なことをした時期もあってね。ハロルド卿に会ったのはそんな頃なの」

「本当ですか？」だがシンシアはそれほど驚くことではないような気がした。レディ・ハロルドが昔さまざまな冒険をしてきた女性だと、もっと前に察しているべきだった。

「パンドラは知ってるんですか？」

「まあ、知らないでいてくれるといいんだけど」レディ・ハロルドは笑った。「パンドラはいまだって大の冒険好きなのよ。一族の伝統を受け継ぐよう運命づけられていると思ったらどうなることか」

「パンドラに教えるのは、あまり賢明とは思えないわ」シンシアはつぶやいた。

「さあ、それじゃ明日のことだけど。まず……」

レディ・ハロルドが細かい打ちあわせを始めたが、シンシアは心をそそる冒険のことをあれこれ思わずにはいられなかった。これはわたしの最初で最後の冒険になるのかしら？　この先、自分の娘にも秘密にするような冒険をすることがあるのだろうか？　ブロンドで背が高く父親にそっくりな娘にも？　その父親に誰を望んでいるか考えたとき、熱い思いが湧きあがった。

今回のことは、人生でいちばんの冒険になるのかしら？

逃げるというのは、思いつくうちでいちばん愚かな考えだったのかもしれない。
パンドラはベッドの上の小さな旅行鞄《かばん》にもう一枚ドレスを投げこんだ。それでも、いまは逃げだすことしか思いつかなかった。

マックスが自分を愛していないとわかったときのひどい苦しみが癒える日は来るのだろうか？　いや、刺すような鋭い痛みはなくなっても、すっかり消えることはないだろう。

パンドラは覚悟を決めた。もし生きているかぎり痛みを感じなければならないのなら、それでもかまわない。必要ならば残りの人生、それに耐えてみせる。

残りの人生？　ああ。パンドラは衣装ダンスのところへ行き、ドレスをもう一枚取った。どんな人生だというの？　評判は地に落ち、行く末は暗く、幸せになる見こみはまったくない。マックスの愛がなければ、どのみち幸せになどなれるはずがなかった。

いまだってべつに幸せというわけではない。マックスとはじめて言葉を交わした瞬間から、パンドラはおかしくなった。様子がいつもとすっかり変わり、これまで知らなかった憂うつ、不安、疑いが心のなかに入りこんできた。パンドラはこの新しい自分が少しも気に入らなかった。

怒りが湧きあがってきた。マックスに心をずたずたにされてからは、いつもそう。あの人はどういうつもりだろう？　二人で分かちあったすばらしいあのときを、自分勝手な目的を遂げるために利用するなんて？　本当にこれ以上ないほどのろくでなしの遊び人で、しかもけだものだわ。

パンドラはドレスを乱暴に鞄に突っこんだ。本当は、マックスと同じくらい自分にも責任があるのはわかっていた。あんなばかなことをしなければよかった。

恋に落ちなければどんなによかったか。

愛してくれない男と結婚しないですむ方法は、ほかにもいろいろあるかもしれないが、いまはなにも思いつかなかった。それに時間はもうほとんど残されていない。マックスが最後の試練をやりとげたら、自分の運命は決まってしまう。

だめだ。そんな運命におとなしく従うつもりはない。もし残りの人生がみじめでわびしいものだとしても、少なくともそこへ行きつく道を自分で選ぶことはできる。どんなに愚かだろうと、数時間もしたらその道の第一歩を踏みだすことになるだろう。

そうしたらもうあと戻りはできない。

第二十二章　賭け金は吊りあがった

ローリーはいったいどういうつもりなんだ？　最後のテストに合格するために、ぼくはいろいろと考えてきたっていうのに。もしこれがぼくの努力の邪魔をしようとするまたべつの企みなら、親友だろうとなかろうと、あいつを殴るくらいはしないと。

雨が窓をたたき、稲光がカーテンの引かれた窓を照らしている。マックスの気分にふさわしい夜だった。

マックスは椅子にもたれ、ローリーの召し使いが持ってきた短い手紙をじっと見つめていた。それはドアのそばのテーブルの上に置かれていて、執事がマックスに渡すまで、一時間近く見おとされていた。

マックスへ

このあいだ話した旅行に出かける決心をした。だが外国へ行くつもりはない。スコットランドにさえ魅力を感じないからね。いつ戻るかはわからないよ、五ヵ月か、それとも五日後か。だからもうきみのゲームの邪魔はしない。

きみは正しいとわかったよ。ちゃんと計画すれば、結婚は罠ではない。これまであんな態度を取ったのは、どうしても避けられないことから逃れようと、自分で自分をごまかしてペテンにかけようとしたからにすぎない。

おかしなことだが、ぼくたちは昔の過ちを繰りかえす運命にあるらしい。言っておくが、本当はうちの風呂に入っているほうがいいんだ。この時期にはいつも気持ちがいいからね。そうやって、しゃくにさわるが魅力的なじゃじゃ馬たちがやった向こうみずな行動についてあれこれ考えていれば、ぼく自身の性格に疑問を持つことから逃れられるだろう。

こんなときに君を見すてるのを許してくれ。そうするしかないんだ。ぼくは自分の道を追わねばならないとわかった。ぼくたち二人のうちで、むしろきみがこういうことを言うんじゃないかと思っていたよ。

ローリー

マックスは困惑して眉を寄せた。どういうことかまったくわからなかった。そもそも、なぜローリーはどこかへ行こうとするのだろう？　それになぜこんな謎めいたメッセージを残したのか？　マックスはつきまとって離れない不安感を振りはらおうとした。

不意に図書室へ通じるドアがあいた。同時に外で雷鳴がとどろいた。

「マクシミリアン」なじみのある声が部屋に響いた。「どうなっているのか教えてちょうだい」

マックスはうめいた。「こんばんは、母上」

先代トレント伯爵の未亡人が、羽根のついたシルクのドレスの裾を引いて部屋へ入ってきた。まるで帆をすべて張った快速帆船のようだ。ただでさえ強い印象を与えるのに、激しく怒っているときのレディ・トレントは、圧倒的な迫力があった。だがマックスは十歳のとき以来、母親からなにを言われようと一歩も引かずにいるのに慣れていた。それでも本当にそのことに良心がとがめなくなったのは、ナポレオン軍によって死の危険に直面してからだった。

「どうしておまえは結婚相手にあんな……あんな……」

「あんな、なんですか母上？」

「じゃじゃ馬ですよ」レディ・トレントは、まるで上品な社交界で口にしてはならないかのように、その言葉を吐きだした。

「どのじゃじゃ馬です?」マックスは無邪気に尋ねた。

レディ・トレントはあえぐように言った。「おまえがかかわっているのはひとりだけじゃないの?」

「パンドラ・エフィントンのことを言ってるんでしょう」マックスは含み笑いをした。

「ええ、母上、ひとりでたくさんですよ」

「そのひとりだけでも多すぎます」レディ・トレントは小柄ながらも——パンドラよりも背が低かった——背筋をきちんと伸ばし、子供の頃しょっちゅうマックスの夢に出てきた顔でにらみつけた。「そんなこと許しませんから」

「母上には関係ないでしょう」マックスは笑った。母親が怒ると、ほかのなによりもおもしろく思えた。

レディ・トレントは目を見ひらいた。「なにを言うの!」

「とにかく、ぼくは彼女と結婚するつもりです。このことでは、うまくいく自信がありますからね」

「おまえはあの人とやっているゲームのことを話しているのね? あのばかげた取り引きのことを?」レディ・トレントは毅然とした様子で両手を握りしめた。「知り合いという知り合いがそのことについて話しているわ。こんなに恥ずかしい思いをしたことはありませんよ」

マックスは片方の眉を上げた。「母上がかかわりあいになっているとは知らなかったな」

レディ・トレントは、マックスの言葉など聞かなかったかのように話を続けた。「わたくしの息子が。こんなふうに自分の将来を賭けの対象にするなんて。跡継ぎの母親を誰にするかという重要なことを賭けで決めるとは。わたしの孫の母親を。もうたくさんですよ」レディ・トレントは手の甲を額に当てて目をつぶり、泣きつかんばかりにもう一方の手をマックスに差しだした。「そんなことを考えるだけでも耐えられません。いまここで気絶してしまいそう」

マックスは笑いをこらえた。そういう姿をこれまでに何度も見てきた。「それじゃソファのそばへ行ったらどうですか、母上。気絶するにはずっと快適ですよ」

レディ・トレントは目を見ひらいてにらみつけた。「心配してくれてお世話さま。でももう大丈夫ですよ」彼女は堂々とソファのところへ歩いていき、女王がかしこくも庶民に言葉をおかけくださるといった風情で腰をおろした。「ひとつ教えてちょうだい、マクシミリアン、なぜあの人なの？　ロンドンの、いえ、イングランドのすべての女性のなかで、なぜおまえはあの人にしたの？」

マックスは微笑んだ。「理由はいろいろありますけどね、母上。理解してもらえないと思いますよ」

レディ・トレントは不快そうに目を細め、息子をじっと見つめていたが、ようやくあえぐように言った。「なんてことなの、おまえは恋をしているのね！」彼女はさらに深くソファに身を沈め、扇子であおぐように片手を動かした。「ああ、本当に気絶しそう」

「どうしてぼくが恋をしていると思うんです？」マックスはローリーの手紙を机の上に落とし、そのうしろの椅子に座った。

レディ・トレントは頭を上げてにらみつけた。「わたしはおまえの母親ですよ。いやでも、おまえのことはわかります。顔にちゃんと書いてありますからね」

「本当ですか？」マックスは小声で言った。「それはおもしろい」

「おもしろくなんかありません」レディ・トレントは気絶するかのように、ソファの背に頭をもたせかけた。「とんでもないことです」彼女はまた頭を上げた。「あの人は例のエフィントン一族のひとりでしょう？」

「ええ。公爵の孫娘ですよ」

「とにかくそれは重要なことだわ」レディ・トレントはソファにもたれかかったが、また頭を上げた。「あの人がなんと呼ばれているか知っているわね？」

「グローヴナー・スクエアのじゃじゃ馬でしょう？」

レディ・トレントはうなずいた。

「ちゃんとわかってます」

レディ・トレントはふたたびぐったりした。

「じつは、あの人はそんなあだ名をつけられるようなことはほとんどしてませんよ、母上」

「まあ！　いくつもの決闘や賭けが行なわれたのよ、マクシミリアン」今度はレディ・トレントはわざわざ頭を上げはせず、息子を鋭くにらみつけただけだった。「あの人は、これが八回目のシーズンでしょう」

「七回目ですよ、母上」マックスはそう言って唇を嚙み、笑いをこらえた。

「とにかく、あの人がなぜいままで結婚しなかったのか考えないといけないわ。もしおまえが言ったように、あだ名に値することをほとんどやっていないのならね」

「あの人がいままで結婚しなかったのは」マックスはとりすました顔で微笑んだ。「ぼくに会わなかったからですよ」

レディ・トレントは信じられないというように目を見はった。それから出しぬけに笑いだした。「マクシミリアン、おまえは手に負えないけれど、憎めないわね。あの小娘がおまえに会うまで結婚せずにいたのを責められないわ」

「ありがとうございます、母上」

レディ・トレントはあきらめたようにため息をついた。「おまえのそういう言いかたもわかっていますよ。わたくしがおまえを止めるためにできることは、なにもないということね？」

「まったくそのとおりです」

「おまえはお父さまと同じくらい頑固ですよ」

「首尾よくいくよう祈っていてください」

「わかったわ。でもそうなってもあまりうれしくはないけれどね」レディ・トレントはまたため息をついた。「わたくしにはまだわからないのよ。なぜ、恥知らずにもおまえの親友とかかわりのあった娘と結婚したがるの」

「ぼくの親友ですって？」マックスは困惑して眉をひそめた。「誰のことを言ってるんです？」

「まあ、わかってるでしょう」レディ・トレントはばかにしたように手を振った。「ボルトン子爵ですよ。あの娘とグレトナ・グリーンへ一緒に逃げたのは。もうどれくらいになるかしら？　六年前？」

「五年前だ」マックスはつぶやいた。ローリーが？　マックスはショックを受けた。もちろんその事件は知っていたが、どういうわけかパンドラと一緒に逃げた紳士が誰かなど、気にもとめていなかった。当時はそんなことはどうでもよかったのだ。

「あの娘にグローヴナー・スクエアのじゃじゃ馬というあだ名をつけたのは、ボルトン子爵です。あの娘はボルトン子爵の心をひどく傷つけたのよ」レディ・トレントはどうにかきちんと座ると、息子をじっと見つめた。「おまえは知らなかったの？」

「ええ」マックスは合点がいった。いまならすべて説明がつく。パンドラとかかわることにローリーはかたくなに反対した。エフィントン一族がそばにいるといつでも、ローリーは気おくれするとかなんとかおかしなことを言っていた。エフィントン家の領地での、ローリーとパンドラの振るまいといったら……。

おかしなことだが、ぼくたちは昔の過ちを繰りかえす運命にあるらしい。

「昔の過ち？」マックスははらわたが煮えくりかえり、心臓が喉元までせりあがってくるような気がした。

「どうしたの？」

「なんでもありません、母上」いや、とんでもないことになった。マックスは机の上を捜してローリーの手紙をひっつかむと、ほかより謎めいた言葉に注意を集中してもう二回目を通した。外国へ行くつもりはない……スコットランド……戻る……五日後……ゲームの邪魔はしない。

「わたくしはおまえが恋をしていればわかります。おまえが動揺しているときもちゃんとわかるのよ。さあ、どういうことか話してちょうだい」

「ミス・エフィントンがローリーと逃げたんです」マックスは小声で言った。結婚は……ちゃんと計画すれば……ペテンにすぎない。

「まあ、本当なの？」レディ・トレントの声はうれしそうだったが、マックスににらまれてすぐにしゅんとなった。「わたしはただ」彼女は同情をこめてため息をついた。「本当にそうなのか尋ねたかっただけですよ」

「ご心配くださってありがとうございます」風呂《バース》……この時期には気持ちがいい……じゃじゃ馬たち……向こうみず……逃れられる。

「まあ、そのほうがかえってよかったのよ。でもおまえがようやく結婚する気になってくれたのはうれしいわ。おまえにお似合いの、とても魅力的なお嬢さんを何人か知っていますからね――」

「ぼくはミス・エフィントンと結婚しますよ、母上」許してくれ……そうするしかない……追わねば……ぼくたち二人。「二人のあとを追わないと」

「マクシミリアン、まさか本気じゃないでしょうね」レディ・トレントは立ちあがった。「あの、まちがいだとは思うけれどね。あの娘は以前ボルトン卿とグレトナ・グリーンへ逃げたんですよ、だから――」

「二人はスコットランドへは行かないでしょう」ローリーはいまいましいほど見事に、情報をぼくに伝えてきた。あいつなりのやりかたで、ぼくとパンドラの両方に義理立てしようとしてるんだ。「二人はバースへ向かうと思います」

「バース？」レディ・トレントは困惑して額にしわを寄せた。「結婚するためにバースへ逃げる人なんていませんよ」

「二人は結婚するつもりはないんです」ローリーは、いまごろバースへ発つところだろうか？　いや。まずパンドラの邸に立ちよらなければならないはずだ。もしローリーがぼくにメッセージを残すほど頭が働くなら、たぶん二人の出発を遅らせることもできるだろう。

レディ・トレントはあえぐような声を出した。「嘆かわしいことです！　恥ずべき行為だわ！　マクシミリアン、あとを追ってはだめですよ、あんな……あんなじゃじゃ馬のあとなんか」

「母上、あなたがおっしゃったように、そのじゃじゃ馬をぼくは愛しているんです」マックスはドアのほうへ向かった。「それにあの人は、ぼくとの結婚を逃れるためにロンドンを出るつもりなんですよ」

もし、もう手遅れだったら……マックスはぞっとした。ローリーと一緒にいるかぎりパンドラは安全だが、彼女のことだからひとりで逃げる計画を立てていないともかぎらなかった。

「マクシミリアン、待ちなさい」レディ・トレントは心から息子を心配しているようだった。「ほかの男性と駆けおちするという思い切った手段を使ってまで、おまえから逃れようとしている娘を無理やり妻にしたいの？　本当にそんな娘を望んでいるの？」

「あなたの質問は半分だけ当たっていますよ、母上。大切なのはぼくがあの人を望んでいるかどうかじゃありません」マックスは髪を手ですいた。「あの人がまだぼくを望んでいるかどうかです」

レディ・ハロルドはドレスの裾を引きながら、広い階段を下りてきた。その手には手紙が握られている。ハロルド卿が一歩うしろから続いた。

シンシアは二人に微笑みかけた。「それじゃ、すべて準備が整ったんですね？　出かけましょうか？」

「パンドラが逃げたのよ」レディ・ハロルドは階段のいちばん下に着くと、近くの椅子から外套《がいとう》をひっつかんだ。

「あのおばかさんと」ハロルド卿が言った。

シンシアは信じられないというように目を見ひらいた。「おばかさんって、どの？」

「ボルトンだ」ハロルド卿の声はきびしかった。

シンシアはあえいだ。「わたしのおばかさんと？」

「わたしたちが二人を止めなければ、ボルトンはあなたのおばかさんじゃなくなるわ」

レディ・ハロルドは外套を肩に羽織った。

「どういう意味でしょう？」シンシアは息をのんだ。

レディ・ハロルドは深いため息をついた。「二人はグレトナ・グリーンへ行ったと思うわ――」

「またか」ハロルド卿が口をはさんだ。

　また？

「パンドラは手紙を残していったの」レディ・ハロルドは手に持った紙を振った。「そこへ行くとはっきり書いてはいないけれど、暗示されているのはまちがいないわ」

　ハロルド卿は鼻を鳴らした。「トレントと結婚しなくてすむには、ほかに方法がないと書いてある。このゲームがまずい結末を迎えるのはわかっていた。ボルトンがわたしのところへ来たときに、やめさせるべきだった」

「ローレンスはあなたと話したんですか？」シンシアは頭がふらついた。

「そのときには重大なこととは思えなかったのよ」レディ・ハロルドがぴしゃりと言った。「二人を止めなければ」彼女はドアのほうへ行った。

「待ってください」シンシアは首を振った。「わからないんですけど。二人がまたグレトナ・グリーンへ行ったとおっしゃったのはどういう意味でしょう？」

「あなたがパンドラと知り合う前のことよ。あの子とボルトンは、あの子の二度目の社交シーズンにスコットランドへ行ったの。ふざけてやったと、そのときパンドラは言ったわ。ほかの二組と一緒にね。捕まったとき、あの子はボルトンと結婚するのはどうしてもいやだと言ったのよ」

ハロルド卿は首を振った。「あのとき断固とした態度を取っておけばよかった。ボルトンと結婚させるべきだったよ。あの男なら悪くなかった。もちろん、パンドラにグローヴナー・スクエアのじゃじゃ馬というあだ名をつけたのはあいつだ」

レディ・ハロルドはシンシアを見つめた。「知らなかったの？」

シンシアはみじめな気持ちになり、ゆっくりと首を振った。「その話は知っていますが、ローリー――いえ、ボルトンがその相手だったなんて」

「ごめんなさいね」レディ・ハロルドはシンシアに腕を回し、すばやく抱きしめた。

「丸く収める方法がまだあるかもしれないわ」

「丸く収めるですって？」シンシアの悲しみは、すぐに怒りに取ってかわられた。「満足のいく解決法は、いますぐボルトンを殺すことだわ。この手であの男を絞め殺してやりたい。鋭いもので刺し殺してやりたいわ。それとも撃ち殺すか。でもそんなことをしても、十分な苦痛を与えたとは言えないけど」

「このお嬢さんが気に入ったよ、グレース」ハロルド卿の口元に笑みが浮かんだ。「ああ、まるでエフィントン家の一員かと思った」

「かわいそうに」レディ・ハロルドはつぶやいた。「もういいかげんにして出かけないと」

「待ちなさい」ハロルド卿が言った。「なぜこんなときに？　今夜はひどい天気だ。雨が天罰のように降っている」

「ハリー」レディ・ハロルドはもどかしげに言った。「パンドラを助けなければ。あの子の名誉が危うくなっているのよ。あの子の将来が」

「待つんだ」ハロルド卿は頑固に繰りかえした。「パンドラは大人だよ。もう、自分でまちがいに気づくようにさせてもいい頃だ」

「ハリー」レディ・ハロルドは、本気で夫をにらみつけた。「わたしたちはずっと、あの子が自分でまちがいを犯すようにさせてきたわ。そんなことをしなかったら、パンドラはいまこんなことになってはいないでしょうよ」

ハロルド卿は首を振った。「そうは言ってもわたしは――」

「わたしたちが止めなければ、あの子は本当に愛する男性を失うことになるわ」レディ・ハロルドは唇にかすかな微笑を浮かべていた。「恋をすると人はどれほどばかげたふるまいをするか、覚えがあるでしょう？」

ハロルド卿はしばらく夫人を見つめ、それからばつが悪そうに微笑んだ。「特にエフイントン一族はね」

三人は出発することにした。ハロルド卿はあたりに目をやった。「いったいわたしのコートはどこにあるのかね？　それにピーターズはどこだ？」

「どうしましょう」レディ・ハロルドはたじろいだ。「パンドラの手紙を見つけるちょっと前に、ピーターズを使いに出してしまったわ」レディ・ハロルドは肩をすくめた。

「いまとなってはどうしようもないわね」彼女は元気よくドアのほうへ歩いていった。

「二人とも、いらっしゃい」

「誘拐はとりやめということですね？」シンシアは落胆を隠しきれなかった。

「しかたがないでしょう」レディ・ハロルドは肩越しに答えた。

「誘拐だと？」ハロルド卿は眉をひそめた。「誘拐ってなんだ？」

「なんでもないわ」レディ・ハロルドはドアを引きあけて外へ出た。

「必要なら、わたしの机の一番下の引き出しにピストルがあるが」ハロルド卿はシンシアにささやいた。

「使いかたはむずかしいですか？」シンシアは小声で尋ねた。

「簡単だよ」

「よかった」シンシアはにっこりした。最初はあんな態度をとったものの、ローレンスが本当にパンドラと結婚するとは思えなかった。あの二人が実際になにを考えているかはわからなかったけれど。それにシンシアは、もう一度ローレンスに自分の望みどおりのことをさせる自信があった。

あの人をピストルで撃つのもおもしろいかもしれない、とシンシアは思った。

パンドラはもうひとつの座席へ移った。雨はたたみかけるように馬車の屋根を打ちつづけている。その音はパンドラを落ちつかなくさせた。寒く湿った馬車のなかにいればいるほど、パンドラの気分は沈み、不安が募った。

パンドラはあいている窓のほうへ身を乗りだし、雨が顔をたたきつけるのもかまわず、新鮮な空気を深く吸いこんだ。だがこの黒い箱のなかで、たえずたたきつける雨音を聞きながら座っている不愉快さも、次々に湧きあがるさまざまな感情からパンドラの気をそらすことはできなかった。

五日間？　それは一生にも思えた。パンドラは座席で何度も姿勢を変え、心の底からため息をついた。

「旅のあいだずっと、その哀れを誘う音を出しているつもりかい？」ローリーが陽気に言った。「それとも、一分もじっと座っていられないのを嘆いているだけなのか？」

「そうよ」パンドラはぴしゃりと言ったが、すぐにそんな言いかたをしたのを後悔した。ローリーは誰にもまして、パンドラの怒りを買ういわれはなかった。「ごめんなさい。わたしちょっと――」パンドラは両手を握りしめた。「雨の中でドアを閉めた馬車に乗っているのが、ちょっとつらいのよ」

ローリーはばかにしたように笑った。「ちょっとつらい？」

「なんというか……閉じこめられたような気がするの。じつを言うと、屋根に雨が当たる音を聞くとまるで」――どれほどばかげて聞こえるかと思い、パンドラは話すのがいやになった――。「生き埋めにされたように思えるのよ」シンシアのほかには誰にも、こんな話をしたことはなかった。パンドラは笑われるのを覚悟した。

「それできみは窓をすべてあけるよう言い張ったんだね」ローリーはゆっくりと言った。

「そうしてもらうと助かるの」パンドラは肩をすくめて無理に笑おうとした。「そんなものがこわいなんてばかげてるわね。高いところやヘビがこわいのならわかるけど――」

「ばかげているなんて少しも思わないよ」ローリーは静かに答えた。「ぼくたちはみな、あれこればかげたものに恐怖心を抱いているものさ」

「マックスは違うわ」

「あいつだってそうさ。マックスは失敗するのがこわいんだ」

「こわい？　あの人は失敗がきらいなのは知ってたけど……」パンドラはもう一度ため息をつき、姿勢を変えた。

「パンドラ、正直言ってぼくはかなりとまどっている」ローリーは、次の言葉を選んでいるように、しばらくなにも言わなかった。「きみの計画を聞いたとき、マックスとのゲームに勝ちたいからそんなことをするんだと思った。きみたち二人のあいだになにかがあったのはまちがいない。きみはいつもと違って元気がなかった。ぼくに優しかったしね」

「そうだったかしら？」

「まったくとまどったよ」

パンドラは、ローリーがわざと明るい声を出しているのに気づいた。この人はわたしを元気づけようとしているのかしら？　本当に、わたしはこの人をちゃんと評価していなかったんだわ。

パンドラは穏やかに笑った。「許してちょうだい」

ローリーは大げさにため息をついた。「最大限の努力をするよ」彼は身をかがめ、まじめな口調で言った。「冗談はさておき、パンドラ、ぼくにわからないのはどうしてきみがこんなことをするのかってことだ」

「もちろん、ゲームに勝つためよ」パンドラはさらりと言った。

「きみが信じられない」

「本当よ。わたしは勝ちたい。マックスの勝利のご褒美というだけで、彼と結婚したくはないわ」声がつまったが、どうにか続けた。「それに気づかせてくれたのはあなたよ。何年も前に愛がなければ結婚するつもりはないと宣言したでしょう。わたしの気持ちは変わってないわ」

「きみはマックスを愛してるのか？」

パンドラはためらった。それを口に出して言ったことはない。誰にも。できるかどうか自信がなかった。「そんなことは重要じゃないわ。あの人はわたしを愛してないの。ちゃんと言えるようにいろいろとチャンスを与えてあげたのに、だめだったわ」

「たとえそうでも、あいつは――」

「あの人にとってはわたしたちの取り引きだけが重要なのよ」また怒りがこみあげ、パンドラはそれを喜んで受けいれた。彼女は冷ややかな声で続けた。「マックスが望んでいるのは勝つことで、そのためにしなければならないことはなんでもするつもりなのよ。なんでもね」

「おいおい、そうは思えないが――」

「本当？」激しい怒りがこみあげ、心のなかに閉じこめておいた言葉が堰を切ったように溢れでた。「あなたはマックスがこんなことを言うとは思えないってわけね？〝きみはいますぐぼくと結婚しなきゃならない〟とか、〝ゲームは終わった、ほかの選択肢はない〟とか〝名誉を守るには、結婚するしかない〟とか、〝きみはもう汚された、そしてぼくが――〟」パンドラははっとして口に手を当てた。

「ああ、それですっかり説明がついたよ」ローリーはゆっくりと言った。

「どうしよう」パンドラはうめき、体を二つに折って両手で顔を覆った。「なんて愚かなのかしら」

「そういうことは、まあ、よくあることさ」

パンドラは体を起こした。「わたしにとってはそうじゃないわ。何年ものあいだ、そんな機会は何度もあったのに」

ローリーは長いあいだためらっていたが、ようやく深く息を吸いこんだ。「あいつはきみを愛している。ぼくにそう言ったんだ」

パンドラの心は落ちついた。「たしかなの?」

「マックスはいままでぼくに嘘をついたことはないと思う。それに、最後の試練のための金の林檎をもう手に入れている」

パンドラはローリーの話を信じたかった。「どうしてマックスはわたしに言わないの?」

「どうしてきみはマックスに言わないんだ?」ローリーは鋭く言った。

厩でのあの朝の出来事が頭のなかを駆けめぐった。マックスがわたしを愛していると思ったのはまちがいじゃなかったの? あの人にとって、ただ勝てばいいわけじゃないのかしら?

「あの人はわたしを愛している」パンドラはそっと言った。笑いたかったし、同時に泣きたくもあった。マックスはわたしを愛している。そしてわたしはマックスを愛している。パンドラは座席に座りなおし、愚か者のようににやついた。まったくどうしようもない愚か者。浅はかで、一時の激情に駆られる愚か者――。

パンドラは座席で腰を上げた。「ねえ、ローリー、わたしたち戻らなければ。すぐに。マックスがこのことを知る前に」

「とてもいい考えだ」ローリーは手を伸ばして馬車の屋根をたたいた。

「運がいいことに、ピーターズは明日までわたしの手紙をマックスに渡さないことになっているの」

「きみの手紙?」ローリーは不安げに言った。「ああわかった、きみの手紙のことを忘れていたよ」

「わたしたちが出ていったことをマックスが知りもしないうちに戻れるわ」パンドラは戻るのが待ちきれなかった。マックスのもとへ。わたしを愛してくれる人のところへ。わたしが愛している人のところへ。「どうして御者は馬車の向きを変えないの?」パンドラは天井をたたいた。

「落ちつけよ、パンドラ」ローリーが笑った。

「落ちついてなんかいられないわ、ローリー。いまはね」パンドラは窓のほうへ移動して身を乗りだした。すぐに雨でびしょ濡れになったけれど、かまわなかった。「御者さん」パンドラは雨の音にかきけされないように叫んだ。「戻らなければならないの。さあ！　すぐに！」

不意に馬車が向きを変えたので、パンドラは通路をはさんだローリーの席へ投げだされた。一瞬、馬車が引っくりかえったのかと思った。また出しぬけに馬車が動き、今度はローリーの膝の上に飛ばされた。

二人は互いに見つめあった。数インチしか離れていない。

「パンドラ？」ローリーの唇は、パンドラの息がかかるところにあった。

「ええ、ローリー」わたしにキスしたくないのかしら？

「きみはぼくのことをなんとも思っていないの？」

パンドラは深く息を吸った。ローリーを傷つけたくはなかった、でも……。「ええ。あなたは？」

「ぼくもだ」ローリーはほっとしたようにみえた。

「まったくなんとも思ってないの？」なぜちょっとがっかりしたような気がするのかしら？「ほんの少しの欲望も感じない？」

「ちょっとならいつだって感じてるさ」ローリーはにやりとした。

「わかったわ」パンドラは笑いかえして自分の席へ戻った。

もしマックスが望むなら、すぐにゲームを中止するもりだった。彼がそうしたいのなら、明日にでも結婚しよう。結局パンドラは汚されたのだし、そうしたのはマックスなのだから。

そしてパンドラは、マックスにまた汚されるのが待ちきれなかった。

第二十三章　最後のゲーム

「あの人はどこだ?」マックスはエフィントン家の玄関ホールへ足を踏みいれると、ぐっしょり濡れた外套から水を降りおとそうと、空しく両腕を振った。雨のしずくが大きな弧を描いてマックスの周囲に飛んだ。

ドアをあけてくれた林檎のような頰をしたずんぐりした女性——おそらく家政婦だろう——は、頭のおかしい人でも見るようにマックスにじっと目を向けていた。

「どうした?」マックスはぴしゃりと言って手袋をはずした。こんなにいらだっていてしかもびしょ濡れでは、頭がおかしい人間だと思われてもしかたがない。

「あの人、とおっしゃいますと?」

マックスは深く息を吸い、落ちついて話そうとした。いくらパンドラが心配だからといって、この気の毒な女性に八つ当たりをすることはない。彼女はすでに死ぬほどおびえていた。「すまない……」

「ミセス・バーンズです」家政婦は膝を曲げてあいさつすると、マックスの手袋に手を伸ばした。

マックスはミセス・バーンズに手袋を渡し、外套を脱ぐとそれも差しだした。「ありがとう。さてと」儀礼的なあいさつはもう十分だった。「ミス・エフィントンだが。いらっしゃるかな?」

ミセス・バーンズは眉を寄せた。「わたくしではわかりかねます。ピーターズに聞いてまいりましょうか……」ミセス・バーンズは、すぐにもピーターズが柱の陰から顔を出すのを期待するかのように、あたりに目をやった。

「頼むよ。早急にミス・エフィントンと話をしなければ」マックスは微笑んでみせた。

ミセス・バーンズはうなずき、急いで邸の奥の陰になったところへ消えた。

マックスは円形の玄関ホールを行きつ戻りつした。パンドラがすでに発ったのを確かめずに、バースへ向かうことはできなかった。

なぜパンドラはぼくから逃げようなどと思ったのだろう? 最初にローリーの伝言の意味を悟ったときから、その疑問が頭から離れなかった。パンドラはひどく腹をたてていて、そんなことをしたらどうなるかちゃんと考えられなかったのだろうか? 評判は地に落ち、パンドラという名はスキャンダルと同義語になる。取りかえしのつかないスキャンダルと。

マックスは家政婦が消えたほうをにらみつけた。なぜこんなに時間がかかるのだろう？　パンドラが邸にいるのを確認することなど、簡単にできるはずだ。時間が経てば経つほど、パンドラはますますマックスから遠ざかってしまう。

だがまだ運がよかった。パンドラはこの茶番劇に付きあわせるのに、ほかでもないローリーを選んだ。彼はマックスにとって兄弟のようなものだ。マックスは心からローリーを信頼していた。

それでも、ローリーがパンドラとの関係について話してくれなかったことを、気にしないわけにはいかなかった。ああ、たしかにそれは、田舎の領地に引きこもっているあいだに起きたことだ。それにローリーがこれまでずっとその話をせずにいたのは、理解できなくもない。だがパンドラに興味を持っていると最初に気づいたとき、なぜなにか言ってくれなかったのだろう？　ゲームをすることになったときでも、あるいはあの舞踏会でパンドラに愛を告白するよう励ましてくれたときにだって、話せたはずじゃないか？

もし……ローリー自身がパンドラを愛しているのでなければ？

いや。ばかばかしい。マックスはその考えを頭から追いだした。もし本当にパンドラと結婚するつもりなら、ローリーは手紙など残さないだろう。そんなことを考えるのはばかげている。ローリーはパンドラが好きですらないのだ。疑ったのは、ぼくが嫉妬に駆られたからにすぎない。

マックスは長く息を吐きだして信じられないというように首を振った。これまで嫉妬の苦しみなど経験したことがない。

とにかく、いまいましいのは愛だった。パンドラとのことは、なにもかもうまくいっていた。彼女の心を得るのは、その手を得るよりずっと重要だと気づくまでは。

ドアがあき、一陣の風と雨のしぶきとともにピーターズが入ってきた。「こんばんは、伯爵さま」

「ピーターズ」マックスはほっとして言った。これで答えが得られるだろう。「説明してくれるかな――」

「伯爵さま」ピーターズはマックスのほうへ進みでた。ぐっしょり濡れた服から小川のように流れおちる水が、大理石のタイルを張った床に水たまりをつくるのも気にしていないらしい。「レディ・ハロルドからあなたに伝言をお届けするよう申しつかりまして、出かけておりました。奥さまが言われたとおりに、その情報をお伝えするようにとのことです」ピーターズは咳ばらいをした。「トレント伯」ピーターズは深く息を吸って、一気に吐きだした。「わたしたちはギリシャの宝を祖国に取りもどそうとするギリシャ人の陰謀家によって誘拐されましたシンシアも一緒です」

「ピーターズ」マックスはぴしゃりと言って両手を突きだし、本人もろくにわかっていない話を続けようとするのをやめさせた。「これはミス・エフィントンに関することか？」

「いいえ、伯爵さま」

「いま心配なのは、ミス・エフィントンのことだけだ。どこにいる？」

「はっきりとは存じません」ピーターズは言葉を選んでいるようにためらった。「ですが、お嬢さまはあなたにお手紙を渡すようにとわたくしに頼まれました――」

「それはよかった。ぼくにくれるかい？」

執事は額にしわを寄せた。「明日までお渡しすることはできません」

マックスはきびしい言葉をのみこみ、どうにか落ちつきを保とうとした。「でもぼくはいまここにいるわけだから、今日受けとるか、明日受けとるかはほとんど問題じゃないだろう」

「お嬢さまはそのことにとてもこだわっておられました」ピーターズは頑固に言った。

「そうは言っても」マックスはどうにか分別のある話しかたを続けようとした。「ミス・エフィントンだって、いまぼくに手紙を渡すのが理にかなっているのはわかるはずだ」

ピーターズは注意深くマックスを見つめた。「ミス・エフィントンの幸せは、わたしども使用人が長年願っていることでございます」

マックスは、まっすぐピーターズの目を見つめた。「それはまさにぼくも望んでいることだ、ピーターズ」

ピーターズはゆっくりとうなずいた。彼は狭いテーブルのところへ行き、引きだしをあけてたたんだ紙を取りだすと、マックスに渡した。

「ありがとう、ピーターズ」マックスは手紙を見つめた。それを手に入れたいま、読みたいのかどうかよくわからなかった。「つまりミス・エフィントンはここにいないということだね」

「はい、伯爵さま」ピーターズは静かに答えた。

外からドアをたたく音がした。マックスはすぐに手紙をチョッキのポケットにすべりこませた。ドアは、ピーターズが取っ手に手をかけないうちに風の力で開いた。パンドラが、飛ばされたように玄関ホールへ入ってきた。

マックスは息をのみ、パンドラに近づいた。

ローリーがパンドラのすぐあとから入ってきて、風雨にさからってどうにかドアを閉めた。

「ピーターズ」パンドラは部屋のなかへ入りかけたが、立ちどまって言った。「まあ、おまえはびしょ濡れじゃないの」

「お嬢さまと同じでございます」ピーターズは落ちついた口調で応じた。

「それじゃまだ降ってるんだな?」マックスはパンドラの姿を見て胸が高鳴ったが、なんでもないふりをした。彼女が無事だとわかってほっとしたことも、ずっとそばにいてほしいと思っていることも知られてはならなかった。

「マックス？」パンドラは驚いてマックスを見つめ、にっこり笑った。「マックス！」

そう言ってすぐにマックスの腕に飛びこんだ。

「じゃじゃ馬め」マックスはパンドラに強く唇を押しつけた。どれほど激しくキスをして抱きしめても、パンドラが無事で、いま自分の腕のなかにいるのが信じられなかった。

「ああ、マックス」パンドラはマックスの首に腕を回した。彼の温かい体に触れ、唇を重ねあえばそれでよかった。どんな契約を結んでいても、どんなゲームをしていても、わたしはマックスのもの。ずっとそうだった。「戻らなければならなかったの。あなたと離れることはできなかった」

「きみはびしょ濡れじゃないか」マックスはにやついた。

パンドラは、マックスの目がとてもうれしそうなのを見て笑った。「気になるの？」

「まったく平気だよ」マックスはもう一度唇を重ね、これまでに感じた疑念が、湧きあがる幸福感によって押しながされるのを感じた。

「どうしても馬車の窓をあけたままにしてほしいと言って、きかなかったのさ」ローリーが皮肉っぽく言った。

マックスはパンドラから唇を離し、不快そうに目を細めてパンドラと視線を合わせた。パンドラは背筋がぞっとした。マックスがゆっくりと体を離してあとずさった。

「そうなのか?」

ローリーは頭を振った。「パンドラは雨のなかの馬車に、ばかげた恐れを抱いてるんだ」

「本当か?」マックスの声は冷静だった。はっきりとした不安が、ほんの少し前に感じた喜びを押しやっていた。

「ああ、そうだとも」ローリーはゆっくりと答え、マックスを見つめた。マックスの態度がわずかに変わったことに、ローリーも気づいているのだろうか? とパンドラはいぶかった。

ああ、マックスはわたしの計画を知っているのかしら? 本当にローリーと結婚するつもりだと思っているの? パンドラは用心ぶかく声をかけた。「マックス?」

緊張感が高まった。マックスのまなざしはローリーをとらえつづけている。パンドラは息をのんだ。

「きみと話し合わなければならないことがいくつかあると思うが」マックスの声には、どんな感情もこめられていなかった。「今夜のことについて、それと」マックスは言葉を切った。「過去のあやまちについて」

過去のあやまち？　パンドラははっとした。マックスはパンドラとローリーのことを知っており、昔なにがあったかわかっているに違いない。もしあの夜のことを知っているのなら、今夜のことをどう思うだろうか？　パンドラは手を伸ばしてマックスの腕に置いた。「マックス、説明させて――」

マックスに軽蔑するような目を向けられて、パンドラは手をどけた。彼のまなざしはどんな鋭い一撃より痛かった。マックスはローリーに視線を戻した。

「パンドラ、これはマックスとぼくとの問題だ」ローリーの声は穏やかで、覚悟を決めているようだった。「それにきみの言うとおりだよ、マックス、もっと前にこういう話をしておくべきだった」

「お話の途中ですが」ピーターズが口をはさんだ。「かなり緊急を要する問題があるかと存じます」

「なんてことだ」マックスは歯を食いしばった。「忘れていた」マックスはそう言って心配そうにパンドラの目を見つめた。「パンドラ、詳しいことはよくわからないんだが。きみのご両親が――」

「ハリーとグレースが？」パンドラは恐ろしさで胃が締めつけられた。「どうしたっていうの？　なにがあったの？」

「説明するのはむずかしいんだが、行方がわからなくなったらしい」

「行方がわからない?」パンドラはうろたえたが、どうにか冷静でいようとした。「どういうこと、行方がわからないって?」

マックスが目をやると、ピーターズはため息をつき、それから深呼吸をした。「お二人はギリシャ人の陰謀家によって誘拐——」

「ピーターズ」マックスはぴしゃりと言った。「ゆっくり話してくれ、自分の言葉で頼む」

ピーターズは片方の眉を上げた。「お望みどおりにいたします、伯爵さま」ピーターズは咳ばらいをした。「ハロルド卿ご夫妻は誘拐されたように思われます——」

「誘拐された?」パンドラは信じられないというように首を振った。「いったい誰がそんなことをするの?」

「ギリシャ人だ」マックスはとまどった顔で答えた。

「正確には、ギリシャ人の陰謀家でございます」ピーターズが言いなおした。

「二人を捜さなければ」パンドラは言った。

「なんのために陰謀を企てるんだ?」ローリーは困惑して額にしわを寄せた。

「捜しにいかないと」パンドラの声は切羽詰まっていた。

「ギリシャの宝を故国に返すためです」ピーターズの声は事務的だった。

「むだにする時間はないのよ」パンドラはにらみつけた。どうして聞いてくれないのだろう？

「こんなばかばかしいことは聞いたことがない」ローリーは横目でパンドラを鋭くにらんだ。「たぶんね」

マックスはうなずいた。「ピーターズの言ったことからすると、この話はひどくばかげてるな」

「それでも」パンドラはいらだち、拳を握りしめた。「どうなっているかはっきりわかるまで、一瞬でも無駄にする時間はないのよ」

ローリーは肩をすくめた。「そう言えば、もっとおかしな話を聞いたことがあるかもしれない」

「これよりおかしな話があるって？」マックスはあざけるように言った。「レディ・ハロルドは自分でメッセージを残した。誘拐された人がそんなことをするはずがない」

「いいところを突いてるな」ローリーはつぶやいた。

「二人とも、この話のばかばかしさを議論するのはやめてもらえる？」パンドラは声高に言った。「ハリーとグレース、わたしの両親で、わたしの大好きな人たちが行方不明なのよ。はっきり言って、誰が二人をさらったかなんてどうでもいいわ。南アメリカのジャングルに住む原住民だろうと、よみがえった古代エジプトのミイラだろうと――」

「ミス・ウェザリーもお二人とご一緒だと存じます」ピーターズが言った。

「ミス・ウェザリー?」マックスはショックを受けていた。

「ぼくのミス・ウェザリー?」ローリーも同じだった。

「もうたくさんよ。わたしが三人のあとを追うわ。すぐに」パンドラは向きを変えてドアのほうへ向かった。

「パンドラ!」マックスは鋭い声で呼びかけると、パンドラの腕をつかんで振りむかせた。「どこへも行ってはだめだ」

「誰かがなんとかしないと。その誰かはあなたじゃないらしいわね」パンドラはマックスをにらんだ。

「ばかなことをするんじゃない。だがなにかしないといけないのはたしかだ」マックスはそう言って顎を引きしめた。「いまは、なにをするか決めるだけでいい。すべてがはっきりするまでは、こんな夜に嵐のなかへ駆けだすのはばかげている」

「わからないの?」パンドラの息づかいは、恐怖のために荒く速くなっていた。「わたしたちはハリーとグレースとシンシアのことについて話しているのよ。わたしにとって世界でいちばん大切な三人のことをね。もしあの人たちになにかあったら……」涙をこらえると喉の奥が痛くなった。「あなたもローリーも、この話はばかげていると言いつづけてるわね。そうかもしれない。でもいま、わたしにはそんなことどうでもいいの。三人を見つけたいだけよ。どれほど危険なことかわからないの? こんなはかりごとを企むほど頭のおかしい人間なら、ためらわずに……」パンドラは続きを口にする気にはなれなかった。

マックスはパンドラにじっと目を向けたまま、ローリーに話しかけた。「どう思う、ローリー？　船着場から捜しはじめることにするか」

パンドラは安心し、膝の力が抜けるかと思った。

「それがいちばんいいだろう」ローリーはてきぱきと答えた。「行こう」

マックスはパンドラの腕を放し、ドアのほうへ歩いた。パンドラもついていった。

「きみは来ちゃだめだ」ローリーがさえぎった。「マックス、パンドラを止めてくれ」

「もちろん一緒に行くわよ」パンドラは言いかえした。

「もしほかの女性だったら、きみの言うとおりだと思うよ、でも」マックスはため息をついた。「パンドラをどうやったら止められるかわからないんだ」

「マックス、雨の日に二度とこの人を馬車に乗せるもんか」ローリーはさらにマックスに近よると、小声で言った。「雨が屋根を打つ音とドアを閉めた馬車がだめらしい。以前にどうしようもなくなったことがあって――」

それでも、パンドラには聞こえたらしい。

「そんなことないわ！」

「信じられないことだが」ローリーの声には真剣さがこもっていた。「パンドラはおびえていた」

「これまでずっと、そんなまったく理屈に合わない恐怖を抱いてきたわ」パンドラは言葉を切り、それから覚悟を決めて続けた。「ドアを閉めた馬車のなかで雨が屋根をたたく音を聞くと、いつも自分がなかに入ったままで棺に土がかけられるところが思いうかぶの」パンドラは身ぶるいした。

「きみは今夜、一度ならず二度までもそれに耐えるつもりなのか?」マックスはゆっくりと尋ねた。

「ふつうなら絶対にいやなんだけど、今夜はかまわない。あなたと一緒に行くわ。それとも」パンドラは深く息を吸った。「あなたが出ていったらすぐ、ひとりで出かけようかしら」

「本気なのか?」マックスはパンドラの視線をうかがった。

パンドラははっとした。「わたしと一緒にいてくれるの」

「ずっとね」マックスのグレーの瞳には、その夜の嵐のような激しさが宿っていた。

「それならきっと大丈夫だわ」パンドラはささやいた。

「よし出かけよう、じゃじゃ馬――」

「やっぱり、まちがいじゃないかと――」

ローリーが言いかけたとき、ドアがさっと開いた。風が玄関ホールに吹きこみ、雨のしずくが床に飛びちった。

「ピーターズ！」ハリーのどなり声が嵐の音に負けじと響いた。グレースとシンシアがよろめきながら玄関ホールへ入ってきた。ピーターズは急いで駆けより、ハリーがドアを無理やり閉めるのを手伝った。

「おかあさま！」パンドラは飛んでいって、グレースに両腕を回した。

「ドーラ」グレースはパンドラをしっかり抱きしめたが、身を引いて娘の両頬に手のひらを当てた。「大丈夫なの？」

パンドラはうなずいて、強くまばたきした。「二度とお母さまに会えないかと思ったわ」

「ああ、おまえが誰と結婚しようと見すてたりはしませんよ。どうやって結婚しようともね」グレースはさらに身をかがめて娘の耳にささやいた。「ここにいるということは、誰とも結婚しなかったのね」

「ええ、まだ」パンドラは優しく答えた。

「ミス・ウェザリー」ローリーはシンシアのほうへ進みでると、優雅におじぎをした。

「今夜はすてきだね。いつもだけど」

シンシアは水のしたたる長い髪を顔から払いのけ、背中を伸ばすと堂々とした態度で手を差しだした。「ありがとう。ボルトン卿」

ローリーはシンシアの手を取って唇へ持っていった。びしょ濡れの女性の、まだ濡れた手にキスすることなどなんでもないかのように。彼はシンシアの手を放して体を起こし、なにげなく指先から水をはらった。「ねえ、ミス・ウェザリー。きみはどうやってギリシャの陰謀家たちから逃げたんだ?」

「どうやって?」シンシアは表情を変えなかったが、不安そうな目をグレースに向けた。

「わたしもそれを不思議に思ってたの」パンドラは母親をしげしげと見つめた。「どうやって逃げたの?」

「簡単じゃなかったわ」グレースはつぶやいた。「あの人たちはとても……ああ、なんと言っていいかわからない。シンシア? あの人たちはどんなふうだったかしら」

「わたしが話すんですか?」シンシアは目を見ひらいた。「ええと、あの人たちは……ああ……たぶん……」

パンドラですら、マックスとローリーが誘拐について疑いを抱くのも当たり前だと思った。

「詳しく話してちょうだい」パンドラは胸の前で腕を組んだ。グレースはまるで誘拐などよくある話だとでもいうように、さりげなく手を振った。「ギリシャ人の陰謀家は、そう、ギリシャ人の陰謀家よ。フランスの連中とよく似ていたけれど、そんなに無礼じゃないわ。ドイツ人の陰謀家ほど統率がとれてはいなかった。イタリア人については、わたしはいつも思うのだけれど――」

「なにを言ってるんだ?」ハロルド卿はすっかり混乱して、夫人をじっと見つめた。

「陰謀家とはどういうことだ? ギリシャ人だって? イタリア人だと?」

「ぼくたちは、あなたがたがギリシャの陰謀家に誘拐されたと思うように仕向けられたのです」マックスは穏やかに言った。

「誘拐だと?」ハロルド卿は信じられないというように鼻を鳴らした。「いったいどうするとそんなふうに思えるのかね? わたしたちはドーラのあとを追った。これで二度目だ。だが遠くまでは行ってない。十五分もしないうちに、いまいましい馬車の車輪が壊れて歩いて戻る羽目になった」ハロルド卿は不快そうに目を細め、きびしい視線を娘にすえた。「これが最後だぞ、ドーラ。おまえの望む男と結婚しなさい。誰とでも気に入った男と逃げればいいし、いやならそれでもかまわない。だがおまえを窮地から救いだそうとするたびに、おまえを追いかける羽目になるのはもうごめんだ」

「追いかける必要なんてなかったのに。まったくなんともなかったんだから」パンドラは怒って言った。「それに助けを求めたのは五年に一度じゃないの」

「それじゃ結局、ギリシャ人の陰謀家なんていないんだね、ミス・ウェザリー?」ローリーはにやついた。

「ギリシャ人の陰謀家がいないなんて、誰も言ってないと思うけど」シンシアは濡れた額を手の甲でぬぐった。「ハロルド卿はただ……」

すぐにあれこれ言い合う声が玄関ホールに溢れた。

「静かに！」マックスの声がおごそかに響いた。「みなさんが言い合いをしているあいだに頭に浮かんだことがあります。今夜のことでただひとつはっきりしているのは、ぼくが十一点目を取ったことだと」

パンドラはあんぐりと口をあけた。「いったい、どうするとこれが点数になるわけ？」

「とても簡単なことさ。今夜のさまざまな企みにかかわっていないのは、ぼくだけらしい。だからそれを解決するのはぼくの責任ということになる。

今度の試練は、地獄の門を守る頭が三つあるけものを捕らえることだ。先頭に立ってこのさまざまな企みやいたずらを仕掛けたのは」マックスは一瞬パンドラに目を向けた。「パンドラとシンシア、それにシンシアと同盟を結んだレディ・ハロルドだ。今夜起きたことは、ぼくたちの何人かにとっては地獄のようなものだと言ってもいいだろう。そのうえぼくは、忘却の椅子から友人を助けだした」マックスはローリーにうなずいてみせた。「過去のあやまちは、忘れられていたのか、あるいは隠されていたのかはわからないが、いまあきらかになった」

「すばらしいわ、トレント伯」グレースが拍手した。「よくやったわね」

「お見事ね、伯爵さま」シンシアが微笑みかけた。

「トレント伯ならできるとわかっていたよ」ハリーがにやりと笑った。「この人ならエフィントンの出であるかのように、一族ときっとうまくやっていけるだろう」

「まだ十一点目じゃないの」パンドラはマックスのほうへ足を踏みだした。「もう一点取らなければならないわ」

マックスはパンドラと目を合わせた。「そうかな?」

「もちろん。ヘスペリデスの黄金の林檎。ゼウスのものだわ。妻からのプレゼント」パンドラは落ちついて息を吸った。「結婚の贈り物なのよ」

「知っているさ」

マックスは、長いあいだ押しだまっていた。

「運のいいことに、あと数日残っている。黄金の林檎はきわめて珍しいからね」そう言ってパンドラから目をそらし、ほかの人たちに向かって話しかけた。「さて、長い夜でしたからこれでおいとまいたします」マックスはみなにうなずいてみせると、ドアのほうへ向かった。そこにはミセス・バーンズが、魔法のようにコートと手袋を持って待っていた。

マックスは最後の一点を要求しないつもりかしら?

パンドラははっとした。ローリーが、マックスはもう林檎を手に入れたと言っていたのを思い出したのだ。

マックスが林檎を渡そうとしない理由はひとつしかない。そんなことは考えられないし、考えたくもないけれど、頭から追いだすことはできなかった。

マックスは少しもわたしを愛していないんだわ。

第二十四章　勝利のご褒美

「きみがいつ来るかと思っていたよ」マックスは書斎の暖炉の前に置いた椅子にゆったりと座っていた。ブランデーのグラスを指で軽く持っている。

「いろいろと考えることがあるだろうと思って、一日の猶予をやったのさ」ローリーはもうひとつの椅子に座りこんだ。

「ただ考えていただけだ」マックスはつぶやいた。

「そうは思えないが」ローリーはブランデーのデカンターを取って、酒がどこまで入っているかじっと見た。「きみの召し使いたちが、これをつねに補充しているのは賭けてもいい」

マックスは肩をすくめた。「気づかなかった」

ローリーは自分のグラスにブランデーを注いだ。「ひどい顔をしてるじゃないか」

マックスは一日剃《そ》らなかった顎の髭《ひげ》をなでた。昨夜から自分の外見がどれほどみっともなくなっているか、よくわかっていたが、少しもかまわなかった。「なぜパンドラとのことをぼくに話さなかった?」

ローリーはあきらめたようにため息をついた。「本当にわからないんだ。あのとき、きみはいなかっただろう。きみがようやく正気を取りもどしたときには、あの出来事は、もうどうでもよくなっていた。はっきり言うと、触れようとも思わなかった」

「それで、一八一三年からずっとなにも言わなかったことの説明になるというのか? なぜ先月話してくれなかったんだ? パンドラを追いかけるのをやめるよう説得するのに、絶好の方法だったのに」

「もし話していたらきみはやめたかい?」

ローリーはマックスをじっと見つめていた。二人とも黙ったまま、永遠とも思えるときが過ぎた。

「ぼくもそう考えていた」ローリーはブランデーをすすった。「だからその話を持ち出しても無駄だと思ったのさ」

マックスはグラスのなかのブランデーを回した。もうほとんど残っていないことに、頭のどこかで気がついた。「パンドラを愛していたのか?」

ローリーはためらった。「そのときはね。当時はパンドラがぼくの心をずたずたにしたと思った。じつは彼女がだめにしたのはぼくのプライドだったのに」

マックスは安心したのを隠そうとして、ブランデーの最後のひと口を飲んだ。それからグラスを差しだしてお代わりを求めた。ローリーはなにも言わずに願いをきいてやった。

「忘れないうちに言っておくが、これはきみのだ」ローリーは複雑な飾りの下がった金の鎖を渡した。

マックスは精巧に作られた飾りを調べた。「金細工師は見事な仕事をしてくれた。こういうものがほしかったんだ」

「なぜこの前の夜パンドラに渡さなかった？　その場ですぐゲームを終わらせることができたのに」

「そうだろうな」金の飾りが、暖炉の火に反射してきらきら光った。マックスはうっとりと見つめた。「あの夜早くにほかならぬ母から尋ねられたんだ。ぼくと結婚しないですむよう、誰かと駆けおちまでする娘を無理やり妻にしたいのか、とね。パンドラが馬車のなかでおびえていたと言ったな？」

「ああ、そうだが――」

「恐怖に立ちむかってまで、必死に逃げようとするとは……」マックスは頭を振った。「母の問いを頭から振りはらうことができず、答えにきちんと向きあうこともできなかった。いまでもできるかどうかよくわからない」

「でもこれをパンドラに渡すつもりだろう？」

マックスはネックレスをローリーに返した。「いや」

「違うのか？」ローリーの声には強い驚きがこめられていた。「どういうことなんだ？　これまでに聞いたきみの言葉のなかで、いちばんばかげているぞ」

「あるいはいちばん理性的か」マックスは深いため息をついた。「もしこれをパンドラに贈ったら、ぼくが勝って、彼女はぼくと結婚するしかなくなる」

「それが狙いだと思っていたが」

「そのとおりだ」マックスは長いあいだなにも言わなかった。「もし渡さなければ、パンドラの勝ちだ」

「もし彼女が勝ったら、きみの妻を選ぶことができる」ローリーの声には怒りが含まれていた。「それはシンシアだと、きみは十分わかっているんだろう。ぼくのシンシアだと」

「ミス・ウェザリーにはなんの義務もない」マックスは穏やかに言った。「彼女は契約には入っていないから、自分の好きなように自由にしてかまわない」

「ぜひともそうしてほしいものだ」ローリーはつぶやいて頭を振った。「でも、どういうことかまだわからないな。きみは一ヵ月近くもこのゲームに勝ってパンドラを手に入れようとしてきた。なぜいまやめるんだ。勝利が手の届くところにあるというのに」

「考えてみてくれよ、ローリー。ぼくはフェアにやらなかったじゃないか？　ぼくの行動は、必ずしもゲームの精神にのっとったものじゃなかった。半分以上の点数は、自分で勝ちえたものじゃなく、もらったものだ」

ローリーは片方の眉を上げた。「それがなぜいけないんだ?」

「あの契約をしたとき、ぼくはただ生気のある、ぼくにふさわしい妻がほしかっただけだ」マックスは慎重に言葉を選び、友人に説明するためだけでなく、自分のために気持ちを整理しようとした。「パンドラは完璧だった。ぼくは勝つためにはなんでもするつもりでいた。じつを言うと、パンドラの試練と彼女の知性は挑戦しがいのあるもので、うれしかった。どの試練も、わくわくするようなおもしろいものだったよ。ある時点で、ぼくが望んでいるのは――いや、必要としているのは――パンドラの手よりも心だとわかった。つまりパンドラの愛情だ。

そうしなければならないから、というのではなく」マックスはきっぱりと言った。「望んでぼくと結婚してもらいたいんだ。愛しているから、という理由でね」

「彼女はきみを愛しているよ」

「そうだとはっきりわかっているのか?」マックスは不快そうに目を細めた。「パンドラはきみに言ったのかい? できるだけぼくから離れようとしているときに、そんなことを言ったというのか?」

「はっきりそう言ったわけじゃない」ローリーはゆっくりと答えた。「でもどんな愚か者だって彼女がきみを愛しているとわかるはずだ」

「この愚かなぼくはそうじゃない。ぼくには、ぼくと結婚するより破滅を選ぶ女性にしかみえないんだ」マックスは、テーブルのデカンターのとなりに置かれたしわくちゃの紙に顎をしゃくった。「それはパンドラが残した手紙だ。ぼくたちのゲームは、ええとなんと書いてあったかな？　ああそうだ、〝とてもおもしろかった〟けれど、またきみに会って焼けぼっくいに火がついたそうだ」

「まさか」ローリーは鼻を鳴らした。「でも、いまはそれほどぼくをきらってはいないと思うが」

「そんなことはどうでもいい。パンドラがきみについて言ったことは、なにも信じちゃいないよ」マックスは手紙を取りあげて固く丸めた。「でもパンドラは、愛のない結婚はしないとずっと前に決めたとも書いている。だからぼくとは結婚できないんだ」

「それは必ずしも、パンドラがきみを愛していないという意味じゃないさ……ただきみの気持ちをパンドラが知らないというだけだ」

マックスが手紙を暖炉に投げこむと、そのまま炉床にのった。「パンドラの勝ちだ。彼女の思いどおりにことは進んでいる」

紙の端を炎がかすめた。「いいかい、パンドラはぼくたちそれぞれが結婚相手に望むことを挙げたとき、愛のことなどまったく言ってなかった。もちろん、ぼくもそうだ。

そのときは重要なことじゃなかったからね。グローヴナー・スクエアのじゃじゃ馬にとってそんなものが大切になるとは思えなかったし、ろくでなしの遊び人で悪党で、しかもけだもののような男の計画のなかにも、たしかにそれは入っていなかった」

パンドラの手紙は明るく燃える炎に包まれた。マックスは目をそらすことができなかった。炎の舌が跳ね、やがて消えて、わずかに触れただけで崩れてしまいそうな、ぶかっこうな黒い灰だけが残った。

「妙だな、もう終わりだという頃に、それだけが問題になるなんて」

パンドラは手に持った書きつけをじっと見つめた。いまではおなじみになった紋章がついていて、同じようによく知った太い文字で書かれている。

ミス・エフィントンへ

ぼくは負けを認める。明日はゲームの終了期限なので、きみの条件を満たすために五時頃、訪ねていくつもりだ。

それでかまわないかどうか返事をしてほしい。

「よろしいでしょうか？」

パンドラは目を上げた。

「それを持ってまいりました召し使いが、お返事をお待ちしていると申しております」

ピーターズは言った。

「すっかり承知したと伝えてちょうだい」

「わかりました」ピーターズはなにか言いたいことがあるかのようにためらい、それからうなずいて立ちさった。

パンドラはマックスの簡潔なメッセージに目を戻した。

〝ぼくは負けを認める〟

恐ろしい、うずくような喪失感が湧きあがり、ローリーとのことを計画する気にさせた、あの同じ痛みにまた襲われた。マックスは最後の点を得る手段を持っていたけれど、そうしようとはしなかった。わたしと結婚するくらいなら、わたしが選ぶ人を妻にするほうがいいというわけね。

ローリーはどれほどまちがっていたことか？　わたしだってそう。パンドラは持っていた手紙を丸めた。なるようになれ、だわ。パンドラは契約に従って勝利者としての権利を行使し、褒美を要求するつもりになった。明日の午後までにマックスの花嫁を誰にするか決めなければならない。彼の運命、未来を決めるのにたっぷり一日以上ある。

わたし自身の運命を受け入れるのに、どれくらいかかるだろうか?


もうすぐ、時間切れだ。

パンドラは客間をゆっくりと歩きながら、乱雑に散らばったがらくたをよけなくてもいいのに少し驚いていた。どういうわけか、グレースはマックスが譲歩したのを知ると、この部屋をきちんと片付けるというとんでもない考えにとりつかれたらしい。メイドたちは昼間から夜遅くまで働いた。いまその場にふさわしくないものはなにもない。そこはきちんとした客間の完璧な見本だった。

マックスは、もういつ現われてもおかしくない。ただ時間の針を眺めているだけというのは、頭がおかしくなりそうだった。

もういい。ゲームは終わった。マックスともう冒険をすることはない。議論したり、笑いあったり、魂まで見とおすようなすばらしいグレーの瞳を探ったりすることも、もうない。これまでの人生で、パンドラは本当に欲しいものをなくしたことなど一度もなかった。ゲームに勝つと、いちばん望んでいるものを失うことになるとなぜもっと早く気づかなかったのだろう？

「パンドラ？」シンシアは部屋へ入ってくると、友人をじっと見つめた。「お手紙をもらってすぐ来たのよ。トレント伯と二人きりで会いたくないって本当なの？」

「ええそうよ」マックスと二人きりで会うのは、いちばん避けたいことだった。パンドラは皮肉っぽく笑った。「わたしの介添え人と思ってくれればいいの。それにあなたは最初からゲームにかかわっていたから、最後にここにいるのにぴったりでしょう」

「あなたが勝ったなんて、まだ信じられない」

「わたしもよ」

シンシアは長椅子に腰をおろしたが、すぐにはっとして立ちあがった。「いったいここはどうなってるの？」シンシアはひどく驚いた顔で部屋を見まわした。「ここはとても……とても……」

「きちんと片づいてる？」

「そのとおりよ」シンシアはうなずいた。

パンドラは首を振った。「こんなふうになっているのを見たのは、一、二度しかないわ。気に入っているとはあまり言えないけど。落ちつかない気持ちになるのよ」

「どうしてだかよくわかるわ」シンシアはつぶやいた。「とまどってしまうわね」

ヘラクレスが銅鑼の上の止まり木からシンシアをじっと見つめていた。「ミャーオ」

「もちろん、このオウムはいなくてもかまわないけれど」シンシアはそう言ってヘラクレスの小さな丸い目を見かえした。

ドアがあいた。ピーターズが脇へどいてグレースをなかへ通し、そのあとにマックス、ローリー、ハリーが続いた。

「このいまいましい部屋では、二度と捜しものはできんぞ」ハリーはうんざりしたように客間を見まわしてつぶやいた。

ピーターズがそっとドアを閉めて部屋を出ていったとき、パンドラは呼びもどそうかと思った。鍵穴《かぎあな》から盗み聞きするより、ここにいたほうがずっと快適なはずだ。バーンズ夫人、コック、それにほかの使用人たちも一緒に聞き耳をたてるに違いなかった。

「こんばんは、ミス・エフィントン」マックスは礼儀正しく言った。

「トレント伯、いつもながらあなたにお会いできてうれしいわ」パンドラは最高に魅力的な笑みを浮かべてみせた。「あなたも介添え人を連れてきたのね」

「ローリーをそんなふうに思ったことはないよ」マックスは肩をすくめた。

「ぼくはもの好きな見物人としてここへ来たのさ」ローリーがあわてて言った。「ただの野次馬だ」

「ロンドンのほとんどの人が、あなたと同じじゃないかしら」パンドラは落ちついたよそよそしい声で言った。「今夜、多額の賭け金が無駄になるのは残念だわ。ほとんどトレント伯に賭けられていたでしょう」

「みんなぼくと同様、きみを見くびっていたのさ」マックスはのんきに微笑んだ。「さあ、それじゃ、話を進めようか」

「もちろんよ」心臓はどきどきし、みぞおちのあたりに固く冷たいおもりがのっているようだったけれど、パンドラはなんとか穏やかな口調で言おうとした。「覚えているはずだと思うけど、あなたが勝てば、契約ではわたしたち二人は結婚しなければならない。そしてわたしが勝てば、あなたはわたしの選んだ花嫁と結婚することになる。ちゃんと考えて決めてあるわ。

とんでもない人は選ばないと約束したでしょう、ちゃんと、ミス・ウェザリーのような人を――」

「そんなことだろうと思った」ローリーは怒って言った。「マックスをシンシアと結婚させるつもりだとわかっていたよ」

パンドラは首を振った。「じつは、わたし――」

「ああ、だめだ……ぼくはそんなこと……」ローリーは額にしわを寄せて歯を食いしばり、崖《がけ》から飛びおりる決心をした人のようにみえた。最初の一歩を踏みだすと、取りかえしがつかなくなるのをよくわかっているらしい。「許さないぞ」

「許さないですって?」パンドラはゆっくりと言った。

シンシアはローリーをじっと見つめた。「どうして？」

「どうしてかというと」ローリーは部屋の奥へ歩き、シンシアの前に立った。「それは……つまり……」

「なに？」シンシアの目は大きく見ひらかれていた。

「この先ずっと、ダンスフロアできみに押されていたいからさ」ローリーはすばやく答えた。

パンドラは笑いを噛みころした。マックスがむせたようなおかしな音をたてたので、パンドラは彼のほうに目をやった。「ローリーはあの言葉を口に出せないのよね？」

マックスは首を振り、いまにも噴きだしそうなおかしな声で言った。「いまは、そうするのにふさわしいときじゃないらしい」

「ちゃんと言えるとも」ローリーはきっぱりと言いかえし、シンシアのほうを向いた。「マックスはきみと結婚できない。ぼくがするんだから」

「まあ」シンシアは思わず口元をほころばせた。

「いいかな？」ローリーの声は不安そうだった。

「いいわ」シンシアは喜びで目を輝かせた。

「シンシアを花嫁候補にするつもりはなかったわ」パンドラがすぐに言った。「シンシアのような人ならふさわしいと言っただけよ」

「それじゃ誰にするつもりなんだ？」冷静な態度のわりに、マックスの目には激しい思いがこもっていた。

パンドラは長いあいだマックスを見つめていた。マックスがいない人生なんて考えられない。「本当にわからない――」

「こんなばかげたことは、いますぐやめてもらいたいわ」流行のファッションに身を包んだ年かさのふくよかな女性が、堂々と部屋へ入ってきた。

「ソフィア」ハリーがうれしそうに言った。グレースは夫をとがめるようににらみつけた。「いや、レディ・トレントと言わねばならんな」

レディ・トレント？

マックスはうめくように言った。「母上」

「ハリー、お久しぶりね」レディ・トレントはグレースにうなずいてみせた。「レディ・ハロルド」そう声をかけると、レディ・トレントは集まった人たちを眺め、パンドラに目をとめた。「さて、ミス・エフィントン、召し使いたちによるとうちの息子はこの数日、お酒ばかり飲んでいたそうよ」

「母上」マックスは苦々しげに言った。

レディ・トレントは相手にせずに続けた。「あなたのせいだと思うのは、まちがいじゃないでしょう。それにあなただって、みじめな思いをしたんじゃないのかしら」

「どういうことでしょう?」パンドラは不愉快そうに片方の眉を上げた。

レディ・トレントはわかりきったことだというように、ため息をついた。「駆けおちの企ては、二時間ともたなかったんじゃなくて? 二人のどちらかが、自分たちのやろうとしていることがあまりにもふしだらだと、突然気がついたんでしょう——あなたについて耳にしていることからすると、そんなことは信じられないけれどね——それとも相手の紳士が、自分の望んでいる人じゃないとわかったのかしら。この結婚は最初から気に入らないけれど、わたくしだって愛情の価値はわかります。さあばかなことはやめて——」

「パンドラ」マックスは真剣な目でパンドラを見つめた。「どうして戻ってきたんだ?」

パンドラは不意に口がからからになった。「どうしてって?」

マックスはパンドラのほうへ進みでた。「母が入ってくる前に、きみはなにを言おうとしていたんだ?」

パンドラはあとずさりした。「なにをって?」

マックスはもう一歩近づいた。「誰の名前を挙げるつもりでいた?」

「誰って?」

「誰なんだ?」

パンドラは首を振って肩をいからせた。「誰も」

マックスは不愉快そうに目を細めた。「誰もだと?」

マックスに近よられると、パンドラはまたあとずさりした。「このゲームも契約も、なにもかもばかげているとわかったのよ。だからあなたをそれに縛りつける気はないわ」パンドラは肩をすくめた。「わたしも契約を守るつもりはないから」

「なぜだ?」

「いま説明したでしょう」

「きみの言うことは信じられないな」

「それでもかまわないわ!」

「なぜぼくに契約を守らせようとしないんだ?」マックスはきびしい、探るような目でパンドラを見つめた。

「言ったでしょう!」パンドラは歯を食いしばった。

「さあ、本当のことを言うんだ」

「それは——」パンドラはなんとか感情を抑えようとしていたが、もう無理だった。

「わかったわ」そう言ってマックスをにらんだ。「もしあなたが結婚するつもりなら、相手はわたしでしょう。あなたとの結婚を承知するくらいなら、毒蛇のいる穴の上にすり切れたロープで吊るされるほうがいいわ」

「なぜだ?」

「ひと思いに訪れないおぞましい死のほうが、あなたとの結婚よりましだからよ！」

「聞きたいのはそのことじゃない」マックスはまたパンドラに近づいた。彼女の息づかいが感じられるほどだ。「なぜ、ぼくが結婚するつもりならその相手は自分だなんて言ったんだ？」

「わたしが愚かだからよ！」パンドラはマックスに見つめられているのがいやだった。

「ほかには？」

「なにもないわ！」パンドラはあとずさりしようとしたが、手の届くところに閉じた客間のドアがあって、どこにも逃げ場はなかった。

「ドーラ」マックスはパンドラから数インチ足らずのところにいた。

「ドーラと呼ばないで！」

マックスはパンドラを見つめた。「ほかになんと呼べばいい？」

「どんな名前でもいいや！」

マックスはきびしい声で言った。「ほかになんと呼ぶ？」

「どんな名前でもいいわ！」マックスの視線は、パンドラの心も魂も見とおした。奥ふかくしまいこまれた言葉が、ひとりでに溢れでた。「わかったわよ！　わたしはあなたが誰かと結婚するのに耐えられないの。愛しているからよ、この傲慢なけだものを！　たぶん、あなたをろくでなしの遊び人で悪党だと呼んだ瞬間からそうなんだわ！」

「けだものっていうのも忘れないでくれよ」マックスは優しく答え、微笑が浮かぶのを止めようとするかのように、唇の端を引きつらせた。

「忘れられるわけがないわ！」パンドラはマックスを見つめた。「おもしろがってるの？」

「少しね」

　パンドラはさっと向きを変えてマックスの横をすりぬけようとしたが、マックスに引きもどされてドアに押しつけられた。「ぼくをほかの誰かと結婚させたくないと言ってくれるのはありがたいが、きみにはそんな権利はないんだよ」

「もちろんあるわ。それは契約に含まれていたじゃない。あなたが勝ったら、わたしはあなたと結婚しなければならない。わたしが勝ったら、あなたの花嫁をわたしが選ぶ。あなたは負けを認めたわ。わたしの勝ちよ」

「じつはそうじゃないんだ」マックスは首を振った。「少なくともいまのところは」

「どういうこと、いまのところはって？」パンドラは自分の心臓の鼓動が聞こえるような気がした。

「制限時間を決めたとき、ゲームが始まったのは契約について同意したときからだときみは言ったね」

「それは今日から四週間前だわ」もう終わった。なにもかもすっかりね！

マックスは首を振った。「正確にはそうじゃない。墓地で、ゲームについての話し合いが始まったとき――」

「なんということだ」ハリーがうめいた。「グレース、聞いたか？　二人はこのゲームを墓地で考えだしたそうだ」

「ハリー、静かにして」グレースがつぶやいた。

「真夜中をとうに過ぎていた」マックスは続けた。「ということは、ゲームの制限時間は真夜中すぎまでということになる」

パンドラは息ができないような気がした。「でもあなたはもう負けを認めたわ」

「考えが変わったのさ」マックスはローリーに目をやった。「きみはひょっとして……」

ローリーはにやりと笑い、チョッキのポケットからなにかを引っぱりだしてマックスに投げてよこした。光がきらめき、金色のものが部屋に高く弧を描いた。まるで天から落ちてきた金色に輝く流れ星が、あたりをくまなく照らすかのようだった。マックスは片手でそれを受けとってそっと握ると、パンドラのほうを向いて拳を差しだした。「十二点目だよ。これで最後だ」

マックスの視線がパンドラをとらえた。パンドラは、そのすてきなグレーの瞳のなかに見えるのはきっと愛だと心の底から信じたかった。マックスの拳が広げられた。

涙でよく見えなかったけれど、パンドラは繊細な金の鎖に下がった金色の小さな丸い玉に震える手を伸ばした。それはただの玉ではなかった。パンドラははっとした。固い金の林檎がそれよりわずかに大きい格子細工の林檎のなかに入れてあり、さらにそれを金のワイヤーでできた林檎が包んでいる。全体の大きさは親指の第一関節くらいだった。

「結婚の贈りものだよ」マックスの声は優しかった。

パンドラはうなずいたが、マックスと目を合わせる気にはならなかった。いまはまだ。「ヘラからゼウスへのね」

「いや」マックスはパンドラの顎の下に指を二本置き、自分と目が合うまで頭を上げさせた。「ぼくからきみへのだ。マックスからドーラへの」

「つがいの猟犬みたい」パンドラは思わず涙がこぼれそうになるのをこらえた。

「まさにぴったりの縁組だと思うよ」マックスは笑い声を上げた。「愛によって結ばれたものだからね」まじめな声だった。「きみを愛している」

「そうなの?」パンドラは驚きを隠せなかった。「本当に?」

「もちろんだとも。でもきみに証明してあげてもいいよ」マックスはパンドラを腕に引きよせた。「試練を与えてくれ、パンドラ。きみにヒーローの証を示させてほしい」

「もし試練をやりとげたら?」

「そうしたら、きみはぼくの妻になり、ぼくは生涯きみのヒーロになってあげるよ」マックスはこれまで尋ねなかった質問の答えを求めて、パンドラの目をじっと見つめた。

「それにきみの夫にもね?」

「べつに夫を求めていたわけじゃないけど」パンドラは顔を上げてマックスを見た。「でもたぶん、ひと思いにやってこないおぞましい死よりはあなたのほうがましかもしれないわね」

「それにエジプトの砂漠で野生のラクダにばらばらにされるよりもましだろう?」

パンドラは喉をごくりとさせた。「もしかするとね」

「あるいはアメリカの原野に裸で置きざりにされるよりも?」マックスはにやにやした。

「ずっとましよ」

「それじゃぼくは褒美を要求する。ゲームは本当に終わったからね」マックスはパンドラのほうへ頭を下げた。彼の唇はパンドラの息がかかるところにあった。「それじゃもうルールは必要ないな。どんなルールも」

「そうね」そうつぶやいた唇をマックスがふさいだ。

客間に集まった人たちから拍手が起こり、ドアの外にいた召し使いたちが喜びの声を上げるのにぼんやりと気づいたが、パンドラはマックスと抱きあうのを誰に見られようが、彼をとても愛しているのを誰に知られようが少しも気にならないのに驚いた。両腕をマックスの首に回し、彼にしっかり抱かれて唇を押しつけられる快さに浸った。キスを返すと、体のなかから激しい喜びが湧きあがってきた。

それは、ヒーローとじゃじゃ馬とのあいだで行なわれたゲームの終わりを示すキスだった。夫と妻を求めて交わされた契約の終わりを記念するものでもある。それとも、そのキスはもしかしたら……なにかの始まりにすぎないのかもしれない……。

訳者あとがき

アメリカの人気ロマンス作家によるヒストリカル・ロマンスのシリーズ第一作をお届けします。本書のヒロインのパンドラは、美しく勝ち気な子爵令嬢。当時としては珍しく父親から自由になるお金を与えられ、愛のない結婚は絶対にしないと誓っています。数多い求婚者を次々に袖にし、スキャンダルぎりぎりの危ない橋を何度も渡ってきました。グレトナ・グリーンへの駆けおちまがいのこともするのですから、奔放さも半端ではありません。

ちなみに、グレトナ・グリーンというのはイングランドとの国境付近にあるスコットランドの小さな村です。イングランドでは秘密結婚がきびしく禁止されていたため、親に反対されて結婚できないカップルはスコットランドへ駆けおちしました。スコットランドでは立会人が二人いれば、親の承諾がなくても結婚できたからです。とはいっても、当時ロンドンから五〇〇キロもの道のりを馬車を飛ばしてくるのはかなり大変で、追っ手に捕まらないようにいい馬を次々に取りかえなければならず、出費もかさんだそうです。資金が十分なければ無事たどりつくことすらできなかったでしょう。

さて、パンドラもすでに七回目の社交シーズンをむかえ、これまでのように次々に現れる求婚者を気ままにはねつけているわけにはいかなくなってきました。じつは彼女には気になる男性がいました。トレント伯爵マックス。彼はこれまでの社交シーズンで、パンドラにまったく関心を持たないただひとりの男性でした。プレーボーイとして社交界でさまざまな噂になっていますが、ウェリントン将軍の下でナポレオンと戦った経験があり、ただの育ちのいい青年貴族とは一線を画しています。幸せな結婚を望む社交界の令嬢たちにとって、高い爵位と財産を持つ最高の花婿候補でもあります。パンドラはそんなマックスとある賭けをすることになります。パンドラは、自分の出す難題をマックスがすべてやりとげたら彼と結婚しなければならず、マックスは、失敗したらパンドラの選んだ相手と結婚しなければなりません。パンドラが用意した難題は、ギリシャ神話のヘラクレスの十二の難業でした。「九つの頭のあるヒュドラを退治する」とか「人食い雌馬を手なずける」とか、どう頑張っても無理なことばかり。だいたい、ヒュドラだの人食い雌馬だのが、いったいどこにいるというんでしょう? マックスは知力と人脈、それに魅力的な人柄を利用してその難題をクリアしていきます。ヒュドラや人食い雌馬をどこで、どうやって見つけるかは読んでのお楽しみ。マックスの幼なじみで悪友のローリー、パンドラの親友で「美徳の鑑」シンシア、それにパンドラの祖母や伯母たちも二人のゲームにからんできます。おまけにローリーとパンドラはなにやらわけありな様子。ストーリーばかりでなく、登場人物たちの機知に富んだ丁丁発止のやりとりもどうぞお楽しみください。

著者のヴィクトリア・アレクサンダーはネブラスカ在住のロマンス作家。賞を受けたこともあるテレビの花形レポーターでしたが、現実よりフィクションのほうがおもしろいと気づいてロマンスを書きはじめました。親の仕事の関係で子供の頃はアメリカ各地の空軍基地を転々としていましたが、いまはネブラスカの築百年の家に落ちつき、夫と二人の娘、それにペットのコリーと暮らしています。本書のエフィントン家とその友人たちを主人公にしたシリーズはアメリカでとても人気があり、これまでに十一作、書かれています。そのほかに、二〇〇七年から *Last Man Standing* というシリーズを始め、これも第一作がアメリカの著名な書評誌パブリシャーズ・ウィークリーで好評を得たあと、現在までに四作出ています。エフィントン家シリーズの第二作は、本書にも登場したパンドラの従姉で未亡人のジリアンの再婚をめぐる物語で、ランダムハウス講談社より刊行の予定です。こちらも楽しみにお待ちください。読者のみなさんが日常の憂さをしばし忘れ、ハッピーな気持ちになってくだされば、訳者としてこれほどうれしいことはありません。

二〇〇八年八月

伯爵《はくしゃく》の結婚《けっこん》までの十二《じゅうに》の難業《なんぎょう》

2008年10月10日　第1刷発行

著者　ヴィクトリア・アレクサンダー
訳者　須麻カオル（すまかおる）
発行人　武田雄二
発行所　株式会社 ランダムハウス講談社
〒162-0814 東京都新宿区新小川町9-25
電話03-5225-1610（代表）
http://www.randomhouse-kodansha.co.jp
印刷・製本　豊国印刷株式会社

ISBN978-4-270-10237-4

訳者略歴
名古屋大学文学部英文学科卒。英米文学翻訳家。専門学校の講師もつとめる。別名義でリグビー『波に消された記憶』（ヴィレッジブックス）、ブルックス『マーティン・ピッグ』『ルーカス』（ともに角川書店）、ルービン『物語に閉じこもる少年たち』（ポプラ社）などがある。